大畫情聖

二

鑑寶大會

上山打老虎 著

大畫情聖

【目錄】

第廿一章
盜亦有道

他不能泯滅自己的良心和原則去做事，
對壞人他可以更壞，對無辜的人他硬不下心腸，
更何況，這個女人淪落到如今也有自己的原因。
有一句老話，叫做盜亦有道，
雖然看上去迂腐可笑，卻是沈傲的基本職業道德。

堂外的人見案情突然逆轉，攻守之勢頃刻之間就天翻地覆，心中甚是痛快，他們並不一定支持沈傲，卻絕對反對那耀武揚威的死太監，紛紛叫好，要朝裏湧，人浪有些遏制不住了。

差役們橫著水火棍攔著，竟是有點兒招架不住，那都頭滿頭是汗的帶人去幫忙，口裏罵罵咧咧：「沒王法了嗎?竟敢衝撞京兆府?這裏不是撒野的地方，退後退後。」

這一邊通判正想著如何收場，側站一邊的幕僚低聲道：「大人，是不是叫王押司來，王押司頗通字畫，只教他來驗驗這畫，大人再決斷不遲。」

通判這才醒悟，今日的變數太多，讓他一時間竟是懵了，此時才想起畫的真假未知，現在決斷太過孟浪。若是真畫，自然好說。可要是假的，通判不在乎在此人頭上再安放一個罪名。

曹公公見通判猶豫，頓時冷下臉來，咬牙切齒的道：

「大人，官家的畫豈會在這人手裏，未免太荒謬了吧，此人是個騙子，在這公堂之上，竟還敢行騙。」

通判踟躕不語，只低聲囑咐幕僚叫王押司來，卻並不回曹公公的話，孰輕孰重，他心裏能掂量，這種事就怕萬一，真要遇到那萬一，那可就不好玩了。

曹公公見狀，心裏罵：「昏聵，這樣的騙術都能引你相信，好，到底是不是官家的畫，那就拿來看看便知道。」三步兩步衝到沈傲身前，扯著嗓子道：「把畫拿來。」

沈傲高聲道：「若是呈給大人，自然要給的，就是由差役們保管，也無不可。不過公堂之上，卻沒有把畫給閹人的道理。大人，我要告狀。」

他朗聲道：「大宋朝以儒立國，不許閹人干政，是歷來閹人枉法的多，禍國殃民者多。太祖皇帝曾有訓誡，但凡閹人都謹當遵承，不能逾越。這是金科玉律，更是祖法。今日倒是稀奇的很，堂堂京兆府衙門，通判大人成了提線木偶，閹人卻成了判官，這是什麼道理？我一告這閹人橫行不法，竟敢干涉京兆府審案，二告大人不問情由，偏信閹人之言，去做閹人幫兇……」

沈傲左一個閹人，右一個閹人的惹得曹公公火起，雖說是個太監，可是除了官家，誰敢如此直呼他的痛腳，真是豈有此理，眼睛都紅了，扯著嗓子喊：「你拿畫來，拿畫來……」伸手要去沈傲身上搜，沈傲打開他的手，他又撲過去，扯住畫卷的一角便往外拉。

嘶……那畫哪裡經受得住這樣的折騰，竟是撕成了兩半，曹公公的手上，正捏著一點殘片。

「哇，大家看仔細了，死太監損壞御賜之物，天理難容，和我沒有干係！」沈傲高聲大叫，生怕沒有人聽見。

曹公公先是一愣，心裏也有些發慌，很快又冷笑起來：「御賜之物？你故弄什麼玄虛。」

這時，幕僚帶著王押司進來，王押司面色沉重，鬢角處有微微的汗漬，這件事干係太大，他不敢掉以輕心，進衙先和通判行了個禮，通判見畫有損傷，已是驚得說不出話來，此時終於擺出了一些官儀，朗聲道：「來，請曹公公坐下。沈傲，你既說這畫是御賜之物，那麼就拿畫來驗一驗。」

「畫都被曹太監扯破了，這筆賬怎麼算？」沈傲從懷中掏出畫，扯破的地方不多，只是一角，不過此刻沈傲趁勢追擊，得理不饒人。

判官此時頭痛的很，想不到越陷越深，事情越棘手了，只好道：「先驗明真假再說。」

便教王押司取了畫，王押司很鄭重的將畫攤在通判身前的案桌上，通判不好繼續坐著了，御賜之物就在身前，他的官儀也擺不下去，只好站起來。

將摺皺的畫鋪平，映入王押司眼前的，正是那瘦金體清奇的筆鋒，官家的畫流傳出來的不多，王押司也沒有見過真容。不過他也有辦法，那就是看題跋，官家的字天下人都認得，是錯不了的。只要字跡沒有錯，這畫自然就是真跡了。他小心翼翼的探身過去看那題跋，題跋上只有一個天字，天下第一人，除了官家還有誰。

再看這天字瘦直挺拔，橫畫收筆帶鉤，豎劃收筆帶點，撇如匕首，捺如切刀，豎鉤細長。王押司心裏一陣激蕩，忍不住道：「官家的字有宗師的氣派，妙，妙得很。」

他渾然忘我的沉浸在這猶如鶴舞的字跡中，竟是一下子癡了，口裏連聲說：「確是真跡無疑，大人，我敢用人頭擔保。」

這一句話聲音並不大，卻讓曹公如遭雷擊，打了個冷戰，手心都被冷汗浸濕了，口裏說：「你再看看，再看看，這斷無可能的，看仔細了。」

不得已，王押司繼續看，片刻之後抬眸道：「不會有假，是官家的畫。」

「啊……這怎麼可能?他是個騙子啊。」曹公公頓時慌了，看了堂下同樣目瞪口呆的潘夫人一眼，差點兒一下子癱在地上。

沈傲道：「曹太監撕了官家的畫，我要去報告皇上，還有通判大人縱容曹太監在衙門行凶，我也要去報告。」

其實他連官家的面都沒有見過，這幅畫雖是官家的真跡，可說穿了，他和官家沒有交情，只不過是機緣巧合之下官家拿來和他比試畫技的。現在氣勢洶洶的要去告狀，其實也只是嚇唬嚇唬他們。

通判這個時候擺不起架子了，又拉不下面子，放低聲音對沈傲道：「這場官司就此

了結，沈公子無罪釋放，沈公子，我們到內衙說話如何？」

他是想大事化小，真要鬧將起來，架不住。

曹公公此時也總算擠出一些笑容，干係著他的身家性命，他不服軟不行，口裏說：「是，是，沈公子，我們到後衙去談談。」

沈傲搖頭：「不行，這衙門裏太黑了，我好害怕，如果你們騙我進去，殺人滅口怎麼辦？要說，就在這裏說。在這明鏡高懸的匾額下，光明正大的說。」

通判苦笑，殺人滅口？這傢伙的想像力未免太豐富了，這麼多人看到了這一幕，就算他有這個心思，也沒有這個膽啊。於是好言撫慰：「沈公子，這裏說話不方便，更何況這裏是公堂，豈能談私事。」

曹公公堆笑道：「方才得罪了沈公子，真是萬死，好在澄清了這場誤會，要不然我的罪過就大了，我請沈公子喝茶，就當是賠罪，如何？」

那跪在堂下的潘夫人便開始嗚咽了，她原本以爲自己這個哥哥能爲自己做主，其實潘仁瘋了，她並不介意，反正這個丈夫有了等於沒有，成天夜裏就是往幾個小妾屋子裏鑽，瘋了是守活寡，沒瘋之前也是守活寡，並沒有什麼區別。只是家裏的錢都沒了，如今是家徒四壁，因此才來上告的。想不到這個時候，曹公公卻突然轉了話鋒，讓她預感到不妙，又不敢說什麼，只能哭哭啼啼。

沈傲道：「我最討厭女人哭了。」

曹公公立即呵斥潘夫人，口裏說：「不要哭，驚擾了沈公子，我們都吃罪不起，真是個婦道人家，哭哭啼啼的有什麼用。」

潘夫人不敢哭了，渾身抽搐。

沈傲又說：「我喜歡喝靈隱寺空定和尚親手泡的茶。」

通判和曹公公面面相覷，期期艾艾的道：「靈隱寺距離汴京來回有三十里路程，現在去求茶，只怕要喝時天都已黑了。」

沈傲道：「除了靈隱寺，邃雅山房的店夥也練就了空定和尚的手藝，雖說只學了五分，不過倒是勉強能入口。」

空定、空靜答應爲沈傲做一件事，沈傲便叫了幾個店夥去讓他們教泡茶、烹製糕點，時間倉促，雖然連半吊子水準也算不上，倒也勉強可以待客了。

「噢，邃雅山房？」通判連忙招王押司過來，問；「邃雅山房在哪裡？麻煩先生速去買些茶水來，我們要召待沈公子。」

沈公子搖頭：「邃雅山房的茶水不外售的，就是有錢也買不到。」

通判驚奇的道：「本官要去買茶，他們也不賣？」

這根本是赤裸裸的打廣告啊，偏偏沈傲有板有眼的道：

「只有會員才有賣，恰恰我就是會員。這樣吧，反不如你們拿錢給我，我自己去喝。」

曹公公臉色緩和了，撕破了官家的畫，那是違逆的大罪，要被活活打死的，要想活命，只能請沈傲不要追究。現在瞧沈傲伸手要茶水錢，心神就定住了，要錢就好，能要錢，說明還有商量的餘地，連忙堆笑道；「不知沈公子要多少？」

沈傲很認真的計算：「一壺茶一百文，不怕曹公公笑話，我這人是海量，百來壺也就開開胃而已，少說也要二三十貫錢吧。」

「好說，好說。」曹公公諂笑道：「這錢我出了，就當交沈公子這個朋友。」說完要去掏錢，可是卻發現，自己的身上除了一些銅板，哪裡有幾十貫之多。一貫錢足足有數斤重，幾十貫就是上百斤，誰閒了沒事做把它們帶在身上。

曹公公很尷尬，說：「明日再將錢送到沈公子府上去如何？」

沈傲搖頭：「不行，你這樣說的好像是我向你要錢一樣，我只是要喝茶罷了，不給就算了。」很清高，一副拒人千里的模樣。

曹公公連忙說：「好，我這就叫人去取錢，沈公子稍待。」這傢伙惹不起，脾氣變化不定，太難伺候了。

沈傲目光落在曹公公的手指上，指著他手指上一枚紅彤彤的瑪瑙戒指道：「算了，你拿這戒指給我把玩幾天就成，談錢不好，君子之交淡如水，不能太庸俗。」

哇，曹公公要哭了，他身上的配飾不少，卻以這瑪瑙戒指最值錢，少說也要百貫以上，這個傢伙眼睛好毒，一眼就看中了這個，這是赤裸裸的訛詐啊。曹公公麻利的脫下戒指，往沈傲手裏塞，說：「沈公子喜歡，拿去玩就是，不必客氣。」

沈傲很不好意思的道：「這戒指不會太貴重吧？若是太貴重，我就不奪人所好了。」

曹公公咬牙道：「不值幾個錢的，公子收下，不必客氣。」

沈傲問：「那到底值多少錢？」

曹公公堆笑：「三五文而已，三五文而已，不過是個小玩意，公子隨便拿去玩。」

沈傲很認真的道：「哦，這就好，不如這樣吧，我也不好白收你的禮物。」他從百寶袋裏掏出十文錢來，往曹公公手裏塞：「這十文錢是買戒指的錢，不用找了，剩餘的，就當是送給曹公公的見面禮吧。」

曹公公小心翼翼的捏著這十文錢，真是哭笑不得。

沈傲把玩著手裏的瑪瑙戒指，細看了戒指上的痕跡和色澤，心裏就有數了，這戒指非同一般，至少有百年以上的歷史，瞧這樣式，應當是唐朝時期的古物，有一種開放豁

達的工藝，在唐朝之前，古人並沒有戴戒指的習俗，因此戒指並不普遍，工藝在相當一段時期內踟躕不前。到了唐朝，風氣逐漸開放，再加上異域的習俗融合，戒指逐漸成爲飾物，也正因爲如此，許多工藝逐漸開始完善。沈傲手中這枚瑪瑙戒指相當的精細，鑲嵌在戒指上的瑪瑙也很爲罕見，只怕是大食商人從異域帶來的。

通過這些資訊，沈傲隱隱猜測出這極有可能是宮廷或者王侯留下來的珍寶，價值應當在五百貫以上。沈傲瞥了曹公公一眼，心裏想，這曹公公從哪裡弄來的戒指？很快他就明白了，曹公公是教坊的副使，權力不大，油水卻是不小。那些官妓們供官員們玩樂，多少會有些官人送些禮物，而這些禮物到了官妓手中，往往最終輾轉入教坊司的大小太監們手裏。

這戒指不管是那官人、歌妓還是曹公公，都沒有看出它的文物價值，只是單這瑪瑙，應當也在百貫以上，曹公公騷包，所以戴在手上炫耀。若這死太監知道自己戴的還是個古玩，只怕更要捶胸頓足了。

沈傲把瑪瑙戒指收好，財不可外露，這是至理明言，更是藝術大盜的守則。

咳嗽一聲，沈傲笑嘻嘻的對曹公公道：「後衙就不去了，我還有事，改日曹公公和通判大人再請我喝茶吧。」說著走到那婦人身前，道：「你就是潘夫人？」

潘夫人沒了依仗，此時畏畏縮縮的望著沈傲，嚇得不敢說話，心驚膽跳地點頭。

沈傲嘆了口氣道：「我並沒有騙潘仁，是他自己願意拿自己的身家來換我的房子，我聽說邃雅山房的東家人很好，也是潘仁的好友，現在潘仁瘋了，你的生活沒有了著落，每個月到邃雅山房去，到那裏領些錢度日吧。」

潘仁傷天害理咎由自取，可禍不及妻兒，總不能教他的妻兒都餓死吧！

沈傲恩怨分明，雖然潘夫人要找他的麻煩，若是自己沒有這幅官家的畫，只怕現在已進監獄了，可是仍免不了同情。他心裏想著：「每個月讓吳三兒支十貫錢給她，也足夠她度日了。」

沈傲的心還是很正的，他是大盜，不比那些下九流的樑上君子，沒錢對他來說是萬萬不能的，可也不是萬能的。拿錢出來幫助應該幫助的人是沈傲的原則，他可以無恥，可以陰險，可以耍詐，但是有一點，他不能泯滅自己的良心和原則去做事，對壞人他可以更壞，對無辜的人他硬不下心腸，更何況，這個女人淪落到如今也有自己的原因。

有一句老話，叫做盜亦有道，這是大盜之間的守則，雖然看上去迂腐可笑，卻是沈傲的基本職業道德。

潘夫人微微一愣，原以爲沈傲會借機報復，幾乎不敢相信自己的耳朵，也不知是該感激還是怨恨，頹然在地默然無語。

沈傲已經抬腿走了，到了衙口朝那京兆府的都頭點點頭，道：「不知都頭貴姓？」

這都頭連忙恭恭敬敬的道：「在下姓張，沈公子叫我張萬年即可。」他心裏很唏噓，還好方才沒有難爲沈傲，否則吃不了兜著走是一定的。

沈傲朝他頷首，笑道：「改日請張都頭喝茶吧。」說著抬腿走進衙外的人群。

看熱鬧的人已經鬧開了，自古沈傲這樣大膽的人他們見得不多，尤其是後一段最爲精彩，那通判和曹公公吃癟的模樣讓許多人感到暢快淋漓，紛紛叫好，只不過這種熱情來得快去得也快，不多時，各人便紛紛散走。

沈傲一看，噢，陳濟走了，這個便宜老師想來是不會來湊這個熱鬧的，他的名聲太大，在這裏礙眼，不過這樣做也太沒義氣了，自己都被官差拿了，他就這樣放心地走了？

很快，沈傲的心理就平衡了，官家的畫，陳濟也曾看到，他既知道自己帶著官家的畫，必也知道自己能化險爲夷，也不必來湊這個熱鬧。哎，這個便宜老師看來心機也很深呢。

倒是曾歲安沒有走，迎過來笑呵呵的朝沈傲道：「沈公子有驚無險，無恙便好。」

曾歲安的人品不錯，沈傲有些感激地道：「倒是讓曾公子費心了。」

客套話說了一籮筐，曾歲安約定沈傲過幾日去邃雅山房小聚，這才告辭走了。

沈傲獨身一人行走在街道上，偶爾有幾個面熟的人和他打招呼，大多是他們認識沈傲，沈傲卻不認識他們的。說起來，今日真是鬧得有點過火了，先是詩會，又是一場官司，哪一樣都是大放異彩，這螢火蟲金龜子真是想不做都難，太引人注目了。

沈傲被官差拿了的消息瞞不住，在祈國公府已不脛而走，夫人剛剛午休小憩了片刻，教周若到後園亭子裏閒坐，便聽到幾個碎嘴的丫頭說什麼沈書僮東窗事發。站在夫人身後的春兒臉色一變，差點兒要暈過去。

自那一次騙了潘仁，春兒就一直忐忑不安，生怕有人找沈傲麻煩，不成想越是擔心就越來什麼，她是個藏不住心事的人，面容頓時蒼白如紙，扶住亭柱，大口的喘氣。

周若微微蹙眉，卻是不動聲色，心裏也略略有些發急，也不知是擔心沈傲還是什麼，總覺得一口氣堵在胸口，吐不出又吞不進。在母親面前，她卻是沒有絲毫異色，臉上仍然掛著笑，只是那一雙美眸掠過一絲擔心。

夫人虎著臉叫那兩個丫頭來，道：「你們方才說沈書僮什麼事發了？」

兩個丫頭不敢隱瞞，把外府傳得風風雨雨的事說了，其實她們知道的也不多，只知道沈傲被官差押去了京兆府，至於其他，也是一概不知。

夫人冷著臉，向周若道：「沈傲這孩子一向好好的，怎麼會惹上了官差？」

她這樣問，是有點兒半信半疑，不太相信丫頭們的話。

周若道：「母親，或許是有人冤枉他也不一定。」

「是了，沈傲是個好孩子，斷不會做什麼枉法的事，他是公府的人，不能教他被人欺負了。」夫人此刻一改往日的慈容，隱隱之間，竟是異常的鎮定果斷，吩咐春兒道：「春兒，你去老爺書房，教老爺來，這件事需老爺出面，我就不信，誰這麼大的膽子，不把公府放在眼裏。香兒，你去尋趙……」

夫人原本想叫趙主事，突然卻是頓了頓，改口道：「叫外府劉文吧，讓他立即去京兆府探聽消息，不要耽擱。」

春兒、香兒應命，各都走了。

周若心中大定，只要母親出面，沈傲只怕就不必擔心了，便笑著說：

「母親，這個沈傲也真是，三天兩日的總是要鬧出一些事來，不過他對母親倒是很好呢，前幾日我還見他畫佛像，說是要掛在香堂的。他的畫很不錯。」

這叫先抑後揚，先說一句無關緊要的不是，再讚揚一番，不令母親起疑，掩飾自己的心思，周小姐的心機也是很深的。

夫人呼了口氣，蹙眉道：「平日我就喜歡這孩子，今日他遇到這種事，我心裏便總是放不下，哎……」嘆了口氣，又恢復了慈眉善目，隱隱之間，那雙眉之間淡淡地升起一點點憂色。

過不多時，春兒回來稟告，說：「夫人，老爺不在書房。」

夫人咦了一聲，道：「平日老爺用過了飯都在那裏看書的，怎麼今日卻不在了？」

她沉吟片刻，感覺有些不對勁，便道：「那去尋恆兒來，讓他拿著他父親的名敕去京兆府，看看京兆府那一邊怎麼說。」

春兒踟躕道：「上午老爺也尋少爺，說是要考校他，少爺晌午回來聽到了風聲，說是去會友，至今也沒見人。」

周恆這個滑頭，一聽周正尋他，又聽是要考校學問，早就溜之大吉了，這個當口是絕不敢回來的。

夫人這時有些拿不定主意了，只好說：「那就等劉文回來，看看有什麼消息再說。」

第廿二章

專業判斷

這件事要瞞是瞞不住的，不如主動說出來。

沈傲在賭，賭他的判斷力，

如果真如他所判斷的那樣，他就能全身而退，

若是他的分析錯誤，結果又是不同。

他相信自己的專業判斷，所以信心滿滿。

劉文去打聽消息，到了京兆府，案子已經完結了，好在四周有貨郎逛蕩，便去問沈傲的事。

貨郎眉飛色舞，添油加醋的說了一番，說沈傲如何如何咆哮公堂，又如何如何讓通判、曹公公服軟，最後道：「沈公子已經走了，今日真是精彩，錯過了很可惜。」說著，便爲劉文惋惜的樣子，是嘆息他錯過了這場好戲。

劉文倒是大吃一驚，想不到沈傲這個人深藏不露，此人很不簡單，好在在府裏頭，他與沈傲的關係還算不錯，往後還要多和他親近才是。

劉文打聽清楚，便急匆匆的趕回去回報，剛到外府大門，卻遠遠看到沈傲往裏頭進去，劉文心中一喜，追上去道：「沈兄弟，沈兄弟……」

以前劉文還直呼其名，不知不覺間就換上了更熱絡的稱呼。其實劉文比沈傲大得多，就是做他爹年齡也足夠了，不過做管事的往往圓滑，怎麼親熱怎麼叫，沒什麼忌諱。

沈傲回眸，對劉文笑：「劉主事也剛回府嗎？哈，好幾日沒見，劉主事精神了不少。」

劉文便把夫人的事和他說，沈傲微微一愣，想不到這事闔府上下都知道了，不免有些尷尬，只好說：「說出來怕人笑話，雖是被人冤枉，可畢竟吃了官司，劉主事能不能替我遮掩一二。」

劉文明白了，沈傲想低調，心領神會的點頭，故意將話題岔開：「吳三兒還來找過我呢，說是託了趙主事去向老爺稟報，一直不見音信。沈兄弟，老爺最不喜歡下人出去尋事的，趙主事這麼做，只怕別有居心。」

沈傲微微頷首，卻不表態，問：「吳三兒呢？現在在哪裡？」

劉文道：「後來派人叫我去打探消息，我便教他回去了，告訴他，只要夫人過問這件事，他也不必再記掛。」

沈傲連忙感謝，劉文很義氣的虎著臉道：「沈兄弟說的這是什麼話？你我一見如故，能爲你效勞是應當的，再說夫人吩咐，我也只是借花獻佛罷了，以後再也不要提謝字。」

二人一邊走，一邊說，轉眼進了內府，便去尋夫人。夫人還在亭子裏等消息，看到劉文帶著沈傲回來，臉色便舒展了，遠遠的朝沈傲招手。

沈傲不敢磨蹭了，健步如飛，小跑著過去，帶著感激之色地道：「讓夫人擔心了，真是慚愧。」抬眼，便看到周若冷著個臉，心想：這周小姐怎麼總是這樣，本書僮安全歸來，也不見她笑一個。

還是春兒好啊，沈傲目光落在春兒身上，見她的臉上全是對他的在乎，既是擔心又

很驚喜的樣子，若不是夫人在，沈傲保準她會撲在自己身上。還是小丫頭好些，小丫頭涉世不深，夠純潔。

夫人讓沈傲坐下，問是出了什麼事，沈傲便胡扯，輕描淡寫的只說是得罪了一個太監，夫人冷聲道：「閹人也敢教京兆府拿人嗎？好在他們放你回來了，否則公府也不是好欺的。」

沈傲自然感激涕零，這感激有一半是出自真心，另一半是渲染，不過，沈傲面部表情雖豐富，但沒有刻意矯揉造作的成分，再加上夫人待他確實不錯，真中帶假，假中帶真，很感人。

這個時候，趙主事小跑著過來，先向夫人行了個禮，望了沈傲一眼，很驚喜的道：「剛剛聽門房說沈傲回來了，原來是真的，京兆府沒有爲難你吧。」他隨即一笑，不待沈傲回答，向夫人道：「老爺教我來向夫人問好，此外，也叫沈傲去見他。」

方才要救沈傲時，見不到周正的人，現在沈傲回來，周正倒是冒出頭了，他和周恆果然是父子，不該出現的時候絕不出現，該出現時便閃亮登場。

夫人眉頭一蹙，似是發現了背後的一些端倪，冷面道：「知道了，你先下去吧。」

趙主事討了個沒趣，夫人又如此不待見，心裏就更恨沈傲了，從前夫人待他好得很，自從沈傲進來，對他就越來越淡漠了。

趙主事只好笑吟吟地道：「那老僕先去回稟老爺了。」說罷，快快不樂地走了。

夫人若有所思地問春兒：「你去書房時，當真沒有見到老爺？」

春兒道：「我還沒進書房，門口便有人攔住，說是老爺不在。」

夫人點了點頭，冷聲道：「看來是有人在背後搗鬼，老爺既不在，爲什麼會知道沈傲的事，還要見他。」

沈傲連忙說：「夫人，公爺叫我去，只怕不能耽擱。」

夫人頷首，道：「待會兒老爺問你話，你如實回答即是，不必怕的。」

沈傲點點頭，便跨步去了。其實他心裏暗暗有些擔心，雖然在府裏待了不少時候，可是國公卻是第一次見。沈傲當然不怕什麼王八之氣，更不擔心國公如何如何，只是隱隱感覺到，這背後似乎有些不正常。

這是一種職業的敏感，沈傲嗅到了一絲陰謀的氣息。兵來將擋水來土淹，只能走一步看一步了。

到了書房，先叫人去稟告，門人回來朝沈傲努了努嘴：「老爺就在裏屋，進去吧。」這門人的臉色很不友善，沈傲幾乎可以從他的眼眸深處感覺到一絲幸災樂禍。

沈傲心裏卻想，想看我的笑話？哈，偏不讓他看。

沈傲闊步進去，此刻反而心靜如水。進了書房，那數盞油燈搖曳之下，一個戴著進德冠，披著白色錦袍的中年人恰好抬眸與沈傲對視，只須臾之間，沈傲便感覺到這一束眸光很犀利，有錐入囊中的銳利感。

國公不簡單，是見慣了風雨的人，又身居高位，自有一番懾人的威勢。

「書僮沈傲見過公爺。」沈傲懂府裏的規矩，微微欠身，站在門側等待國公發話。

周正闔目，一雙眼睛肆無忌憚的打量著沈傲，彷彿要一眼洞悉他的一切，他抿抿嘴，微微一笑，那笑容讓沈傲覺得有點凌厲。

沈傲束手站著，沒有發出任何聲音。

良久，周正收回目光，漫不經心地道：「你就是沈傲？」

這一句話彷彿是多此一舉，沈傲方才已經通報了，可是這輕描淡寫地一問，卻讓沈傲驟然感覺到一種壓力。這是一種很奇怪的感覺，明明只是一句最普通的話，聽在沈傲耳中彷彿變成了詰問。

沈傲點頭：「是。」心裏在想：「這個國公很奇怪，倒像是在審判犯人，而且他看上去還懂得利用心理學，懂得以氣勢來壓人。不過嘛……」

沈傲心裏偷笑，做他這一行的，心理學是必修課，這個時代的人琢磨出來的那點微末道行，與他比起來，簡直就是雕蟲小技。

沈傲目光一瞥，在國公的身上遊走一遭，國公穿得衣物很平常，由此可見，這個人應當不是一個容易被物質誘惑的人，有很強的定力。衣物以潔白爲主，就連綴在腰間的香囊也是以白絲縫製，那麼可以確定，國公這個人在某種程度上有一種潔癖。

這種潔癖當然不是生理上的，更多的應當是心理上，也即是說，這種人的眼裏容不得沙子，事事追求美好無瑕，對完美的事物有一種偏執。

還有，他的手指上有一枚稀鬆平常的戒指，這戒指很古樸，應當不只是簡單的裝飾品，八成是祖傳下來的東西，由此可見，國公的性格偏向保守。

他的眉宇之中有一股淡淡的愁意，沈傲猜得沒有錯的話，國公在事業上並不如意，身爲國公，署理的是國家大事，那麼想必在朝堂之上，一定有某個敵對的強大勢力存在，令他愁眉不展。

他的臉頰微微有些凹陷，也可以證明這一點，顯然這些日子，他經常吃不香睡不熟，有心事放不下。身爲國公，除了政治之外，還有什麼可以讓他夙夜難昧？

再看他的氣色，微微帶有怒意，明顯來意不善，心情本就不好，也不知是誰告了刁狀，國公的這股邪火八成是要往自己發了。

沈傲收回目光，卻是一副淡然的樣子，還是那句話，兵來將擋，水來土淹。

就這一會，憑著分析，沈傲已經對國公有了一些初步瞭解，國公的性格保守、待人

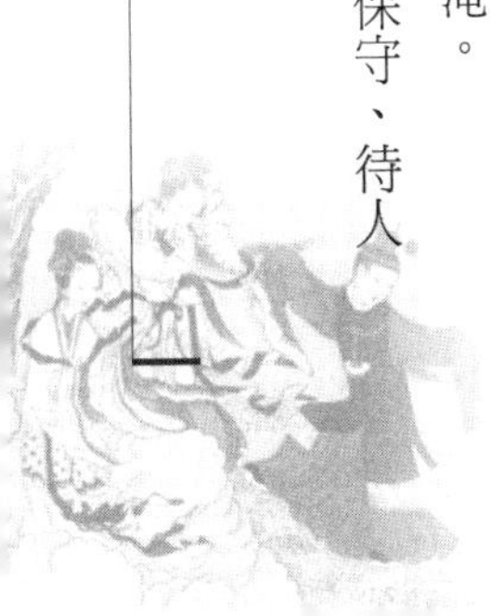

苛刻，追求完美，政治上又有一種潔癖，這種潔癖不止從言談舉止上可以發現，從國公收留陳濟這一件事上也可以看出端倪。

陳濟是什麼人？徹徹底底的清流，得罪的不止是權臣，就連官家也被他罵了個狗血淋頭，收留這樣的人，是要冒一定政治風險的，可是偏偏國公做了。

那麼沈傲可以肯定，陳濟與國公的性格，或者說政治上的觀點是一致的，不同的是，陳濟是切切實實地做了，做了國公想做卻不敢去做的事。

這樣的人該怎樣應對？沈傲心中劃過許多念頭。

周正沉聲道：「聽說有人告你詐騙錢財？」

沈傲點了點頭：「是。」

他已經有了主意，這件事要瞞是瞞不住的，與其如此，不如主動說出來。

沈傲在賭，賭他的判斷力，如果真如他所判斷的那樣，周正正是這樣的性格，他就能全身而退，若是他的分析錯誤，結果又是不同。

他相信自己的專業判斷，所以信心滿滿。嘆了口氣，道：「公爺已經知道了？」於是口若懸河，先從周小姐開始，講起潘仁如何與教坊司勾結徇私枉法，自己又如何與周小姐設局，如何騙取潘仁的錢財。

沈傲還是留了心眼的，他把周小姐故意擺在很重要的位置，如此一來，周正就算想治沈傲的罪，去告發沈傲，非要大義滅親不可。

詐取錢財之後，如何被曹公公告發，自己又如何脫困，沈傲的口才好，說得娓娓動聽，一路行雲流水下來，滴水不漏。

周正先是皺眉，後來聽到潘仁上當，曹公公吃癟，眉宇也不禁舒展開來。等沈傲說完，周正不禁多看了沈傲幾眼。他想不到，一個小小書僮卻做出這麼多常人想做而不敢去做的事，想起自己爲了家族，在許多場合三緘其口，明哲保身，心中感伏萬千。

與沈傲相比，周正感覺自己有些尸位素餐。

他沉默了片刻，沉聲道：「你也太造次了。」

這一句話雖有斥責的意思，可是語氣卻柔和了起來，就像父母教訓孩子，棒子高高掛起，卻是輕輕落下。

沈傲心裏清楚，他賭對了，於是連忙道：「身爲書僮，我這樣做，可能會爲國公府惹來麻煩，請國公責罰。」

沈傲先是虛心認錯。態度是很重要的，有了一個好態度，才能讓人生出好感，隨即話鋒一轉，又道：「不過，就是國公將沈傲打死，沈傲也不會後悔。沈傲讀過一些書，知道什麼是有所爲有所不爲的道理。」這一句話是告訴周正，自己做得沒有錯。

周正卻是苦笑，一時間卻是難以決斷了。沈傲所作所爲，他是認可的，可是他這樣做的後果，他卻不認同。該怎麼處置這個書僮呢？若是不聞不問，只怕將來又會鬧出什麼事來；可是若是責罰他，本心上又有些過不去。

沈傲漫不經心地道：「沈傲知道，有些事雖然是對的，可是做出來卻是錯了。正如我的老師陳相公一樣，明明他沒有錯，其實卻是錯了。」

周正咦了一聲：「你是陳相公的弟子？」

沈傲心裏暗自竊笑，陳濟這個師父認得好啊。口裏說：「是的，承蒙先生不棄，讓我拜入門下，時刻聆聽老師的訓誡。」

周正吁了口氣，心裏說：「原來如此，這人是陳相公的弟子，是了，陳濟相公不近人情，這個書僮卻有些圓滑，不過本性上卻又有些相通，有一種偏執。」

他臉色緩和了一些，朝沈傲虛抬了手：「坐。」

尋常的奴僕，自然沒有坐的資格，沈傲心裏清楚，他這是沾了陳濟的光，所以說這個便宜師父拜得沒有錯，做了他的弟子，身分地位一下子就隨之提升了。

他大大方方地坐下，口裏道：「謝國公。」

周正此時刻意不去提沈傲在外頭做的事了，反而將沈傲看成了後輩，問沈傲在哪裡發蒙。

沈傲早有說辭，以前就對夫人說過，還是家道中落那一套，說謊最怕的就是前後不一致，若是在夫人面前一套說辭，到了國公面前又換一套，結果哪天這一對公婆說起自己，發現了破綻，那就慘了。

周正聽了，也是唏噓不已，口裏道：「既如此，你就更要用功，把時間用在做學問上。你做書僮，會有很多閒暇，可以去找些書看。太學裏授課，你也可以旁聽，將來等學問有了長進，就贖了身，去取個功名，不要辱沒了自己。」

沈傲連忙感激稱謝，周正又問他在府上的近況，沈傲自然說好，口裏說：「夫人很照顧我，少爺也對我很好。」

周正點頭，捻鬚道：「陳相公近來身體如何了？這些時日公務繁忙，倒是很少去看他。」

沈傲自然是揀好的說。周正便笑了，道：「往後你要讀書，大可以到這書房來，我這裏有不少藏書，更有不少經典時文，不要讓陳相公失望。」

他這樣說，算是不追究沈傲的事了，言語之中有了一些關切之意，算是對沈傲有了認可。

沈傲點頭稱謝，目光一掃，落在國公尾指的那枚戒指上，這枚戒指很古樸，雖然只是與沈傲短促的對話，可是沈傲已看到國公幾次去撫弄這枚戒指，這意味著什麼？

首先，可以說明國公對這枚戒指很看重，視若珍寶。其次，可以推斷這枚戒指應該是長年累月的戴在國公手上的，從而使國公養成了撫弄戒指的習慣。

再打量這書房，書房中擺設了不少古董，有精美的花瓶，有古色古香的筆筒，就是那硯臺似乎也很不簡單。

有一點可以確認，國公很喜歡古玩，只怕還是一個收藏家。別看這屋子裏很不起眼，若是將這些物件放在後世，只怕隨便拿出一個瓷瓶，價值至少也超過八位數。

會話的藝術在於投其所好，雖然國公對沈傲的態度有了改觀，可是二人之間仍然很生疏，這種生疏既有年齡上的斷層，也是因爲地位的懸殊。

沈傲笑了笑，道：「公爺，這枚戒指不知從何而來……」他話說到一半，又誠惶誠恐的樣子道：「公爺恕罪，沈傲對古玩有些小興趣，所以鬼使神差地竟問了些不該問的事……」

周正一副不怪罪的樣子，反而眼眸一亮：「怎麼?你也懂古玩？」

沈傲不但懂古玩，製作贗品古董沒有一千也有幾百了，若說他不懂，只怕天下沒幾個人懂的。他很謙虛的笑：「略懂一二，平日對一些古物有興趣，因此也學到一些鑑定之術。」

周正頓時來了興致，道：「好極了。」他心念一轉，拿起書桌上的硯臺，道：「那我考考你，這硯臺可有什麼不同？」

收藏古玩，最主要的前提是鑑別古今真僞，憑藉的就是眼力。無論是出土還是傳世的古玩，唯一識別的方法仍是靠「眼」來觀察。要練就一雙「眼」可不簡單，非但要長年累月的觀察，更要懂得觀察入微。而觀察的同時，又要對歷史和各時期的工藝有深刻的瞭解。有了這兩樣，算是步入鑑寶的門檻了。

但凡是酷愛收藏古玩的人，多多少少都對鑑寶有一些心得，因此，聽說沈傲也會鑑寶，周正的興致就來了。

沈傲比周正的水準可是高了好幾個檔次，他不但會鑑寶，更爲「造寶」，僞作古玩是他吃飯的傢伙。而要僞造古玩，就不止要懂得鑑寶了，更要對古玩的歷史細節不能有絲毫的錯漏。除此之外，各個時代的工藝、用料也極有講究。

比如某樣世界知名的唐三彩，要複製它，就先要瞭解它的歷史細節，任何有關它的歷史記錄都不容錯過，譬如某某時期被什麼人收藏，某某時期被人摔碎一角，某某時期隨某人入土。之後就是選料，唐朝的工藝水準如何，用料如何，風氣如何。諸如此類，都必須考慮進去。

沈傲是造假高手，自然是不怕周正的試探，哇，若是堂堂沈傲鑑定不出古董，傳到

後世同行耳朵裏還不要笑掉大牙？

不過每一次鑑定前，沈傲都不敢掉以輕心，此時他捋起袖子，小心翼翼地將書桌上的硯臺端起，一雙眼睛開始在各個細節處逡巡。

鑑別硯臺，首要是看，這個看主要是看其紋理、工藝、品相、銘文，硯臺的年代已經有些久遠了，材質暫時還看不透，但是工藝卻是極好，有一股開闊的風氣，硯臺的邊緣圓滑，應當不是漢晉時期的作品，那個時候的工藝水準雖然有了極大的進步，但是還沒有到這種水準。推算下來，硯臺的年代應該是在五代末期隋朝初期。

硯臺底下並沒有銘文，由此推斷，這應當不是供應宮廷或王侯的硯臺。做工如此細膩卻又是尋常百姓家的硯臺，倒是少見。

沈傲頓時來了興趣，輕輕用手指在硯底一彈，一種沉重的木聲傳出，很渾厚。沈傲笑了笑，便確定這應當是端硯，端硯與歙硯並稱爲天下名硯，以石質堅實、潤滑、細膩、嬌嫩而馳名於世，用端硯研墨不滯，發墨快，研出之墨汁細滑，書寫流暢不損毫，字跡顏色經久不變，好的端硯，無論是酷暑或是嚴冬，用手按其硯心，硯心湛藍墨綠，水氣久久不乾，有「哈氣研墨」之說。

而端硯的聲音是以木聲爲佳，瓦聲次之，金聲爲下，方才發出的木聲，說明這端硯的材質極好，價值不菲。

沈傲放下硯臺，開始踟躕。這個硯臺很奇怪，明明價值不菲，工藝精湛，卻又沒有銘文，除了宮廷王侯，誰又有這樣的財力來製造使用呢？許多歷史往往是從古物中發掘，而古物又可以爲歷史引爲旁證，這就是古玩的魅力所在。

越是存在疑惑，沈傲就越是興致高昂，此刻彷彿一下子忘了國公的存在，負著手，眼睛並沒有離開硯臺，口裏卻是喃喃道：

「硯面凹陷，想必用硯之人是個飽學之人，紋理也非常平順，那麼磨硯之人想必是個女子，力道輕柔，且具有相當豐富的磨硯經驗。」

推斷出這個，沈傲更感到疑惑，既然是這樣，那麼硯臺的主人應當是個貴族，且身分相當的高貴，若是窮人，磨硯自然是親手操勞，男人的力道大，不會有這麼平順。可若是一個磨墨經驗相當豐富的女人，那這人應該是個奴婢，一個專門爲主人磨硯的奴婢。

隋初奢靡之風未開，當時的隋文帝甚至連馬車都捨不得用。上等的極品端硯，再加上專門磨硯的女婢，這一切都可以證明它的主人具有相當大的權勢，富可敵國。那麼，爲什麼沒有銘文呢？解釋不通，既然家世如此高貴，按常理，銘文是必須的，任何一個大府邸的器具都會刻上銘文，以顯耀身分。

除非……除非這個人想刻意低調，在政治上遭遇了某種猜忌。這種猜忌很有可能是

致命的，讓他事無巨細，都不敢有絲毫的逾越。

沈傲隨即苦笑，說不通啊，又沒有在銘文上刻什麼禁語，有什麼好逾越的，除非這個人杯弓蛇影，或者是……

第廿三章
釣魚執法

周正問：「如何智取？」

沈傲微微一笑：「公爺聽說過釣魚執法嗎？」

周正一頭霧水，卻見沈傲笑吟吟地道：

「請公爺放心，就以半月為限，沈傲一定為公爺將這戒指找回來，完璧歸趙。」

「是了。」沈傲狂喜，眼眸一亮，自言自語的道：「隋朝初期，我竟把這個時期忘了，沒有錯，就是他。」

沈傲總算回過神來，定睛一看，見周正笑吟吟地捻鬚看著自己。這個眼神，很曖昧，意味很深。

這是怎麼回事？沈傲頓時有點兒背脊發涼，左右四顧，才發現，不知什麼時候，自己竟是坐在了國公的太師椅上，而國公則被自己「趕」到了一邊，喧賓奪主啊。

沈傲不好意思的笑笑，連忙從太師椅上站起來，道：「公爺恕罪，沈傲真是萬死。」

周正笑吟吟的道：「人生在世，難免會有喜好，有喜好就有癡迷，有癡迷自然就忘了禮儀，我又豈能怪罪，說起來我從前……咳咳……」

周正面上微微一紅，說不下去了，很是尷尬。心裏想：「我和一個後生晚輩說這個做什麼？」

周正是把自己引為半個知己了，一來，沈傲雖然做事不計後果，可是很得他的心意；二來，沈傲是陳濟的徒弟，讓周正另眼相看。第三就是，周正發現他與沈傲之間竟有共同的喜好，方才沈傲的言行是絕對裝不出來的，看他那鑑定硯臺時的各種動作，就已證明這後生是個老手。

人生在世，知己難求，周正的心思變化得極快，竟是差點要把自己從前的糗事說出來，好在及時住口，否則這面子就掛不住了。

沈傲笑吟吟地道：「莫非國公也曾有過我今日的孟浪嗎？讓我想想，國公位高權重，在尋常人面前倒也沒有什麼，若我猜得沒有錯，應當是官家請公爺去鑑寶，公爺一時無狀，一定是做了很尷尬的事。」

周正哈哈大笑，沒有否認，是默認了，便饒有興趣的道：「這硯臺你品鑑出來了嗎？」

沈傲篤定的道：「這是隋初時期的極品端硯，材質以鸜哥眼爲主，最令人稱奇的是，鸜哥眼中竟呈現出翠綠之色，只怕全天下，也找不出十個來。」

周正連連點頭：「一點也沒有錯，只是這硯臺的來歷是什麼？」

沈傲微微一笑：「本來中上等的硯臺大多都有銘文，唯獨這一方硯臺卻是沒有，要猜出它主人的身分，難度只怕增加了百倍千倍。公爺這樣考我，很讓我爲難。」

他先賣了個關子，隨即慢悠悠地道：「好在我對隋初時期的歷史有一些瞭解，與這硯臺相互印證，終於想起一個人來。」

周正眼中滿是期許，連忙道：「你說。」

他是個內行，自然明白沈傲的話並不假，尋常的人能看出古玩的材質、品相、年代就已經不容易了，更何況是在沒有銘文的情況下猜測出處，沈傲若能說中，那麼其水準只怕足以與汴京幾個鑑寶大家比肩。

沈傲道：「陳叔寶，公爺，不知我有沒有猜錯。」

周正拍案而起，大喜道：「果然是英雄出少年，竟是被你說中了。」

陳叔寶是南朝陳國皇帝，在位時大建宮室，生活奢侈，不理朝政，日夜與妃嬪、文臣遊宴，製作豔詞。隋軍南下時，自恃長江天險，不以爲意。

此後的結局自然是隋軍入建康，陳叔寶被俘，押到了長安，成了亡國之君。他雖然荒淫無道，卻酷愛詩書，造詣也很高。到了長安之後，文帝對他優禮有如，每次引見，讓他立於三品官員的行列中，每逢宴會，恐他傷心，不奏江南音樂。從君王到囚徒，陳叔寶的生活自然有所改變，荒淫是別想了，只能成日飲酒，寫些詩文度日。

這就解釋的通了，身爲階下囚，卻又受到優待，他足以打製一方極品端硯。另一方面，他的生活也是朝不保夕，生怕隋煬帝翻臉，又不得不小心謹慎，因此連銘文都沒有印上，以示自己不過是布衣百姓，沒有野心。

據傳陳叔寶喜愛端硯，未亡國時，屢屢下詔尋找極品的端石，這樣一來，這硯臺至少有八成的可能是陳叔寶在長安時派人製造的，沈傲雖然只是猜測，可是理由卻很充分。

周正忍不住拍案叫好，這方端硯的舊主確是陳叔寶，沈傲竟能在短瞬間辨別出端硯的材質、品相，居然連舊主都能猜出，作爲一個收藏家，周正豈能不激動。

「沈傲，請坐。」這一次加了一個請字。

面子是人掙得，不是別人的施捨，要想別人以禮相待，靠的不止是家世，擁有一項高超的才能同樣可以得到禮遇。

沈傲沒有誠惶誠恐，大大方方的坐下，道：「這方端硯確是不凡，公爺是從哪裡收集來的？」

端硯是周正的心愛之物，此時故意說些他感興趣的事，有點拉近關係的意思。

周正眉飛色舞地道：「說來也有趣，那一日我下朝回來，見有人在叫賣古玩，這些古玩，其實大多都是不知從哪裡淘來的贗品，卻也有不少真品摻雜其中，那貨郎是自然分不出真假的，都是從鄉間收些各種稀奇玩意來賣。那一日我興致高得很，便叫住了轎子，本打算隨意看看。」

「誰知……」周正說到這裏哈哈一笑，很滿足很自傲的道：「便一眼相中了這端硯，帶回家中品鑑一番，也是產生了與你一樣的疑惑，不過，品鑑方面我還是及不上你，後來邀來了幾個鑑寶的大行家一起琢磨了幾天，終於才想起陳叔寶來。爲此，我連夜翻閱了不少古籍，總算是找到了一些旁證。」

頓了頓，眼眸中對沈傲露出欣賞：「想不到你竟只用了小半個時辰，竟猜出了它的來歷，這份功夫不止是眼力過人，只怕也曾翻閱過不少古籍吧。」

雖是身爲國公，可是周正另一個身分也是收藏家，重金購寶其實也算不得什麼。只是這方端硯的來歷卻讓他口若懸河，顯然是在淘寶的過程中得到了滿足感。

再高貴的收藏家在一堆贗品中尋到一件珍品，只花了極少價錢將其買下時，都會生出這樣的自豪和滿足。這種心理上的快慰遠遠比重金購寶要強烈的多。

沈傲道：「從前家道還未落時，家中倒是有不少藏書，那時我還年幼，雖不經世，偶爾也會去翻閱的。」

周正忍不住道：「如此說來，你的家世想必也不簡單。」

這個時代的書籍彌足珍貴，更何況是古籍，沈傲說自己翻閱了不少家中藏有的古籍，周正就推斷出他的家世絕不只是小康之家這樣簡單。沈傲也只能微微一笑，算做是默認。

其實在後世，別說是百本古籍，就是千本萬本，對於沈傲來說也不過手到擒來，爲了學習鑑寶，他早就忘了自己看過多少相關的書籍了。

周正興致勃勃，想不到府上有這樣一塊瑰寶，便又教沈傲幫他鑑定幾件新近購來的古玩，沈傲來者不拒，一一點出它們的材質、品相，周正此時只能用「欽佩」來形容了，摘下手上的指環，小心翼翼的交給沈傲道：「你來看看這指環，有什麼不同之處。」

沈傲微微一笑，這枚指環才是國公壓箱底的寶貝，他讓自己鑑定，多半有一點炫耀的成分，於是便認真的捏著指環，湊在窗格前光線明亮的地方，認真端詳起來。

這枚指環很古樸，竟是用紫檀木雕刻而成，再嵌之以綠松石，整個戒指的紋理流暢，雕花鏤空，精細極了。紫檀木表面一層似乎刷了一層淡淡的油脂，應當是防潮用的，年代顯然已經很久遠了。

這樣的戒指，卻是從未見過。其實直到唐朝，戴戒指才逐漸風行起來，而更久遠的，也只是在宮廷中流傳。看這戒指的工藝，倒有一股晉風，年代應當在魏晉時期。這樣精美絕倫，又選材檀木的戒指，當真是萬中無一，世所罕見，其防潮的工藝，還有選料都別具匠心，只怕就是到了後世，也不一定能製出一個數百年不腐的木戒。

感嘆之餘，沈傲又踟躕起來，宮廷……

魏晉時期，只有宮廷戴戒指才風行開，且多爲女性佩戴，女性戴戒指是用以記事，戒指表明一種「禁戒」「戒止」的標誌。當時皇帝有三宮、六院、七十二嬪妃，凡是被皇帝看上者，宦官就記下她陪伴君王的日期，並在她右手上戴一枚銀戒指作爲記號。當后妃妊娠，告知宦官，就給戴一枚金戒指在左手上，以示戒身。

那麼，這枚戒指想必應該也與宮廷有關，有意思。

古玩背後隱藏的故事越深，沈傲的戰鬥力就越強，興趣就更濃，一枚世所罕見的檀木綠松戒，這已經足夠讓沈傲好好研究一番了。

宮廷，宮廷……又是周正的祖傳之物，魏晉時期……姓周……

得好好想想，慢慢的排查。沈傲抬頭去看房梁，不知怎麼的，看房梁看上了癮，一時間改不過來。

什麼！房梁上竟然有一個蜘蛛網，天，這可是堂堂國公的書房啊，太不可思議了，這隻蜘蛛好大的膽子，太歲的房梁上動土。

呃……還是集中精神想要緊事吧，沈傲陷入深思。

歷史上許多人物紛遝而至，姓周，姓周……沈傲想起了一個人，周瑜，不，應該是周瑜的兒子周胤，周胤並不出名，唯一出名是有了一個大名鼎鼎的老子和一個小名鼎鼎的老婆，他的老婆姓孫，是當時吳國的宗室。

莫非周正正是周胤之後，那麼許多事就可以理解了，比如周胤的妻子是公主，在宮廷中長大，耳濡目染，也喜歡戒指也不一定。既然喜歡，自然不能給她戴嬪妃們的金銀戒。畢竟身分不同，禮儀還是要有的。那麼孫氏自己訂製一枚木戒，如此一來，用以和嬪妃們區分，嫁給周家之後，傳給自己的子孫也是常有的事。

在那個時候，擁有一枚戒指可是不平凡的事，畢竟可以證明家族擁有宮廷血統，如此一來，周家視若珍寶也說得通。如今傳到了周正手上，周正本就酷愛古玩收藏，自然對它格外的看重。

這只是推論，沈傲當然沒有十足的把握，大膽假設，小心求證，本來就是鑑寶人的職業素養，此時總算理出頭緒，他不禁吁了口氣。

想起周瑜，沈傲忍不住想起一首詩，徐徐吟道：

「美哉公瑾，問世而生。於吳定霸，與魏爭衡。烏林破敵，赤壁陳兵。所以玄德，謂瑜世英！」

那「美哉公瑾」脫口，周正眼睛一亮，等到沈傲吟畢，周正叫好，道：「不用說，你已猜出了它的來歷。」

沈傲很矜持的笑道：「想不到國公竟是周公瑾之後，真是令人驚訝。」

周正捋鬚大笑，有一個聞名天下的祖宗自然是一件光榮的事，很令人陶醉。

很快，他就笑不出來了。只聽沈傲道：「可惜，可惜，這枚戒指卻是假的。」

「假的？」周正大驚失色，口裏道：「你有何憑據，不要胡說。」

他被沈傲這一句石破天驚的話嚇得方寸大亂，半信半疑，這可是傳家之寶，若真是假的，可不是鬧著玩的。

沈傲微微一笑，捏起戒指的內壁道：「公爺仔細看，是否發現油脂不均？」

周正臉色凝重地瞇著眼去看內壁，像是爲了說服沈傲，又像是爲了說服自己似的，道：「或許……或許是磨損了也不一定。」

他又何嘗不知道沈傲指出的問題，只是心裏仍然不願意接受這個事實。

流傳了數百年的傳家之寶，到了自己的手裏，竟被人掉了包……

沈傲搖頭：「磨損是斷不可能的，只有一種解釋，油脂是臨時添加的，除此之外，再看這綠松石，外表上看似是用了魏晉時的工藝，可是仔細一看，明顯是仿造的，敢問公爺，魏晉時期可有橫切法嗎？」

橫切法是切割寶石的一種工藝，到了唐初才開始流行，在此之前，大多是以平磨爲主。這綠松石雖有磨痕，可是細看之下，竟隱隱有切面的痕跡，那麼沈傲猜測，唯一的可能是製造者爲了省功夫，先用平磨法，再用橫切法來製造這枚綠松石。

魏晉時期是不可能有橫切法的，這就是沈傲斷定它是贋品的重要證據。

周正仔細去看，平時他並未注意，此時看那綠松石的稜角，已是面如土色，口裏道：

「就在三個月前，我還曾請了些品鑑大家來觀賞這戒指，他們都確認這是真品無疑，怎麼……怎麼就給人換上贗品了？」

沈傲心念一動，頓時想起了一種作案手法，這種手法，說起來其實還是他的首創，他故意僞裝成鑑定師，並且僞造了鑑定師的資格證，掛牌成立一間辦公室。如此一來，鑑寶的人便三三兩兩的來尋沈傲鑑定。

若是碰到名貴的珍寶，沈傲就故意對顧客說，暫時還不能斷定真僞，過一周或者半月再來，那顧客帶著寶貝走了，沈傲卻利用這段時間製造出一樣贗品，等到那顧客攜帶寶貝再來時，沈傲只需一個小小的障眼法，就可以將贗品與真品掉包。

隨後，沈傲宣布顧客的寶貝是贗品，等那顧客帶著贗品失望而去，哪裡會知道又一件無價之寶落入了沈傲的囊中。

這樣的詐騙手法很簡單，卻相當好用。因爲一般來鑑寶的，大多都沒有鑑賞的能力，他們攜寶而來，是希望鑑寶師能夠辨明它的真僞。而沈傲要做的只不過裝腔作勢，先是故意說需要查些資料，拖延時間，讓自己儘量在短時間內製出贗品，從而進行下一步計畫。

最後，真品落到沈傲手裏，而沈傲光明正大的宣布鑑定的寶物是贗品，誰也不會懷疑沈傲早已將寶貝掉了包，就算懷疑，也沒有證據。

沈傲懷疑這枚戒指也這樣被人掉了包，手法與自己從前的方法有很多相似之處。看

來，是碰到高手了。

沈傲坐下，很淡定從容地道：「公爺先莫慌，或許我有辦法將這戒指找回來。」

周正畢竟是見過大風大浪的人，此時也沉住了氣，心慌過後，眼眸中換上了殺氣騰騰之色，沉聲道：「若是揪出盜戒之人，我必殺之後快。沈傲，你來說說看，有什麼辦法。」

沈傲問：「公爺在三個月前將此戒指示人，當時在場的鑑寶人有幾個？」

周正沉吟片刻道：「三個，一個是御史中丞曾大人，還有一個是進京述職的潭州知事楊大人，另一人倒是面生，是楊大人引薦來的，說是潭州鑑寶第一人。」

哇，原來曾歲安的老爹也是個收藏家，沈傲頓時覺得這個世界當真是太小了，心裏又在琢磨，他是御史中丞，就算寶物再珍貴，這個險他也不敢冒，畢竟對方是國公，一旦發現，那錦繡前程可就化爲烏有了。

另一個潭州知事想必是來巴結周正的，暫時也可以排除。倒是最後一個什麼潭州第一鑑寶人嫌疑最大，畢竟這人沒有官職，了無牽掛，恰好撞見了這件寶物，生出貪婪之心也不一定。

周正亦起了疑心，問：「那人似是姓王，叫王朱子，你也懷疑他嗎？」

沈傲道：「國公可知他在京城哪裡落腳嗎？」

周正苦笑：「當時我只顧與曾大人閒扯，沒有顧及上他，也不好多問。」

沈傲道：「如果他真是盜寶賊，一定還留在汴京。」

周正道：「何以見得？」

沈傲道：「這樣的寶物非同一般，拿在手裏太燙手了，必須儘快脫手。而汴京城達官貴人最多，能出得起價的人也多。而且，這人在公爺身邊一定安排了個內應，一旦公爺發覺出異樣，他隨時會逃出汴京去。」

「內應？」周正眉宇凝重起來，祈國公府的家規森嚴，奴僕各司其職，想不到竟有人裏通外人，豈有此理！

沈傲道：「若是沒有內應，這人總不會親自潛入內府來掉包，那麼可以肯定，他一定買通了公爺身邊最親信的人，才能施展他的計畫。」

周正頷首點頭：「對，最親信的人，讓我想想。」

所謂最親信的人，就是最有作案機會的人，周正心裏想：「能動我戒指的，除了夫人、恆兒、若兒之外，還有誰呢？對了，還有一個。」他雙眸一張，掠過一絲冷意，道：

「我沐浴時，這枚戒指會交給趙主事保管一段時間，莫非這人就是趙主事？好極

了，我這就叫他來，倒是要問問他，公府待他不薄，他為什麼要做這種吃裡扒外的事。」

趙主事？是他？

沈傲心裏忍不住幸災樂禍，人品很重要的，他表面上雖然是一副可惜好好一個忠僕墮落於此的樣子，心裏卻陰暗的想著趙主事被人剝乾淨身子，被人拉去點天燈上辣椒水的場景。

老東西，跟我沈傲玩陰的？今天總算被我抓到把柄了，看我怎麼整死你。

沈傲的是非觀有時候很正，可是在有些時候卻很極端，最大的區別還是朋友和敵人。對朋友，他絕沒有話說，可若是敵人，沈傲就沒有這麼多婦人之仁了，不把對方整死，再踩在腳下踏上一萬腳絕不干休。

「惹我？背後說我壞話？你死定了！」

沈傲想了想，卻很快冷靜下來，道：

「現在盤問趙主事很不妥。公爺想想看，那趙主事會承認此事嗎？他一定很清楚這件事一旦承認是必死無疑的，矢口否認卻還有一線生機。只要他咬著牙不招供，我們也拿他沒有辦法。而他在府外的同黨一旦發現不妥，只怕會立即潛逃。到了那個時候，公爺固然能解一時之快，可是要找回戒指卻難了。」

周正因爲丟失了傳家寶，此刻也是有些亂了方寸，否則也不會如此急躁，此時聽了沈傲的提醒，深望沈傲一眼，心裏想：「這個後生很不簡單，聰明伶俐，又懂鑑定之術，思維縝密，又讀過書，往後可不能慢待了。」

誰曾想到，沈傲一番話竟讓周正生出了愛才之心。

沈傲繼續道：

「況且，他府外的同黨絕非是尋常人，他敢調換公爺的傳家之寶，證明此人很有膽魄，又能在短時間內製造出一個贗品，可見他心智和技藝相當高超，能想出如此天衣無縫的計畫，很不簡單。依我看，他應該是個極爲謹慎之人，做事滴水不漏，絕不會給人留下破綻，要抓住他拿回戒指的話，只能智取了。」

沈傲對這個幕後的藝術大盜也生出了佩服之心，完美的計畫，精湛的技藝，能與這樣的高手交手，是一件很痛快的事。

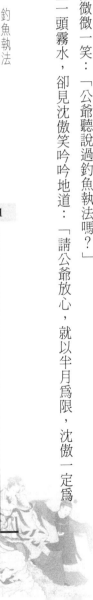

「好吧，那就來試一試，看看宋朝的大盜厲害，還是後世的大盜更強。長江後浪推前浪，你娘的，你這前浪該死在沙灘上了！」

周正問：「如何智取？」

沈傲微微一笑：「公爺聽說過釣魚執法嗎？」

周正一頭霧水，卻見沈傲笑吟吟地道：「請公爺放心，就以半月爲限，沈傲一定爲公爺將這戒指找回來，完璧歸趙。」

淮南連夜運來的荔枝，奉化的蜜桃，邃雅山房的茶水、糕點，此刻一一擺在沈傲的書桌上，春兒笑吟吟地給他打扇子，這丫頭經過了一場虛驚，對沈傲越發看重了，一雙柔情似水的眼睛對著沈傲若有若無地放電，讓沈傲心猿意馬。

沈傲答應了國公尋回戒指，原本是想將官家的畫僞作一幅，用於捉住盜寶人的誘餌，可現在看來是畫不下去了，只畫到一半就擱下了筆，猛地摟住春兒腰肢，口裏說：「春兒，你近來越來越水靈了。」

春兒嚇了一跳，腰肢扭了扭，手裏的團扇拿捏不住了，口裏說：「沈大哥不要這樣，被人瞧見了不好。」

哦，原來她是怕羞。沈傲卻不怕，在他的那個世界，男人女人都是野獸，群獸亂舞，摟摟抱抱算什麼，巴黎鐵塔的塔尖，聖約翰大教堂的廣場，克里姆林宮的紅星下，自由女神的底座，香火繚繞的寺廟……野獸們只有想得到，沒有做不到的。

「不怕的，這裏沒有人。」沈傲探手摟緊春兒的腰，春兒已經緊張得說不出話了，大口大口地喘著粗氣，就在這剎那的功夫，沈傲已低下頭，輕輕地在春兒耳邊吻了一下。

春兒頓然感覺到一股陌生的酥麻感，更是驚慌了，嗚咽了起來：「我變壞了，嗚嗚……」

變壞？沈傲頓時一愣，隨即連忙道：「春兒人很好，沒有變壞。」

春兒咬著唇，貼在沈傲的胸脯上繼續嗚咽：「你……你騙我，我成了水性楊花的女人，嗚嗚……夫人知道要打死我，以後嫁不出去了……」

哇，想像力太豐富了，沈傲真不知該哭還是該笑，咬牙道：「誰說我們的春兒嫁不出去，我娶你。」

春兒淚眼模糊，頭搖得像撥浪鼓似的：「沈大哥，你不一樣的，你將來要考相公的，我聽人說了，老爺要抬舉你，將來要送你去太學讀書，我……我只是個奴婢，配不上你的。」

沈傲心裏一緊，原來這丫頭是自卑心作梗，連忙道：

「我就是個書僮，書僮配丫鬟，天生一對，就算將來我不做書僮了，那又有什麼要緊，書僮可以做相公，丫頭就不能做夫人嗎？」

前襟濕了一大塊，全是春兒的淚水，沈傲的心更軟了，連忙說：「好了，好了，不要哭了。」憐惜地想吻吻春兒的香唇以此安慰春兒，春兒卻只顧著哭，不配合，讓沈傲頓時無處下手，悲劇啊……

第廿四章
做下人沒前途?!

話說他這個書僮的伙食也是到膳房裏吃的，
怎麼趙主事叫來的菜和自己平日吃的口味就是不一樣，
敢情這些廚子對國公夫人都是費了功夫的，而下人吃的都是敷衍了事？
看來做人還是要有理想，做下人沒前途啊！

「咳咳……春兒，你過來。」

一個嚴厲的聲音傳過來，春兒、沈傲都嚇了一跳，回眸一看，原來是周大小姐不知什麼時候來了，虎著個臉，眼眸中怒氣騰騰，又是生氣又是失望。

春兒連忙抽出身來，擦拭著眼淚走到周大小姐的身後去，窘得恨不能找個地縫去鑽。

沈傲心裏暗罵周大小姐擅闖書僮宅，卻又有些因爲給人撞見他和春兒親密的尷尬，但臉上卻裝作不驚不慌的樣子，無恥地笑道：「什麼風把周大小姐吹來了？」

周若拉住春兒的手，卻是教訓春兒：「你怎麼這麼不懂事，明知他不是好人，還和他攪在一起，以後再不准見他了。」

春兒抽泣，說：「小姐，我……沈大哥不是壞人……」

到了這個時候還維護沈傲，沈傲心裏頓然生出對春兒的感激，誰知春兒的下一句話讓沈傲聽了差點吐血。

「他只是急色罷了。」

汗，沈傲很無辜，只怕要讓她穿越到沈傲的世界去，看看那些野獸男女，小春兒就知道她的沈大哥有多純潔了。

周小姐心裏現在酸得很，她原是來看沈傲的，剛剛才對沈傲生出一點點好感，結果卻遇到這一幕，心酸得都想哭了，不想繼續待在這裏，拉住春兒的手道：「走，以後不要再理他。」

哭哭啼啼的春兒就這樣給周大小姐帶走了。

沈傲心情不好，畫是作不下去了，吃了口糕點，坐著發了會兒呆，覺得這場誤會好像有那麼一點點大，不行，找機會得去解釋一下，就怕周若把這事告訴夫人，沈傲覺得自己倒沒什麼關係，春兒還有臉做人嗎？

他心煩意亂地推開窗子，遠遠地看到趙主事探頭探腦地在院子外張望。哇，這傢伙居然改行做間諜了？

沈傲冷笑，他的住處毗鄰周恆的臥房，是一個獨門獨戶的小院，從這裏往下看，那趙主事的身影很猥褻。

「趙主事！」沈傲從窗口叫他。

趙主事抬頭，哇，不得了，被人發現了，連忙正正經經地直起身子，有些尷尬地捋鬚道：「啊，是沈傲啊，方才我聽見這裏有人爭吵，是以過來看看。」

沈傲皮笑肉不笑地道：「這裏好得很，有勞趙主事費心了，趙主事要不要進來坐坐？」

趙主事臉皮厚，頷首點頭：「自沈傲兄弟進了內府，我還一直沒和你認真說說話

呢，既然沈兄弟盛情相邀，趙某就卻之不恭了。」自顧推開院門，大大方方地走進來。

趙主事是一頭霧水啊，這個沈傲的戰鬥力太強了，先是夫人那邊被沈傲擺平，讓他一下子失寵。好不容易找到機會跑到公爺那裏去挑唆，誰知眼看著這小子就要被趕出府去了，這傢伙竟不知用了什麼手段，還能繼續安然無恙地留在國公府裏。

聽府裏許多人的口氣，還說是公爺很欣賞這個小子。趙主事感覺很憋屈，竟然被一個乳臭未乾的臭小子耍弄得團團轉。

不行，得接近接近他，看看這人到底有什麼手段，能讓老爺夫人都對他另眼相看。

沈傲下閣樓去開門，兩個人先在門口很客氣地相互謙讓，沈傲說：

「趙主事能來拜訪，蓬蓽生輝，其實我早就想和趙主事好好聊聊，趙主事是府裏的老前輩，許多事得向趙主事請教呢。」

趙主事道：「沈傲不要這樣說，我這一把老骨頭哪裡有倚老賣老的資格，都是做下人，不分彼此的。」

迎著趙主事進去，分別坐下，趙主事一副很害怕的樣子道：

「昨天見吳三兒心急如焚地跑來要見夫人，被我撞見，我一聽，才知道原來是你吃了官司，當時也著急得很，立即去向老爺報告，希望老爺能去將你救出來。萬幸得很，你總算是出來了。」

沈傲很感激的樣子：「趙主事待我，那是沒有話說的，沈傲四處惹事生非，還要勞動趙主事跑前跑後，真是慚愧。」

趙主事哈哈笑道：「沈傲不要這樣說，我們都在一個府裏做事，這就是緣分，你出了事，我能袖手旁觀嗎？」

「是，是。」沈傲小雞啄米地點頭，心裏陰暗地想：「以後你出了事，我也絕不會袖手旁觀，過河拆橋、落井下石！哼！哼！讓你永不翻身！」

趙主事又道：「沈傲，我問你，昨天老爺叫你去書房，都說了些什麼？」他最關心的就是這個，明明老爺開始很生氣，揚言要把這傢伙趕出去，怎麼等沈傲出來時卻是春風得意。

就算是老爺，雖然面色不太好，卻竟親自將他送出書房，府上的這些下人，誰受過這樣的待遇？別說是下人，就是少爺，這種事想都不用想！很費解啊，這個傢伙到底用的是什麼手段。

沈傲抿了抿嘴，道：「這個嘛……咳咳……趙主事，這是我的一個小秘密，就不能實言相告了。」他神神秘秘的樣子，笑得很曖昧。

越是如此，趙主事就越想一窺究竟，心裏頭像貓撓似的，癢癢痲痲的。

可是他也拿沈傲沒有辦法，尷尬一笑，趙主事便道：「既然沈傲不願意說，我自然

不能勉強。」便不去說這件事了。

問也是白問，與其如此，不如想個別的辦法從這小子口裏套出話來。所以趙主事故意岔開話題，開始講些府裏的事，哪個哪個人品行不錯啦，哪個哪個偷懶耍奸啊，他瞭若指掌，推心置腹地告訴沈傲，教他要注意哪個哪個等等。

沈傲心裏冷笑：「我最該注意的不就是你趙主事嗎？」心裏雖是如此想，口裏卻說：「趙主事這番話，對我的幫助很大，看來這府裏也不簡單呢，竟有這麼多勾心鬥角的事。」

趙主事喝了口茶，慢悠悠地道：「沈傲明白就好，以後多注意一些就是，也不要杯弓蛇影。」

到了傍晚，趙主事告辭，沈傲親自送他出去，一副很感激的樣子對他道：

「趙主事一番話，讓我大澈大悟，往後我們還要多親近親近，說不定將來，很多事還得依仗趙主事幫忙呢！」

趙主事握著他的手，一副很豪爽的樣子說：「我這個人很好說話的，尤其是對你這樣的晚輩，有什麼事，吩咐一聲就是。」

依依話別之後，趙主事滿腹心事地跑到涼亭處沉思，這個沈傲怎麼看都讓人感覺很單純啊，不過，這更證明了這人一定是個外方內圓的狡詐之徒。

只是，他是怎麼取信國公，讓國公對他青睞有加的呢？

趙主事想破了腦袋，也想不到癥結。如今沈傲在內府的聲勢如日中天，國公、夫人都包庇著他，讓他這個內府主事很是灰頭土臉。

再這樣下去，只怕這個主事是幹不下去了，不行，不能就這樣認輸，沈傲啊沈傲，若是連你都收拾不了，我這輩子算是白活了。

下定了決心，趙主事就開始梳理起來，首先，得先從沈傲那裏把話套出來，他到底用的是什麼手段迷惑國公的，知道了這小子的優勢，再採取下一個步驟。

「好，就這樣辦！」趙主事想定了主意，便急匆匆地往膳房裏趕，膳房直通地下的酒窖，只有趙主事配有鑰匙，裏面的藏酒無數，趙主事和廚子們打了招呼，便下去搬了一罈子酒來。

趙主事向廚子吩咐道：「做幾樣小菜，送到沈書僮的宅子裏去。」

廚子不敢多問，討好似的應諾下來。

趙主事又回到沈傲的住處，抱著小酒罈在外高聲道：「沈書僮，沈書僮……」

沈傲推開窗探出頭來：「呀，又是趙主事，趙主事可是落下了什麼東西嗎？」

趙主事笑呵呵地道：「今日難得偷個閒，我這裏有一罈上好的竹葉酒，今日與沈書

僮暢飲幾杯。」

沈傲登登下樓，爲趙主事開門，一邊說：

「趙主事實在太客氣了，本該是我請趙主事喝酒才是。」

「無妨！」趙主事進屋，和顏悅色地道：「我和沈書僮很有緣分，將來在內府抬頭不見低頭見的，早就想結交你了。」

沈傲匆匆忙忙地去準備好桌椅，接過趙主事的酒罈子道：「趙主事費心了。」

屋子裏沒有酒杯，碗碟還是有的，沈傲也不附庸什麼風雅，直接拿青花碗將酒倒上，口裏道：「沈傲先敬趙主事一碗。」

趙主事喝了，抹掉嘴角的酒漬，道：「我們慢慢喝，待會兒有人送下酒菜來，今夜我們不醉不歸。」

沈傲苦笑道：「沈傲酒量淺得很，只怕不用兩碗就醉了，屆時，要趙主事見笑了。」

趙主事呵呵笑道：「這裏沒有外人，你就放膽喝吧。」

這時候的酒並不純，一碗酒下肚，沈傲雖然說自己的酒量淺，其實一點壓力都沒有，反倒是趙主事，臉色已微微有些紅了。

有了點醉意，兩個人便放下了架子，趙主事絮絮叨叨的道：「沈書僮，這些天你似乎跟春兒很相熟？」他拍拍胸脯，嘿嘿笑道：「若是你有心，我去和夫人說一聲，讓你們永結同心，哈哈，到時候可莫要忘了我這個大媒人。」

沈傲心裏暗罵：「我和春兒還需要你做媒，狗拿耗子。」臉上卻是微微一紅，有些赧然地道：「趙主事有心了，這事急不來，等等再說。」

恰在這個時候，有廚子端了下酒菜來，都是些熟牛肉、豬肝、雞雜之類的肉食，沈傲淺嘗了一口雞雜，頓時心裏就要罵人了。

話說真是同人不同命啊，他這個書僮的伙食也是到膳房裏吃的，怎麼趙主事叫來的菜和自己平日吃的口味就是不一樣，敢情這些廚子是分別對待，對國公、夫人、主事這些人都是費了功夫的，而下人吃的都他娘的是敷衍了事？

好吧，看來做人還是要有理想，做下人沒前途啊！沈傲深切地認識到這之間的差距。

不過，還有一點可以證明，這些萬惡的廚子果然沒有前途，整天窩在膳房裏，連風聲都不去打聽，沈書僮如今已成了國公、夫人身前的大紅人，他們居然還懵懂不知，看來這些人一輩子也就是做個廚子了，拍錯了馬屁，某人可是會伺機報復的。

二人一邊喝酒一邊閒談，已是幾碗酒下肚，沈傲顯得有些酒力不支了，不肯再喝。

趙主事卻是一味的勸酒，口裏說：「沈書僮，乾了這碗我們就作罷，來，來，來，我替你滿上。」

等這碗酒喝乾，趙主事又道：「今日喝得高興，再喝一碗，你我一見如故，難道連碗酒都不肯賞臉嗎？」

沈傲只得繼續喝，舌頭已經開始打結了，期期艾艾地道：「趙主事，這酒是再不能喝了，再喝，只怕明日清早不能去給國公回話。」

「哦？」趙主事豎起耳朵：「不知回什麼話？」

沈傲現出一絲警惕，傻乎乎地笑道：「就不告訴你。」

趙主事急了，便道：「那就再喝酒。」說著又要給沈傲斟酒。

沈傲連忙擺手，口裏道：「好，我說，我說還不行？這酒就免了。」他打了個酒嗝，神神秘秘地道：「國公看上了我的一幅畫。」

「畫？」趙主事頓時覺得這畫一定不簡單，國公是什麼人，什麼奇珍異寶沒有見過，尋常的畫哪裡入得了他的法眼，便故意冷笑道：「國公收藏的寶貝多著呢，哪裡會看上你的畫。」

沈傲急了，拍著桌子道：「誰……誰說看不上？這可是官家的手蹟，價值萬金，就是有錢也買不到。趙主事，你想想看，官家的畫好不好？」

「自然是極好的，坊間都流傳官家乃是我大宋朝百年來最厲害的畫師。」

沈傲站起來，一隻腳架在凳上，伏著身子居高臨下的去看趙主事，醉醺醺地道：「可是坊間可有流傳出官家的畫嗎？」

趙主事想了想道：「官家是誰？他的畫自然是在宮中收藏，斷然不會流出來的，偶爾有些手抄臨摹的，也都是一些達官貴人在宮裏見了真跡回家再畫出來的。」

沈傲高聲道：「這就是了，官家的畫在坊間只有一幅，而這幅畫就在我的手裏。」

趙主事半信半疑，心裏說：「他怎麼會有官家的畫，這不可能吧？」

可是種種跡象又讓他不得不信，否則國公怎麼會一下子對沈傲有所改觀呢？

沈傲哈哈地大笑道：「趙主事一定不信我的話，好，不信你就去打聽打聽，說起來，昨日我碰到的那個官司，還是因這畫起來的。」

「哦？」趙主事的心提起來，故意問道：「我只聽說和一個公公有關，是一個公公要狀告你。」

沈傲冷笑：「其實這畫就是曹公公偷出來的，他偷了畫，不敢聲張，卻恰巧被我給……哈哈……」

他故意不說具體的過程，讓趙主事自己發揮想像，繼續道：

「曹公公知道我偷了他的畫，卻又不敢明目張膽地向我索要，只好去報官，卻說我詐騙了他妹妹的錢財，嘿嘿……其實他是醉翁之意不在酒，故意想拿官府來逼我，教我把畫交出來。這件事干係太大，趙主事，你可千萬不要說出去啊。」

趙主事連忙說：「不說，不說，說了要掉腦袋的。」

他突然明白沈傲爲什麼在自己面前閃爍其詞了，原來是這個原因。再聯繫國公和他之間的變化，恐怕事情的真相真和官家的畫有關聯。

趙主事心亂如麻，抱著空酒罈子出了沈傲的屋子，滿心都在琢磨著沈傲方才的一席話，價值萬金的官家畫作，這到底是真是假。

回到住處，趙主事卻是睡不著，和衣躺在榻上，眼睛直愣愣地望著天花板，心裏想：「這件事要不要知會王相公一聲？」隨即又搖頭，自言自語地道：「不行，王相公說了，非到萬不得已，斷不能去見他。」

「官家的畫……」趙主事騰地坐起來，低聲道：「這件事得調查清楚，有了準信再說。」

恍恍惚惚地想著，累極了，他往榻上一歪，就囫圇個兒呼呼大睡。

不知不覺天開始亮起來，那陽光穿透窗格，灑落下一片金黃，趙主事起身趿上鞋子，腦袋還有些脹痛，昨天爲了從沈傲口中套出話來，他也喝了不少酒，剛開始還不覺得什麼，睡了一覺醒來反倒有點兒不利索了。

「年紀大了啊！」趙主事心裏感嘆，在這府裏當了半輩子的差，說白了，其實就是一條狗，趁著現在還方便，得趕快爲自己賺點養老的棺材錢。想到這個，他頓時又想起了那幅畫，若說不動心，那是絕不可能的，不行，事不宜遲，誰知道沈傲什麼時候把畫交給國公，得搶在他前面把畫弄到手。

他整了整衣冠，頓時又恢復了管事的作派，捋著鬍想了想，便出了門。

穿過了月洞、長廊，有幾個僕役撞見了向他問好，趙主事朝他們頷首，拉住一個當差的道：「我要出去一趟，若是有什麼事，叫楊哥兒爲我看著。」

他負著手，在下屬面前自然有一股氣度，大搖大擺地出了府。

要辨明畫的真假，就必須去證明沈傲身上真有一幅官家的畫作，先要去京兆府衙門打聽打聽，好在他在京兆府裏也有熟人，有一個差役算是他的同鄉，雖然久未聯絡，可是套幾句話不算難事。

那同鄉今日果然在當值，隨他到了衙外一個角落，問：

「趙老叔，今日你怎麼有空閒了，平日也見不到你人，這國公府比京兆府衙門還森嚴，就是傳個信都麻煩得很。」

趙主事笑嘻嘻地道：「先不說這個，有件事要找你打聽一下。」於是便問起沈傲的

官司。

這同鄉是個書吏，趙主事剛剛說到沈傲，他頓時便想起來了，道：「我記得他，此人鬧得動靜大著呢！」於是便將前日的事原原本本地說出來，先是曹公公帶著妹妹狀告沈傲，這書吏是辦案老手，一開始也認爲此人必死無疑了，曹公公出馬，十個這樣的人也得死。誰知案情出現了波折，沈傲卻是拿出了一幅畫……

趙主事心中狂喜，道：「是一幅御畫嗎？」

書吏頷首點頭：「正是，御畫在身，好歹也算是官家的信物，誰敢動他？再者說了，此人既能得到御畫，多半是官家賞賜的，來頭不容小覷啊。那一日當值的好像是劉通判，當時他便嚇了一跳，這案子就再也審不下去啦。」

趙主事點頭，道：「那御畫是真的？」

書吏道：「這還有假?曹公公和通判豈是好欺負的?當時是特意請人來甄別過，確是官家的真跡。」

趙主事心裏不禁想：「這個沈傲當真大膽，這幅畫來路不正，他竟敢在京兆府裏光明正大地拿出來。」隨即又是點頭：「是了，他越是大膽拿出來，曹公公怕東窗事發，更是不敢聲張，通判、差役們也都會誤以爲這是官家賞賜的，這件事就算天下人都知道，可是誰又會去深宮禁苑裏和官家去說?難道官家賞賜一幅畫也要過問?」

「此人膽子很大，卻又很有心計啊！」作出了這個判斷，趙主事堆笑著讓書吏回去辦公務，說是過幾日要尋他敘舊，這書吏也不疑有他，便回去簽押房了。

「看來是該去和王相公商量了，看看王相公有沒有辦法。」趙主事打定了主意。

他穿過幾條街巷，在一處僻靜的庭院停下，瞧了瞧，然後打開籬笆門，躡手躡腳地進去。

屋裏有著警惕的聲音傳出來：「是誰？」這個聲音渾厚而帶有一絲厲色，將趙主事嚇了一跳。

趙主事連忙道：「王相公，是我！國公府的趙主事！」

「兩千貫錢不是已經給你了嗎？你還來做什麼，快滾！」

趙主事尷尬地壓低聲音：「王相公能否先聽我把話說完，再趕人不遲。」他連忙道：「今日我打聽了一件事，沈府的一個書僮得了一張御畫。」

「御畫？」那聲音喃喃念了一句，便沉默起來。

趙主事站在廂房門口焦躁不安地等待著，足足過了半炷香的時間，見裏面沒有回音，便有些心灰意冷了，搓著手正準備轉身離開。

就在這時，廂房的門打開了，開門的是一個國字臉的中年儒生，風輕雲淡的模樣，唯獨那眼睛很凌厲，他看了趙主事一眼，冷笑一聲，旋身走進屋裏。

趙主事連忙尷尬地追進屋去，在這個人面前，他顯得特別謹慎，小心翼翼地陪笑道：「王相公近來可好？不知那戒指脫手了嗎？」

王相公自顧自地坐下，卻沒有叫趙主事坐，冷聲道：「不該問的不要問。」

「是，是！」趙主事連忙道：「是我多嘴了。」

「說吧，到底是什麼御畫。」王相公連眼睛都懶得抬，卻是一副專注的樣子，拿起身前一青銅小鼎爐在手上把玩。

趙主事道：「事情是這樣的，官家畫了一幅御畫，後來被宮裏的一個太監給偷了出來，卻又不知什麼原因，落到了國公府的一個書僮手裏。這個書僮姓沈，叫沈傲，也不是個好對付的人，就爲了這個，他還吃了一場官司。這沈傲聽說國公喜歡古董、字畫，因而便起了巴結的心思，想把這幅畫贈予國公，混個前程。」

「那御畫你沒有親眼見過？」王相公此刻才表現出了些許興趣。

趙主事搖頭：「我怕打草驚蛇，是以並沒有去看。」

王相公闔著眼，冷笑道：「沒有見到真容，就是分辨不出真假了？或許是人家設局讓我們現身也不一定，你太毛躁了，若是背後有人跟蹤，你我要死無葬身之地了，蠢物，真是愚不可及……」

趙主事連忙分辯道：「雖然沒有見到畫，可是我卻四處打聽了，這沈書僮手裏有一幅御畫卻是千真萬確的事。」說著，便把沈傲在京兆府拿出畫的事說出來，繼續道：「當時京兆府請人查驗過，確是真跡無疑。況且這一趟來，我很謹慎的，並沒有可疑人跟蹤。」

王相公放下鼎爐，又是陷入深思，過了一會才道：「既然是御畫，我倒是有些興致，不過還是小心一些，還是老規矩，畫歸我，我另給你兩千貫，如何？」

趙主事搓著手，貪婪地笑道：「跟著王相公就是痛快。」

王相公冷哼一聲，道：「少說些無用的話，你現在就回去，還是按我們以前的辦法來，安排我與這個書僮見一面，去吧。」

趙主事連忙說好，腳步輕快地去了。

第廿五章
男人不壞女人不愛

看來沈傲的名聲在丫頭們心目中不太好，

名聲很臭，和街上的流氓壞人差不多。

不過嘛，男人不壞女人不愛，

這些人雖是指指點點，

卻分明有幾個稍有姿色的臨走時，還不忘給沈傲暗送一個秋波。

天氣逐漸涼了，一覺醒來，涼風便灌進了裏屋。沈傲打了個冷戰，才發現窗子沒關，頭暈腦脹的去關窗。春兒就在外面將手蜷成喇叭狀在喊：

「沈大哥，沈大哥，今日府裏來了個和尚，夫人叫你過去。」

是春兒，沈傲興沖沖的探出腦袋，笑嘻嘻的道：「春兒，你沒有事吧，來，進來說話。」

春兒俏臉紅到了耳根，跺跺腳，咬唇說：「小姐叫我不要理你，更不許進你的屋子。」旋身飛快去了。

哇，太傷人自尊了，苛政如虎，想不到沈傲比苛政還可怕。

沈傲趿鞋去穿了衣衫，又想起肚子空空如也，想去膳房裏找點吃的，可是想起夫人那邊還在等回話，就不能再耽擱了，風風火火的往佛堂裏趕，路上遇到幾個丫頭。看到了沈傲，都是嘻嘻的笑，上下朝沈傲打量。

沈傲從她們邊上走過去，便聽到她們低聲在說：

「就是這個沈書僮調戲春兒呢，昨日我親眼瞧見春兒進了他的臥房，後來大小姐氣呼呼的將她帶出來……」

「是了，是了，春兒自從那裏出來之後，一天都沒有和人說話，就是與她最相好的香兒也沒有搭理，香兒說昨夜見她流眼淚了。」

這個聲音傳到沈傲的耳朵裏，沈傲回眸，殺氣騰騰的要看誰在這裏背後說人壞話，那些丫頭頓時作鳥獸散，一下全部跑開了。看來沈傲的名聲在丫頭們心目中不太好，名聲很臭，和街上的流氓壞人差不多。

不過嘛，男人不壞女人不愛，這些人雖是指指點點，卻分明有幾個稍有姿色的臨走時，還不忘給沈傲暗送一個秋波。

「太壞了，太壞了。」沈傲很純潔的心裏腹誹，卻又想到春兒，情緒又有點低落。他是個男人，自然不怕人說，可是春兒不同，難怪今日春兒這樣的對他，看來得趕緊消除這件事的影響才是。

滿腹心事的到了佛堂，現在沈傲身分不同，自然不必人去通報。徑直走進去，裏面的人還不少，最引人注目的三個光頭和尚，沈傲認得，一個是空靜、一個是空定，還有一個是據說會武功的小和尚釋小虎。

兩個大和尚坐在蒲團上，小和尚坐在他們中間，大和尚在給夫人講經文，小和尚卻是撐著眼一動不動，好像入定了一樣。

夫人則是跪在蒲團上，一臉虔誠，不斷的頷首點頭，附和大和尚的話。春兒站在夫人身後，見到沈傲進來，連忙把臉撇過去。沈傲分明可以看到，她的睫毛下顫動著晶瑩

的淚花。

沈傲很心疼的望了她一眼，他是個隨意慣了的人，想不到一件小小的事竟造成了她這麼大的難堪。不行，自己是男人，要有擔當，等爲國公找回了戒指，就把這件事擺平。

反觀坐在夫人一側的周若，卻是冷眼看了沈傲一眼，那蔑視的表情表露無遺。

沈傲看在眼裏，卻不腹誹了。知錯就要認，挨打要立正，昨天沒有意識到問題的嚴重，只當是調笑，可是看到今天產生的後果，再看可憐兮兮的春兒，沈傲才知道這裏不是群獸亂舞的那個時空。雖然朱子這個假正經還沒有出道，但是有些事還是要有忌諱的。

見沈傲進來，歪著頭了無生氣的小和尚頓時露出喜色，笑嘻嘻的道：「沈施主，好玩的東西呢？」

這小和尚記性很好，還記得沈傲上一次道別時說要給他帶好玩的東西。哇，好現實，會武功的人就是不一樣，連要禮物都這麼理直氣壯。

沈傲哈哈一笑，先去見過夫人，夫人笑吟吟地道：

「你看，正主來了，兩位禪師等你很久了，你快坐下，恆兒呢？怎麼這兩日都沒見他人，教他也來聽聽兩位禪師的道理，心就沒有這麼野了。」

周若道：「父親到處在找他呢，他不敢出來。」

一語道破了天機，夫人和沈傲都笑，沈傲趁機瞥了春兒一眼，見春兒也有些忍俊不禁，畢竟還是女孩兒心性，再愁也有舒展的時候。沈傲朝他眨了下眼睛，她一下子又驚慌失措了，垂首躲避。

小和尚釋小虎又道：「沈施主，好玩的東西呢？」他是得理不饒人，滿是憧憬。

可憐定靜、定空兩個大和尚連連咳嗽，憋得慌，在夫人面前，他們又不好教訓這不聽話的孩子，可是由著他胡鬧，這臉又放不下。人家一看，哇，還得道高僧，連小和尚都教不好，還怎麼在和尚界混？

沈傲嘻嘻笑，道：「今日忘了，下次再給你帶，誰知道你突然找上門來。」

釋小虎想了想，很認真的點頭道：「好吧，下次一定記著，不許騙我。」

「我哪裡敢騙你啊，本書僮最怕暴力男了。」沈傲心裏想，連忙應承了，不敢再和他糾纏。向定空道：「禪師，不知你們今日來做什麼？」

空定道：「說來慚愧，事情是這樣的，那一日你在寺中留下了墨寶，今日寺裏來了一個施主，很看重你的畫，說是想見施主一面。」

「見我？」沈傲笑了，不過隨即想，這人想要見我，隨便找個人通知就是。靈隱寺是朝廷頒佈了金冊的大寺廟，竟然勞動兩個禪師來請人，這個人的身分不一般。

不過嘛……本書僮是說去就去的嗎？不去，要來自己來，幾十里路呢，當人是狗嗎？召之即來揮之即去。

沈傲打定了主意，微微笑道：「有勞空定禪師回去告訴他，就說我身子欠安，就不去了。」他抿抿嘴，笑了笑，繼續道：「如果他有急事，就來國公府見我吧。」

夫人也在旁幫腔：「是這個道理，這人也太無理了，沈傲又不是奴才，哪有這樣折騰人的，回去告訴他，他要來，國公府開門相迎，他要是擺架子，國公府門前的石獅子就這麼失色？」

夫人的意思是：我們國公府也是有身分地位的，她也沒將沈傲當下人看待，擺譜，到一邊去。

空定頗有些尷尬，連忙合掌道：「實在冒昧的很，施主既然不去，貧僧也沒有再請的道理，我們這就告辭。」

沈傲攔住他，道：「既然來了，何必這麼快走。」

空定倒是很想留，在這裏和沈傲切磋切磋書畫也好。上一次沈傲留下一幅布袋和尚的詩畫，他揣摩了很久，終於有了些領悟，近來筆力見長，還想向沈傲多多討教。不過想起尚在靈隱寺的那個客人，這個念頭就打消了，道：

「下次若是進城，定來拜望，今日只怕無緣了。」

話說到這個份上，也只能任他們走，夫人親自把他們送到外府去，與沈傲折身回來，口裏說：「老爺昨天很喜歡你呢，夜裏說了你許多好處，沈傲，你這些天多讀讀書，或許……」

她和顏一笑，很慈祥的道：「或許過幾日就不必以書僮身分去太學了，老爺正在活動，看看能否給你爭一個名額來。」

進了太學，就等於是貢生了，等於不需要經過下層的秀才考試，有了直接參加省試的資格。

此時太學生的學生極多，有數千人，大多是從八品以下官員或普通百姓的優異子弟中招募。除此之外，國子監也稱之爲太學，裏面的學生與太學一樣，都屬於貢生的範疇，只是招募的學生是七品以上的官員子弟或者勳貴的族人。沈傲進的太學和周恆進的不一樣，不過嘛，身分還是一樣的，尋常人都叫他們做太學生。

沈傲很感激的道：「有勞國公和夫人費心了。」

夫人卻只是吟吟的笑，心裏說：「沈傲命裏有貴人相助，或許我就是那個命中注定的貴人，這個孩子將來一定非同凡響。」

在佛堂閒坐了一會兒，沈傲有點兒心不在焉了，春兒抿著嘴黯然傷神，周小姐又是

嘲弄輕蔑，唯有夫人最體貼他，問他許多事。沈傲一一作答，其實夫人也只是閒扯，見他六神無主，便問：「今日你是怎麼了？是不是病了。」

沈傲當然不會說出緣由來，口裏只說：「昨夜和趙主事喝了些酒，今早醒來頭有些疼。」

夫人聽到是趙主事，頓時有些不悅了，心裏想：「這個孩子，趙主事這樣的人，這孩子竟是全無戒備之心。趙主事不知在他身後搬弄了多少是非呢。」

想著想著便要責備一聲，可是話未出口，心又軟了。這是個好孩子啊，有些話還是不和他說的好，只要有我在，趙主事就搬弄不了他。

春兒卻在想：「沈大哥昨夜去喝酒了？他是不是也很後悔，所以去借酒澆愁？」瞄了沈傲一眼，關切起沈傲的身體來。

沈傲若是知道夫人這樣想自己，只怕要捧腹大笑了。不過說起來，在夫人面前，沈傲還真是一個乖孩子的樣子。

只是在周小姐看來，沈傲在夫人面前越乖，越證明他有多腹黑。

「這個人很難猜透，既不是正人君子，有時卻會做幾件好事，真不知他是好人還是壞人。」周若一時失了神，又想起昨日撞見沈傲輕薄春兒的樣子，信誓旦旦要娶春兒爲妻，頓時又怒了。他憑什麼娶春兒做妻子，這個人真是壞透了。

想著，想著，周若又覺得心酸，不知怎麼的，每一次那一幕浮想起來，她就想哭，長長的睫毛顫動，閃著些許淚花。

夫人關切的道：「既然如此，那麼你就先回去歇著吧，太學那邊的事，我會催促老爺加緊著辦，眼看著今年的博士、助教們都選定了，擇日就要開講經義，總不能耽誤了你。」

夫人老是提太學的事，便是認為沈傲對進學的事很上心，其實沈傲對太學倒是有興致的。萬般皆下品、唯有讀書高，這句話絕不是空穴來風，三教九流就是混得再光鮮，比起讀書人還是差得遠了。既然有機會，他自然不會錯過。

沈傲很感激的道：「夫人的恩德，沈傲將來一定好好報答。」

夫人便笑：「你這孩子，往後好好用功，便是報答我了。」

沈傲點了點頭，讀書的事他是有把握的，他的底子本就很厚，古籍讀過不少，只要把四書五經背熟了就行。經義的事到太學裏可以學，放了學還有陳濟幫自己補課，陳濟可是大名鼎鼎的狀元，心得和文章的揣摩能力在這汴京城絕對是數一數二的，哪些該關注，如何開篇更好，如何結尾更能起到畫龍點睛的效果是如數家珍。

反正已拜了師，叫了這麼多句夫子、老師的，總要撈點便宜回來。

就這樣想著，出了佛堂，沈傲突然想到夫人對自己的態度，又多了一分慈愛，心知

夫人是完全將自己當作她的子侄看待了，也不知是自己太陰險還是夫人太善良，吁了口氣，心裏想：「不管怎麼說，將來一定要好好報答夫人。」

一時失神，迎面一人風風火火的撞過來，鼻尖傳來一陣芬香，對方啊呀一聲，連忙退開。

來人是個女子，少女優雅而靜謐，身穿著一件迤邐在地的宮裝長裙，精緻的五官雪白無瑕，柳眉之下，美眸慌亂的望了沈傲一眼。

「咦，這人好像認識，在哪裡見過。」沈傲與她對望，對她有些印象。

少女確實和他見過，那時她著的是公子打扮，就在邃雅山房裏和三哥還腹誹了沈傲一番呢。原來她便是清河郡主趙紫蘅，這清河郡主最癡的便是畫，自與沈傲鬥畫之後，頓時大感慚愧，又有些不服。因而這些時日總是惦記著這樁子事。

官家作了畫已經送來了，可是祈國公府的畫師卻還未拿出畫來。在往日，只需三五日，那畫師便有回音的，現如今過了許多天，卻是音信全無。

趙紫蘅坐不住了，有心來祈國公府看看，當然，她借著的是看望周家小姐的名義。

趙紫蘅與周小姐其實也算不上熟識，此時卻只能找這樣的藉口。徑直進府，叫下人不要通報，她一人在內府徘徊，渾然像個小暗探，要將祈國公府的畫師揪出來。

這一路隨意亂轉的，她也是滿腹的心事，沈傲迎面過來，她還沒回過神，就撞入了沈傲的懷裏。

見是一個男人，趙紫蘅頓時怒了，別看小郡主平時很文靜，其實卻是個急性子，否則也不會冒昧的跑到這裏來。跺著腳道：

「你……你好大的膽子，見了我為何不退避？」

沈傲先是有些歉意，但又見趙紫蘅咄咄逼人的提著裙裾滿臉怒容，活脫脫的一個母山貓，就差呲牙咧嘴，笑道：「這可怪不得我，你不是一樣沒有退避？」

趙紫蘅便道：「就是你的錯……」話說到一半卻是頓住了，口裏道：「我認得你，你姓沈，邃雅山房那個作詩的是不是？」

邃雅山房那個作詩的，這句話從趙紫蘅的口裏說出來，和某某巷子裏挑大糞的一樣。

「汗，小姐，你也知道本書僮是作詩的啊，我的天，這麼高尚的職業，怎麼到了她口裏卻好像很低賤似的。」沈傲無語，微微一笑，才慢吞吞地道：「正是在下。」

其實沈傲是誤會小郡主了，在小郡主眼裏，只有畫師才是世上一等一的清貴，至於其他什麼做官的、作詩的、挑大糞的，在她眼裏都一視同仁，算不上什麼歧視。

趙紫蘅眼眸中劃過一絲驚喜，問道：「那麼說，你就是陳濟陳相公的徒弟咯？」

沈傲心裏有些微微發酸，瞧這小妮子滿眼憧憬的樣子，原來又是個崇拜陳濟的傻

妞，心裏感嘆，作詩就這麼下賤嗎？陳濟有什麼好。吃醋歸吃醋，臉上卻沒有顯山露水，道：「算是吧。」

「算是？」趙紫蘅怒了，這小子太不識抬舉了，陳濟相公是什麼人，既是狀元，畫又做的這麼好，他竟是一點都不覺得驕傲。

她定了定神，壓抑住怒火，便道：「你師父呢？他的畫爲什麼還沒有送來？」

沈傲奇怪道：「畫，什麼畫？這我可不知道，他的畫又不值幾個錢。」

趙紫蘅瞪大眼睛，怒不可遏地道：「你懂什麼？陳相公的畫舉世無雙，你有眼無珠。」說著竟是入了迷的樣子，長長的睫毛下，那雙眼眸彷彿蒙了一層水霧，喃喃道：「陳相公的畫風多變，下筆如神，尤其是那瑞鶴圖，健筆開張，挺勁爽利，側峰如蘭竹，媚麗之氣溢出畫中。你這俗人，虧你還拜陳相公爲師，若是學了陳相公的一半，也絕不敢說這樣有辱斯文的話。」

趙紫蘅氣死了，原來眼前這個傢伙對畫的標準是能換多少錢！真是俗不可耐，一幅這樣好的畫作，沾染了「買賣」兩個字就被玷污的不成樣子了，這人真是恬不知恥，不懂畫也就算了，竟還胡言亂語。

「陳濟陳相公？瑞鶴圖？這瑞鶴圖不是本公子畫的嗎？怎麼成了陳濟作的了？」沈傲大跌眼鏡，方才他那一句話並沒有錯，陳濟的畫在他眼裏只屬於二流水平，沒想到這個丫頭竟是這樣大的反應。

「瑞鶴圖，瑞鶴圖……圈圈個叉叉，這人就是清河郡主！」

沈傲明白了，站在自己面前這咄咄逼人的美人兒，原來就是自己一直素未謀面的對手，想不到她已被自己的畫作折服。

也不對，這美人兒沒有被自己折服，多半是以爲那瑞鶴圖是陳濟作的。

太冤枉了，太可恥了，不行，要解釋清楚，難得多了一個女粉絲，還是一個清麗脫俗的美人兒！

雖然脾氣有那麼一點點壞，但是沈傲相信，在他的調教下，這個壞脾氣的美人兒一定能洗心革面，重新做人的！

沈傲咳嗽一聲，笑了起來，很自豪地道：

「那瑞鶴圖嘛，其實說起來雖是上乘的作品，可是相較起來，還是有一些著墨生硬的地方，比起官家的真跡來，只能算是互有優劣。」

趙紫蘅的櫻桃嘴兒微微下拱，分明有輕蔑的意思，道：「瑞鶴圖是不是上乘，又豈是你能品評的？」

沈傲很鬱悶啊，被女粉絲這樣頂撞，實在是太沒面子了，於是連忙道：「爲什麼我不能品評，那畫本就是我作的，我自己的畫會不知道？」

趙紫蘅微微一愣，隨即便笑：「你爲什麼不說這瑞鶴圖是你左手畫出來的？」

沈傲抬頭望天，想了想，喃喃道：「你倒是猜對了一半，在給背景著墨時，我確實用的是左手。」

「不知羞！」趙紫蘅朝他做了個鬼臉，很是唾棄的樣子，道：「你要是說這畫是你蒙了眼睛畫的，或許我還信你一分。」

哇，被這小郡主耍了，沈傲很生氣，還想說什麼，周小姐卻來了，警惕地望了沈傲一眼，便認出了趙紫蘅，口裏道：「郡主今日怎麼有空閒來玩了？」

趙紫蘅飛快地跑到周若身前，湊著她的耳朵低聲呢喃地說著話。周若一邊聽，一邊很有深意地遠望著沈傲，讓沈傲心裏有些發毛，不知這郡主到底說什麼。

隨即，周若和趙紫蘅俱都笑起來，周若努力虎著臉道：「好了，他這人臉皮厚得很，你越是罵他，他越是起勁，不要理他了，我們去後園玩。」

趙紫蘅小雞啄米似地點頭：「我看這人就很討厭，我們走！」

沈傲望天無語，這算是個什麼事啊，好像最近犯桃花劫了，處處遭人冷落？

哇，一定是趙主事，是趙主事那個混賬東西給本書僮帶來了霉運，不行，要收拾掉他！踩死他！

佛曰：從一個地方受了挫折，就從另外一個地方將自信找回來。沈傲很信佛的，連上帝都信，上帝不是還說過嗎，有人扇了你的左臉，你就去找個好欺負的扇死他。這個道理實在太符合沈傲現在的處境了，女人是老虎，屁股不敢摸，也惹不起，那就找個軟柿子了。

沈傲回到住處，遠遠地又看到趙主事在自己籬笆門前探頭探腦，冷笑一聲，早就料到趙主事盯上他了，來得是正好啊！

沈傲大大咧咧地走過去，道：「趙主事。」

趙主事回眸，哇，原來沈傲沒有在屋子裏，連忙笑道：「沈書僮，哈哈……」他乾笑幾聲，便迎過來，很熱切地道：「等你很久了，我還以為你昨夜喝得醉醺醺的，今天沒這麼早起床呢。」

沈傲很慚愧地道：「昨夜讓趙主事見笑了。」他露出些許警惕的樣子，又問：「我昨晚沒有說什麼昏話吧？」

趙主事心裏冷笑，正色道：「說了。」

沈傲大驚失色：「說了什麼？」

「官家的畫。」趙主事笑吟吟地看著他，不斷地注視著沈傲的眼睛，想借此來觀察沈傲心裏的想法。

沈傲的眼睛與趙主事對視，立即錯開，露出幾分心虛的樣子笑道：「這不過是玩笑話，趙主事不要當真。」

趙主事笑著把住沈傲的臂膀道：「沈書僮不必擔心，這件事就算我知道也不會傳出去，你放心就是了。來，來，我有話和你說。」

第廿六章
同行是冤家

沈傲心裏偷笑，來到了一千年前，居然也能遇見這樣的同行，

就連手法也是一般無二！

不過嘛，沈傲可沒有惺惺相惜的心思，同行是冤家啊，一定要幹掉，

手藝絕活這東西，當然是獨攬的才好。

沈傲不情不願地被趙主事拉著，走到一處僻靜的涼亭下。

沈傲先是道：「這真的只是玩笑，趙主事，真的只是個笑話而已。」

沈傲越是緊張，趙主事越是覺得痛快，含蓄地笑道：「沈書僮當真想將畫交給老爺嗎？」

沈傲的心虛樣子更加明顯了，繼續否認道：「什麼畫?什麼老爺?趙主事到底在說什麼？」

趙主事道：「沈書僮還有什麼好隱瞞的，這件事的經過，我已原原本本地都聽你說了，再掩飾有什麼用。」

沈傲叉著手，怒目道：「趙主事不要血口噴人，我根本聽不懂你說什麼。」

趙主事也有些怒氣了，抬腿要走人，冷聲道：「好，既然你否認，我這就走，不過，要是說漏了嘴，呵呵……」

沈傲臉都變了，連忙笑著拉住他：「趙主事，有話好好說。」

趙主事冷哼道：「還有什麼可說的，沈書僮信不過我便是。」

沈傲沉默了片刻，道：「不是信不過趙主事，只是這件事事關重大，若是被人告發，那可是要掉腦袋的。」

趙主事這才消了氣，慢慢悠悠地道：「我已說過了，絕不會去告發你。」他微微一笑，繼續道：「只不過我也是爲你著想，你可有想過，這幅畫有可能是假的嗎？」

「假的？」沈傲很驚愕，連忙道：「斷然不會是假的，怎麼可能是假的呢？趙主事真會開玩笑。」

趙主事心裏冷笑，想：「看來這姓沈的已亂了方寸，好極了。」口裏道：「這種事不怕一萬，只怕萬一。沈書僮你想，若真是假畫，你送給了老爺，老爺會怎麼想？原本你說有一幅畫要獻給他，是一幅御畫，就已經犯了國法了，老爺之所以首肯，是因爲他酷愛各種古玩書畫，是以願意鋌而走險。可要是假的，只怕你吃罪不起。」

沈傲聽了，也擔心起來，喃喃道：「聽趙主事這麼一說，倒是真要小心一些。鑑賞書畫我倒是懂一些，只是火候還不夠，可是這幅畫又不能示人，要找人來鑑定倒是難了。」

眼見沈傲入甕，趙主事心中大喜，迫不及待地道：「我倒是認得一個人，可以爲沈書僮鑑定。這人的嘴巴很牢，絕不會亂傳出去的。」

鑑畫？還是趙主事指定的鑑定人員？陰謀氣息很重啊！

沈傲平時很精明，可是今天卻沒有太多疑慮，爽快地道：「好，什麼時候去鑑定？」

趙主事不怕他不答應，自己知道了他的秘密，他敢不就範？難道就不怕自己去告

發？

趙主事呵呵一笑，道：「何必要選什麼日子，今日風和日麗，不如現在就走。」

趙主事是不願意再耽擱了，現在的沈傲就是他手心裏的孫猴子，雖說逃不出他的五指山，可是夜長夢多，時間拖得越長，越有可能出差錯。

沈傲有些疑慮，沉默了一會兒，才道：「好，那我們現在就走，趙主事在這裏等等，我去取畫。」

沈傲神神秘秘地取了畫，用衣衫包著，奉若至寶的樣子，對趙主事還是不放心，問道：「趙主事，你不會帶我出去後，叫人搶我的畫吧？」

太直接了，趙主事就喜歡他這樣的直接，哈哈，這個蠢貨，就算要你的畫，還需要搶嗎？這種畫若是搶了，你咬咬去自首，豈不是連我也牽連進去？王相公是雅賊，對付你這滑頭還需要動強的？

趙主事連忙道：「沈書僮這是什麼話？我堂堂祈國公府內府主事，會做這樣卑鄙的事？」

「好，這就好，那請趙主事帶路吧！」沈傲笑呵呵地不再有疑慮了。

兩人一前一後，沈傲抱著那用衣衫遮住的畫筒，緊張兮兮地四處張望，生怕這熙熙攘攘的大街上突然跳出一個好漢，手裏拿著一對板斧，口裏大吼：

「打劫，金銀、銅錢、書畫、信用卡……汗，臺詞說錯了。」……

到了一處庭院外，趙主事停了下來，吩咐沈傲在庭院外等著，自顧去喊門。門開了，一個儒生出來，掃視趙主事和沈傲一眼，沒好氣地道：

「趙鏡，你又來做什麼？」

「哦！原來趙主事叫趙鏡！太噁心了，大男人的，天天照什麼鏡子！」沈傲心裏腹誹起趙主事的名字。

趙主事笑呵呵地道：「先生，這位小兄弟有幅畫要勞煩先生鑑賞。」

「今日沒空。」這儒生冷聲一笑，要去關門。

趙主事連忙道：「這幅畫非同小可呢，先生無論如何也要看看。」

這先生有些疑慮了，沈傲連忙說：「是啊，是啊，先生若是能鑑出真偽，我願出一……不，兩貫錢做鑑資。」

先生冷笑一聲：「誰要你的錢！進來吧！」

沈傲進了屋子，屋子裏陳設不少，有不少瓷瓶、字畫，沈傲略略掃過一眼，心裏卻笑了。這應該不是此人的巢穴，別看這些瓷瓶、字畫精緻，可是沒有一樣是真品。還有，這裏的東西雖然不少，可是起居的用品卻不多，這就證明這個屋子只不過此人暫時

租來對付自己的。他真正的住處又在哪裡呢？只有找到那裏，才能尋回戒指。

沈傲和趙主事坐下，那先生道：「鄙人姓王，你就叫我王相公吧。」

沈傲笑道：「王相公費心了。」這一定是此人的假名，不過，管他呢，看看他設的局再說。

沈傲小心翼翼地捧出畫來，將畫卷展開，沈傲朝王相公拱了拱手道：「此畫若不假，是官家手筆，王相公請看。」

王相公大大咧咧地坐下，這畫長六尺，寬兩尺有餘，右角處有一處殘缺，倒是並沒有影響到畫的本身。畫中無數白鷺在水面嬉戲，水面上的鷺，就在波光之瀲瀲映照中，翩翩起舞，天地絪蘊，萬物化醇。

「好畫！」王相公在見到畫的那一刻就定住了，他見識的佳作不少，可是見到這幅畫的第一眼就打動了他的心，就算這畫不是官家的作品，只怕也價值千金以上，那白鷺展翅躍躍欲試的神態，竟是與湖光山色映爲一體，讓人一望，如親臨湖畔，流連忘返。

不止如此，這筆鋒也極爲矯健，有一種鶴舞的質感。他心裏想：「早聞官家的筆力瘦挺爽利，側鋒如蘭竹，有鶴舞之感，今日一見，果然名不虛傳。」

看到這裏，他的心砰然一動，眼眸中閃耀出熱切的光芒，又想：「這幅畫無論如何也要弄到手，若是錯過，只怕要抱憾終身！這樣的好畫，落在一個小小書僮身上，當真是作踐了。」

他又去看落款提拔，官家的鶴體亦極有神韻，那個天字，竟真隱隱可以感覺到天下第一人的意味；宮中的印璽也有，如此看來，此畫是真跡無疑了！

他抬眸打量了沈傲一眼，那一雙銳利的眸子與沈傲接觸，頓時生出一種感覺，眼前這個小子不一般。

若是尋常的古玩畫作，王相公一旦嗅到了一絲危險，就立即會中止計畫。可是眼前這幅畫的誘惑太大，讓他割捨不下，他沉默片刻，搖頭嘆氣道：「真是奇了，看不透，看不透啊。」

沈傲瞪大眼睛：「不知王相公這是什麼意思，這畫到底是真是假？」

王相公道：「尋常的畫，老夫一眼就能分辨出來，可是這畫卻不同，你看……」他指了指畫中的白鷺：「這些白鷺一個個展翅欲飛，活靈活現，與湖光山色相映，確實是官家的畫風。問題是在這裏，你看這落款，有些生硬，好像是爲人描上去的，如此看來，這畫又像是假的。」

沈傲很鬱悶地道：「王相公說了這麼多，也沒說出個真假來，真是急死我了。」

王相公搖頭道：「似真似假。」

沈傲心裏偷笑，王相公現在這個樣子，和自己在後世欺騙那些帶著寶貝來鑑定的顧

客時的樣子真是一模一樣！

哈哈，來到了一千年前，居然也能遇見這樣的同行，就連手法也是一般無二！

不過嘛，沈傲可沒有惺惺相惜的心思，同行是冤家啊，一定要幹掉，手藝絕活這東西，當然是獨攬的才好。

沈傲裝作懵懂的樣子，道：「我還是不明白，什麼叫似真似假？」

王相公道：「是這樣的，你這畫是真的，可是題跋卻像是假的，因此，我一時也不能斷定，不如這樣吧。你先帶著畫回去，過幾日再來，我去查閱些官家流出來的手抄本，再給你個準信。」

沈傲很爲難的樣子：「只怕來不及了，我家老爺還等著要畫呢。」

趙主事在旁道：「沈書僮啊，你想想，在畫未確認是真僞之前，你若是把畫交給了老爺，萬一是假的，你擔待得起嗎？再等幾日，等王相公辨明了真僞，豈不是更好？」

沈傲猶豫了片刻，小心翼翼地收起畫，道：「那好吧，不過王相公最好快一些，我可等不及的。」

趙主事心裏冷笑，想：「姓沈的終於上鉤了，哼哼，在老爺、夫人面前鬥不過你，過幾日就騙了你的畫，到時候教你欲哭無淚。」

沈傲心裏卻是偷笑，想：「姓王的終於入甕了，哈哈，等著瞧吧，現在只是開始！」

辦完了正事，沈傲打算回府換一件衣衫，然後去邃雅山房看看。與趙主事肩並肩的走著，趙主事不說話，沈傲也懶得搭理他，他將畫筒夾在腋下，很寶貝似的。

其實這幅畫是他作出來的贗品，這一次能騙過王相公，也可以看出王相公的鑑賞能力並不比沈傲高明。另一方面，因爲官家的真跡幾乎在坊間沒有流傳，要辨明真僞，只能從畫風和筆力方面來評判，好在沈傲只臨摹筆力和畫風，完全的照抄臨摹卻是不屑爲之的。

贗品又如何，還不照樣把他給騙過去了。哼哼，沈傲有點得意，自從穿越之後，身臨其境，畫風竟也有了不小的進步，幾乎已經到了以假亂真的無瑕境界了，這個時代又沒有顯微鏡和防僞檢測儀，如魚得水啊。

眼看就到了祈國公府，一輛精美的馬車迎面過來，那淺色花簾微微掀開，露出一對妙目在街上逡巡，那眼眸落在沈傲身上，頓時亮了，不多時，馬車停下，從裏面鑽出一個腦袋，原來是小郡主。

小郡主與周小姐在後園說了許多話，眼看天要黑了，便告辭出來，才沒走幾步，就撞見了沈傲。

「喂，沈書僮，你過來。」小郡主的王八之氣十足，朝沈傲勾了勾手。

沈傲當作沒有看見，故意將臉別過去看沿街的風景。小郡主太壞了，這是叫人的態度嗎？你就是加一個請字，沈傲也願意笑嘻嘻的過去聆聽小郡主訓示。勾勾手算是什麼意思，還是當作沒聽見吧。

趙主事卻是聽見了，朝沈傲道：「沈書僮，好像有人在叫你。」

沈傲不理他。

小郡主生氣了，立即道：「你過來，車夫，追上那個人。」

車夫聽了命令，頓時精神十足，想要在郡主面前顯露一手，提鬢揚鞭，駕地一聲，也不管衝撞了路人，飛也似的勒馬衝過去。

街道上頓時亂成一團，紛紛有人咒罵，只是這馬車顯赫，雖是怨聲四起，卻沒有人挺身而出。

「喂！」馬車從沈傲的身側擦肩過來，小郡主從車簾中高傲的抬起下巴，居高臨下的道：「沈書僮，你好大的膽子，敢不理我。」

趙主事膽小，不願意惹事，連忙對沈傲說：「沈書僮，府裏還有許多事要我安排，先走了。」健步如飛，一下子就不見了蹤影。

沈傲苦笑著對小郡主道：「小姐，我方才沒有聽見行不行？」

小郡主蹙著眉：「周小姐早就說了，你這人很狡猾，要防著你。你就是故意不理我，別以爲我不知道。」

沈傲哈哈一笑，抿嘴不語，看來這小郡主很不懂人情世故啊。一個女兒家，光天化日之下追一個男人，真是，不知哪裡來的家教。他正要敷衍，小郡主的目光落在了沈傲的腋下畫筒上，眸光一亮，道：

「這是你師父陳相公畫的嗎?拿來，我看看。」

太兇殘了，這是打劫啊。沈傲夾緊畫筒：「不給。」

小郡主生氣了，道：「小書僮，你好大的膽子，你拿畫來給我看看，我就不追究你。」

横的怕硬的，沈傲很無語，道：「這又不是你的畫，憑什麼你說拿就拿，就是不給。」轉身要走。

小郡主一時也沒有了主意，趴著車簾的框架，態度軟下來道：「好啦，小書僮，我就看看罷了，又不是要你的畫。」

沈傲猶豫了一下，看到聚集過來瞧熱鬧的人越來越多，那一個個眼神，頗有些幸災樂禍的意味。不過有幾個搧著扇子的公子哥卻是投來一絲妒忌。

「好吧，就給你看看，不許亂搶。」沈傲發現自己被打敗了，玩心機陰謀他厲害，

可是在大街上賣萌，汗，完全不是自己的長項啊，倒是這位小郡主熟能生巧，很熟稔，一點都不怯場。

「看來這小妞平時一定沒出過門，這點人情世故都不懂。」沈傲心裏咕噥著，手腳卻不敢慢，抽出畫筒，小心翼翼地抽出畫卷來，展開，卻不敢送過去，而是將畫反著貼著自己的胸朝小郡主展示，口裏說：「就這樣看，不許動。」

「真是小氣。」小郡主白了他一眼，頓時被沈傲胸口的墨筆吸引了，巧目在畫中逡巡，癡癡的道：「這是官家的真跡還是你師父的贗品？」

若是那幅送來的真跡倒也罷了，可要是贗品，只怕又是一幅頂尖的偽作。小郡主在宮裏的日子不少，見過的官家畫作更是數不勝數，閉著眼睛都能感受到官家的畫風，可是這幅畫不管從佈局、筆意、還是畫風，幾乎找不到絲毫的瑕疵，再挑剔的人也尋不出破綻。

「太氣人了。」小郡主蹙著眉，接下來的一句話讓沈傲大跌眼鏡：「陳相公這樣厲害，只怕我一輩子拍馬都趕不上了，哎……」輕輕嘆了一口氣，接下來的話很凶殘：「若是能把他綁到王府去陪我作作畫，該有多好。」

沈傲突然意識到，自己是多麼的幸運，還好自己方才說畫是自己作的小郡主沒有相信，這是火坑啊。

照小郡主的意思，綁架陳濟貌似有一點難度。可是要綁沈傲，那真是輕而易舉，小小書僮還想飛天遁地不成？去了王府，陪著美人兒作作畫其實也不錯，錯就錯在對於一個書僮來說，本來就不該享受這種待遇的。

哦，到時候王爺一看，孤男寡女廝混在內宅這還了得，乾柴烈火很容易讓女兒失身啊，怎麼辦？閹了！於是，一個小太監伴在小郡主跟前，左一口奴才，右一口主子的景象浮現在沈傲的腦海。

太可怕了，沈傲打了個激靈，打定了主意，絕對不能讓小郡主知道真相，以防止走夜路被人打悶棍，塞進麻布袋裏。

「郡主，我們還是換個地方看畫吧。」沈傲覺得這樣被人圍觀，已經很尷尬了，偏偏小郡主不以為意，這個畫癡，彷彿整個世界只剩下畫，再沒有什麼更引起她的關心。可是沈傲還是吃五穀雜糧的俗人，以後還要做人呢。

小郡主便眨了眨眼睛道：「周小姐說你很好色，你叫我換個地方看畫，不是有什麼企圖吧。」

沈傲被徹底的打敗了，只好收回畫道：「那我走了，郡主要看畫，下次再說。」這種事越解釋越亂，還是溜之大吉的好。

「喂！回來，我還有話要問你……」見沈傲避走，小郡主急得大叫，吩咐車夫道：「追上他，快。」

小郡主追上去，口裏道：「好，我隨你到僻靜處去說話。」她的表情很無辜，讓路人看了，彷彿是被人占了便宜的可憐少女。

沈傲要吐血了，很有罪惡感，卻又無計可施。

小郡主朝他招招手：「你上車來。」

沈傲也沒什麼顧忌，再說了，連她都不介意，沈傲還有什麼好忌諱的，立即跨入車轅，要鑽進車去。那車夫一臉不懷好意的望了他一眼，沈傲心下一凜，心裏說：這車夫很不簡單，這眼神像要殺人的樣子，不會是怕自己○○ＸＸ了他的主人吧。

不管他，沈傲鑽進去，車廂裏的芳香味很濃，車廂也很寬大，可是相對兩個人來說仍然有一些狹隘，鑽進去時，沈傲的鼻尖差點要撞上小郡主鼓鼓的胸脯。

「怎麼有一股奶香味，太殘忍了……」

沈傲打了個激靈，不過，他還是很君子的。占一個小妹妹的便宜，他不屑爲之，壓力也很大，連郡主也敢調戲，活膩啦？說不定被人打黑棍、拍黑磚，爲色衝動的事，沈傲是不會做的。女人而已，沈傲又不是第一次見女人的小處男，還沒有瘋狂到這種令人髮指的地步。

當然，欣賞一下還是可以的，沈傲一雙眼睛滴溜溜地在小郡主鼓鼓的胸脯前打量，很受用很舒坦。

美女嘛，可近觀而不可褻玩，當然，如果她自己送上門的話，沈傲是不會拒絕的。

「喂，不要亂看。」小郡主叱道，她雖對男女的事不懂，但是沈傲這種肆無忌憚的樣子，卻喚起她女性天生的自我保護意識，臉已緋紅了。

沈傲收回目光，很正經很純潔的道：「美人就像佳畫，完美無瑕的事物，看看有什麼不可以，你看了我的畫，我看看你的人，買賣公平、童叟無欺！」

沈傲說得理直氣壯，將好畫和小郡主聯繫起來，說明沈傲是用藝術的眼光去看的。文藝女青年不就是時刻準備著爲藝術而獻身的？小郡主和文藝女青年沒什麼兩樣，沈傲談起藝術，讓她沒有詞了，便笑嘻嘻的問：

「我問你，你師父的畫還沒有畫好嗎？他平時練筆的殘畫有沒有？能不能去替我尋幾張來？」

沈傲搖頭。正義凜然的又去盯小郡主的胸脯，那鼓鼓的小包不大，但是很契合，與身材水乳交融，咦，爲什麼我會想到「水乳交融」這個詞呢？

小郡主很失望，呢喃道：「那你要答應我，你師父僞了官家的白鷺圖，要先送到我這裏來，聽見我的話了嗎？」

「你要說的就是這個？」沈傲在顛簸的車廂中「搖搖欲墜」，好幾次要撞小郡主一個滿懷。

小郡主想了想：「就這些了，沈書僮啊，雖然你這個人很壞，但是如果你能好好的爲我辦事，我還是會很重用你的。」

沈傲很真摯的道：「小姐說得太對了，沈傲一定不辜負小姐的期望，爭取再立新功。冒昧的問一句，是哪個爛舌頭的說我的壞話？」

小郡主哼了一聲：「你連你師父的畫都不能理解，還說不值幾個錢，當然不是好人。」

哇，這邏輯太奇怪了，讓沈傲不能理解，不懂畫就是壞人，世上該有多少萬惡之徒啊。沈傲苦笑，爭辯道：

「其實有些人不懂畫，也不盡都是壞人，就比如本書僮，心地還是很善良的。」

小郡主道：「好了，就這樣，誰管你是不是好人，快下車，我要回家了。」

沈傲只好告辭，夾著畫，便回府了，一路上心裏想：「這個郡主很古怪，不過也很有趣，找機會逗逗她。對了，郡主對自己的印象很不好啊，多半有周小姐的功勞，不知怎麼的，最近周小姐性格很怪異，嗯，怎麼說呢，好像處處和自己作對。自己並沒有得罪過她吧。」想了想，便哂然一笑，想這麼多有什麼用，還是先顧眼前吧。

第廿七章
認親

周正道：「什麼時候他是你外甥了？」

夫人一下子坐了起來，眼眸一亮，口裏說：

「是了，現在沈傲就是我的外甥，也是祈國公府的子侄，

他進不了太學，就去國子監，看誰還能說什麼。」

夜漸漸深了，春兒提著燈籠到了門房，問：「劉老叔，夫人叫我來問，公爺的車駕還沒回來嗎？」

劉老叔是値夜的門房，笑呵呵的披著衣衫，趿鞋從門房裏出來，瞇著眼，借著燈籠的光線看了看，便道：「是春兒啊，公爺還沒回來呢。」

春兒便在門檻處坐下，道：「那我在這裏等，夫人那邊已經有些急了。」

劉老叔便笑：「春兒，夜裏涼的很，要不到我這裏坐坐。」他望了春兒一眼，一句話不知該說不該說，猶豫了好一陣子又道：「我聽府裏的人說，你和沈書僮最近走得很近？」

這是很隱晦的說法，其實這件事早就傳開了，說什麼的都有，春兒聽了，眼睛就紅了，眼淚流出來，道：「沈大哥是好人，沒有欺負我，你們不要胡說。」

劉老叔便嘆氣：「不管有沒有，許多事應當謹慎些。你看看沈書僮，近來很受老爺、夫人的喜愛。若是他真的有心，爲什麼不向夫人、老爺提親，夫人沒準就答應了。可是這樣耗著，算是什麼事？你是女孩子，名節很重要的，若是沈書僮不娶你，將來你怎麼做人？」

春兒不答話，只是滴滴答答的掉眼淚，蜷縮在門角，心裏在想：「沈大哥會向夫人提親嗎？是了，只要沈大哥去提親，夫人一定會同意的。可是爲什麼他連說都不肯說呢，他一定是不喜歡春兒的，我該怎麼辦？」想著，想著，心更酸了。

劉老叔搬了個矮凳出來，又尋了件衣衫給春兒披上，絮絮叨叨的說：

「春兒，這可不是鬧著玩的，你一定要想清楚，現在闔府上下都知道了這事，沈書僮不可能不知道，他若是愛護你，又何至於鬧到現今這個地步。哎……」

春兒只是哭，抽泣的道：「我知道，沈大哥是喜歡小姐的，小姐也喜歡沈大哥，平時小姐總是難爲他，可是我知道，她的房子裏還藏著沈大哥的畫呢，經常在那裏看得出神。」

劉老叔嚇得面如土色，連忙道：「這些話可不能亂說，春兒，你不是小孩子了。」

春兒又哭，眼睛都模糊了，哽咽著說：「我不知道該怎麼辦，沈大哥就算娶我，那也是可憐我，我不要他可憐我……」

劉老叔只是嘆氣，徐徐道：「春兒，我是過來人，你的心思我懂。可是，再這樣下去也不是辦法，人言可畏，將來你怎麼嫁人？依我看，你乾脆給鄉下寄個口信回去，叫他們在鄉下尋一個親事也就是了。沈書僮這個人好是好，就是太好了，我聽說最近老爺要保舉他去太學讀書，將來是要做相公的。」

春兒不說話了，手指卻摳進了肉裏，妙目直愣愣地望著府前的石獅子發呆。

春兒傷心地擦拭淚眼模糊的眼睛，正黯然傷神，劉老叔站起來，向外張望道：「老爺的車駕回來了。」

春兒便不敢再哭了，提起燈籠去迎接。

馬車在府門前停得穩穩的，祈國公周正一臉疲倦地被車夫扶下車，見了春兒，便問：「春兒來這裏做什麼？」

春兒道：「夫人見公爺這麼晚還未回來，心裏惦記，叫我來門房問問。」

周正苦笑，自那一日和夫人說了保舉沈傲的心思，夫人這些天催問這事很緊，不消說，今日又是來打探消息的。

他咳嗽一聲，對春兒道：「你早些回去歇了吧，不用去回稟了。」

春兒不肯，要提燈籠給他照路，周正是個細心人，一瞥之下，見春兒的眼角有淚痕，便問：「春兒，你怎的哭了？莫非是有人刁難你嗎？」

劉老叔在邊上想說什麼，春兒連忙給他打眼色，口裏說：「沒……沒什麼的，是眼睛進了沙子。」她心裏淒苦極了，想：「若是這件事給老爺知道，老爺一定會催促沈大哥和我成親的，沈大哥並不喜歡我，我有自知之明，不能教他爲難。」

隨即又想：「我這樣體貼他，不知他有沒有爲我著想過。」心裏更酸了，強忍著淚水不流出來。

提著燈籠引著周正到了臥房，春兒便告退，周正咳嗽一聲，總覺得今日的小春兒舉止很怪異，不過家事一向是夫人照料的，他不便插手，抬腿進去，便聽到夫人在裏屋喊：

「是老爺回來了嗎？」

周正應了一聲，疲倦地走入裏屋，夫人正看著一本佛經，抬眸見了周正，便將佛經隨手放在案上，起身道：「老爺今日怎麼又這麼遲回來，用過飯了嗎？要不要廚子去熱一熱？」

今夜是春兒照料起居，打了盆溫水來，周正浸了浸手，徐徐道：「用過了，不用麻煩。」

夫人又旁敲側擊道：「老爺是不是有什麼心事？我看你這幾日都是六神無主的，像是掉了魂一樣，嚇得恆兒也不知躲到哪裡去了，怕你要拿他出氣呢！」

說到周恆，周正就有點兒生氣了，口裏說：「這個逆子，他要是有沈傲的一半，我平日何至於會打他？他是自作孽，平時遊手好閒，這樣好的機遇，卻又不好好讀書，我不打他，他更要上房揭瓦了。」

夫人聽周正提到沈傲，便道：「恆兒有孝心就是了，我也不求別的。倒是沈傲進學的事，老爺近來可打探過嗎？太學裏怎麼說。」

問起這個，周正嘆了口氣道：「方才我就是去找張學正，爲這事說情的，按道理，沈傲倒是很符合太學的錄用規則。不過，張學正說，舉薦之期已經過了，名錄已呈報去了官家那裏，官家也擬准了，現在要改來不及。只能等來年再說。」

夫人有些急了，道：「還要等來年？這要等到什麼時候，沈傲怎麼耽誤得起，老爺，你和張學正也有交情，就不能讓他網開一面？」

周正面色通紅，其實這個人情他是說了的，不過張學正這個人太迂腐，說不通，此事當然不好和夫人去講，只是敷衍道：「這是國法，豈能擅自更改。」

夫人神色黯然，替周正脫去了外衣，蹙著眉想著心事。

二人和衣睡下，再不說話了，其實他們各懷著心事，都沒有睡著，夫人仍想著沈傲進學的事，而周正一是擔心那枚戒指，另一方面也爲沈傲的事心煩。

心煩意亂間，夫人突然張眸，問：「老爺，國子監那邊可以入學嗎？」

周正道：「國子監倒是寬鬆得多，只是需七品官員以上的子侄方可入學，與沈傲的身分不符。」

夫人嗔怒道：「虧你還整日主持國家大事，連這點變通之道都不懂，子侄，子侄，沈傲就是我的外甥，明日就去給他報名去。」

周正道：「什麼時候他是你外甥了？」

夫人一下子坐了起來，眼眸一亮，口裏說：

「是了，現在沈傲就是我的外甥，也是祈國公府的子侄，他進不了太學，就去國子監，看誰還能說什麼。」

夫人又向周正道：「老爺，對外呢，我們就說沈傲是我的親外甥，對內呢，我也就收了這孩子做親戚，如何？」

周正有些疑慮：「這倒是個辦法，只是……是不是取巧了一些，若是讓人知道，豈不是個笑話。」

「誰會取笑？老爺，我娘家的人本就不多，好不容易有沈傲這樣的好孩子喜歡，認個親又有什麼錯？我做了這個姨母，你豈不也多了個外甥？這孩子不是平凡人。我瞧他有一臉的官相，許多人都說他學問好呢，早晚要高中的，到了那時，老爺豈不又多了一個臂膀?!」

她絮絮叨叨地說了許多，見周正還略有遲疑，繼續道：「這件事就這麼定了，過幾日再和他說，老爺趁著這功夫多走動走動，你不是平日裏說國子監的祭酒、博士們和你很熟絡嗎？這件事一定要辦成了。」

周正這下只好笑著道：「是，我的夫人。」

夫人復又躺回床上，事情找到了辦法，心情也好了起來，興致勃勃地道：「我現在

越想就越覺得這個辦法可行，方才只是一念之間，就想出來了。看來我和這個沈傲還真有緣分，老爺，你說是不是？」

周正很疲倦，已打起了呼嚕，原來是已經睡了，夫人沒多久也睡下了。

過了兩日，沈傲便被趙主事叫去，說是王相公已經查閱了許多手抄本，要再看看畫。沈傲又帶著畫過去，故意作出一副很傻很天真的樣子，那王相公的作案手法與沈傲的很相似，就在看畫的功夫，用一幅贗品將沈傲的畫換了去。

沈傲雖然察覺，可是卻沒有點破，拿著那幅贗品道：「王相公辨出這幅畫的真偽了嗎？」

王相公冷笑著搖頭，道：「恕我直言，這幅畫是僞作。」

「僞作？」沈傲很吃驚，口裏期期艾艾地道：「怎麼可能是僞作？王相公是否看錯了！」

王相公便擺出一副「專家」的架勢，手指著畫道：「你看這裏，線條很生硬，那白鷺雖是躍躍欲試，可是筆線卻有重描的痕跡，還有題跋，明顯是人摹上去的，這幅畫一定是假的，你要是不信，大可以請別人去看看。」

沈傲面如土色，口裏還是喃喃道：「怎麼可能是假的，這斷不是假的，你在騙人。」他不停地去看畫，拿畫的手也顫抖起來，又說：「那我怎麼向公爺交代？拿不出畫，公爺若是發了脾氣，我該怎麼辦？」

王相公冷笑道：「這和我沒有干係，你們收拾了畫快走。」

等到沈傲和趙主事走了，王相公才微微一笑，從案底抽出一幅畫來，仍是一張白鷺圖，只是這張白鷺圖比較起沈傲帶走的那張，更多了幾分曠達之氣。

王相公俯下身子去看畫，那飄逸勁特的筆線，妙到極致的佈局，在王相公的眼中彷彿將整張畫都變得鮮活起來，王相公捋鬚，眼睛笑成了一條線，口裏喃喃道：「好畫，好畫，哈哈，天下唯一一幅流傳於世的官家畫作，如今已經落在了老夫的手裏，好極了，好極了。」

不過……王相公嗅了嗅鼻子，那鼻尖下似乎聞著一股淡淡的騷味，奇怪，這是什麼緣故。王相公沉默了片刻，微微一笑，便不再懷疑了，將畫收好，心裏想：「爲謹慎起見，應當盡速離開這宅子，將這畫收好再說。」

當天夜裏，京兆府衙役齊集，這些捕快、公差一個個全副武裝，鎖鏈、木枷、戒尺一個不落。領頭的是捕頭張萬年，張萬年點了數，挺著大肚子便走到沈傲跟前彙報：「沈公子，人都來齊了。」

祈國公府遭了竊案，這還了得，知會一聲，京兆府已是雞飛狗跳，當值或不當值的公差悉數待命，就等捉捕人犯。沈傲親自點了張萬年來辦這個差事，也算是一種報答，只要把犯人拿住了，張萬年的功勞是少不了的，也算是報答他的恩惠。

沈傲慵懶地牽著一條狗，點了點頭，道：「諸位辛苦了，捉到了人犯，國公有賞。」

緇衣們都笑了，紛紛說：「公爺太客氣，這都是我們的分內之事。」說著，眾人便開始行動，沈傲的那幅白鷺圖，其實是故意調劑了一種混雜的氣味，用熏香和貓尿混雜成一種刺激的味道，而這種氣味很難消除，尋常人當然會不疑有他，可是若是找一條狗來，就可以立即循著這股氣味將畫找回來。

沈傲破解王相公的騙術很簡單，其實不過是被動設局的一種，先是將自己作爲誘餌，讓王相公針對他進行設局，沈傲要做的，只是被騙就行了。

重頭戲在後頭，那幅被騙去的畫落入王相公手中，王相公首先要做的，就是將它帶回自己的老巢，而畫中摻雜進去的氣味，恰好成了GPS，沈傲牽著狗，就能帶著捕快們找到王相公的藏身之處。

先牽著狗到上一次的庭院裏去，這裏果然人去樓空，只是那狗卻興奮地瘋狂吠叫起來，一副要掙脫繩索向外狂奔的模樣。

「跟上來。」沈傲打了一個手勢，身為盜賊，想不到今日卻成了偵探，這種感覺還不錯。

眾人紛紛跟上，追隨狗的足跡穿過幾條街巷，那狗吠聲越來越頻繁，追至一處孤零零的小巷子便突然停住，朝著一個屋子狂吠不止。

張萬年皺眉，低聲喚來幾個頭目，吩咐道：「叫幾個兄弟在後巷，幾個兄弟在前巷蹲守，其餘人隨我進去。」

一干捕快紛紛散開，張萬年拿著戒尺，當先破門進去，口裏大叫：

「王朱子，你已東窗事發，還不隨我到衙門走一趟！」

眾捕快紛紛湧入，頃刻之間，那屋子裏便傳來器具砸碎的砰砰聲。沈傲牽著狗追上去，口裏大叫：「張老兄，叫你的弟兄小心一些，不要砸壞了東西。」

張萬年咦了一聲，口裏道：「人犯呢？」

便有捕快道：「班頭，這裏有一個暗門。」

「哇，人犯逃了，快，叫弟兄們們圍住這條街巷，誰也不許出去。」

沈傲衝進去時，才知道那王相公已經逃走了，臥室的牆壁上有一個暗門，直通隔壁的屋子，從暗門鑽過去，又到了另一個房子，在這裏，則看到了不少匆忙換下來的隨身衣物，稀稀落落的丟在了地上。

「班頭，四處都尋了，沒有人犯的蹤跡。」有捕快前來稟告。

張萬年面如土色，口裏道：「這是怎麼回事？莫非這人神機妙算？算準了我們今夜會來拿人嗎？」

沈傲沉默了片刻，笑道：「狡兔三窟，這人太謹慎了，居然一口氣租下兩個房子，將兩個房子打通，一有動靜，就趕到另一處房子裏去。張班頭，你看這隨意拋落的衣物……」

沈傲拿起衣物，指尖還能感受到餘溫：「這應當是不久前人犯脫下來的，只是他脫了衣服又會換上什麼衣服呢？」

一個捕快道：「方才並沒有閒雜人在街巷處走動，想必這人還沒有走。」

沈傲搖頭：「他已經走了，只不過換上了一件緇衣而已。」

緇衣，是捕快的公服，換上了它，神不知鬼不覺的從另一處房子裏出去，今夜這麼多捕快在這裏蹲守，黑暗中誰也看不清誰，混雜在其中，要溜走很容易。

聽了沈傲的分析，張萬年便苦笑道：「沈公子太厲害了，這個人犯也很厲害，我當了這麼多年的差，還沒有見過這麼狡猾的人犯。哎，若是戒指找不回來，國公那邊只怕不好交代。」

沈傲搖頭，笑道：「戒指還在這個屋子裏。」

張萬年大喜：「在哪裡？」

沈傲放開狗的繩索，那狗便垂頭開始嗅起來，到了一方几案，又開始狂吠。

「來，把這几案搬開。」

幾個捕快立即將几案挪開，几案下什麼都沒有，只是一片黃土。

沈傲道：「去尋些鎬頭來，把地挖開。」

許多緇衣紛紛捲起袖子，尋了各種東西來挖，果不其然，挖地一尺，一個油布包裹的錦盒便出現了，張萬年捧著錦盒出來，打開，裏面恰好是一幅畫卷，此外，還有一枚戒指，以及一些小物件。

「這就是贓物了，張捕頭要不要帶回衙門去？」沈傲笑吟吟的問。

張萬年忙將錦盒交給沈傲，道：「這就不必了，公爺的東西都在這裏吧，這就好，這一趟沒有捉到兇犯，真是慚愧。」

沈傲接過錦盒，道：「能追回贓物就已是萬幸了，諸位辛苦了，到時候國公一定有賞的。」

官差們一陣興奮，紛紛道：「不敢。」

張萬年問：「沈公子，爲什麼你斷定這些贓物還留在這裏？」

沈傲笑道：「很簡單，這個疑犯太狡猾，一有風聲鶴唳，他絕不會戀棧幾樣寶物，

明哲保身才是最緊要的。張班頭見過壁虎嗎？壁虎一旦感覺到危險，便立即會拋下尾巴，瘋狂逃竄。其實此人也是如此，更何況，他自信這些寶物藏得隱秘，我們不一定能夠找到，因此先溜之大吉，等什麼時候風頭過了，再回來取也是一樣。」

張萬年笑道：「沈公子若是來公門當差，我們這些弟兄就要沒飯吃了。」

沈傲收好那錦盒，笑嘻嘻地道：「大家都很辛苦，就不勞煩諸位了，我自己回去稟告國公，你們的功勞也一定會傳達的，先告辭了。」

張萬年笑道：「沈公子好走。」

沈傲湊到張萬年耳畔，低聲道：「趙主事已經收押了吧？」

張萬年點頭：「已經在監獄了，沈公子放心，我們一定會好好伺候他。」

沈傲低聲道：「告訴你，這趙主事手裏頭至少有兩千貫，張班頭，別說我沒提醒你，你自己看著辦吧。」

張萬年很曖昧地笑了笑，頓時明白了，笑嘻嘻地道：「謝沈公子賞賜。」

「他若是把錢吐了出來，就放他一條生路吧，畢竟也只是一念之差，沒必要把人往死路裏逼。」沈傲總算是爲趙主事說了一句好話，只怕也只有這一句最真摯，甩了甩袖子：「我走了。」

懷揣著錦盒，沈傲牽著狗往國公府走，心裏卻在想，這個王相公太狡猾了，確實是個強大的對手。若不是他拿出來的誘餌太誘人，這人一時麻痺大意，只怕誰上誰的當還不一定呢。

溜了就溜了吧，沈傲一點也不在乎，他的目的只是尋回戒指，給國公一個交代，如今事情辦成，捉沒捉著王相公都不是重點。

沈傲連夜回去見周正，到了偏廳，便看到可憐的周恆跪在屋簷下，可憐兮兮地看著沈傲，很悲劇很淒慘。

「哇，少爺回來了！」沈傲走過去，呵呵地笑著，許久沒有見到周恆了，府裏頭都在傳言周恆是出去避風頭，誰知還是沒有躲過，大冷天的跪在這裏，好可憐啊。

不過，沈傲的同情心顯然還沒有氾濫到同情少爺的地步，倒是多了一分幸災樂禍，話說回來，如果周恆都值得同情，那這個世上要同情的人實在太多了。

周恆抬著下巴昂著頭，口裏說：「沈傲啊，哈，你來這裏做什麼？我今日在練功，你不要打岔，快走。」他是死鴨子嘴硬，明明跪得腳都失去知覺了，卻還在說自己是在練功。

沈傲哈哈一笑，拍了拍他的肩膀：「那麼少爺好好練，什麼時候神功大成，記得一定要知會我一聲。」說著大搖大擺地走進廳裏。

周正正負著手來回踱步，見沈傲進來，驚喜道：「戒指帶回來了嗎？」

沈傲拿出錦盒，交給周正道：「帶回來了。」

周正打開錦盒拿出戒指，頓時喜逐顏開，忍不住道：「天可憐見，總算是找回來了，若是丟了它，我有什麼面目去見周家的列祖列宗！好，好極了。沈傲，你這一次幫了我一次大忙，真不知該怎麼謝你，哈哈……」他陡然又道：「不過，謝就不必了，往後反正我們也是一家人，不用言謝的。呵呵……那件事夫人和你說了嗎？」

沈傲道：「不知公爺說的是什麼事？」

周正坐下，笑吟吟地道：「夫人想認你做外甥，明日你給夫人斟杯茶，這門親就算認了。往後你就是我們祈國公府的親眷了，到時候隨我到國子監去入學，好好用功讀書，光耀門楣。」

沈傲倒是覺得很意外，認夫人做姨母，倒是正和他的心意，既然夫人肯，他也沒有不肯的道理。來到這個世界，他是一個親人都沒有，能有個親戚再好不過了，連忙道：「夫人待我恩重如山，她肯認我，沈傲不知多高興能叫他一聲姨母呢。」

周正捋鬚笑著點頭：「這就好極了，以後也不必稱我做公爺，就叫姨父吧，我已叫人修葺了一處院落，你再住到下人的房子裏不好，過幾天就搬到新屋去。」

沈傲道了謝，便又想起那錦盒，道：「公……姨父，這裏還有幾樣東西請姨父看看。」

錦盒被周正隨手放在一邊，沈傲打開，從裏面掏出一個扇子來，這扇子樣式很普通，是尋常的紙扇，扇面寫了字也畫了畫，只是紙質有點兒發黃了。

周正知道沈傲這個人心思敏捷，引頸去看。

沈傲展開紙扇，朝周正笑笑，道：「姨父看看這個……」

周正往紙扇上的扇面看，燈光有些昏暗，只能依稀辨認上面的文字徐徐道：「癡兒了卻公家事，快閣東西倚晚晴。落木千山天遠大，澄江一道月分明。朱弦已爲佳人絕，青眼聊因美酒橫。萬里歸船弄長笛，此心吾與白鷗盟……」

周正頓時沉默起來，喃喃道：「若我說得沒錯，這應當是黃涪州的詩詞。」

黃涪州就是黃庭堅，因黃庭堅曾任涪州別駕，是以世人大多這樣稱呼他。此時黃庭堅已經去世許多年了，不過其詩詞和書法的造詣也曾轟動一時，有宋四大家之稱。

沈傲點頭道：「這正是黃涪州的詩詞，姨父再看看這題跋。」

周正去看，忍不住道：「這莫非是黃庭堅的真跡？」

第廿八章
國子監

這國子監規模宏大，與孔廟和太學相鄰。

國子監街兩側槐蔭夾道，大街東西兩端和國子監大門兩側牌樓彩繪林立，很是莊嚴神聖。

不遠處就是太學，與國子監相比，太學入學的士子竟是絡繹不絕。

沈傲笑道：「黃涪州的行書，每個字大都長橫長豎、大撇大捺，但每個字的中宮似乎都有一個圓心，其他筆劃從圓心中放射出來。這種『破體』字形結構，與歷代方方正正、四面停勻的外形相比，多了一分渾融蕭逸的雅韻和骨力道勁的氣魄。姨父仔細看，這是不是破體？」

周正咦了一聲：「沒有錯，你若是不說，我倒是疏忽了。」

沈傲道：「這確是黃涪州的字，這柄紙扇只怕也是黃涪州生前之物，是從盜賊那裏尋來的，想必那個王相公不但盜了公爺的戒指，手裏還有不少未銷贓的寶物。」

周正點了點頭，接過扇子愛不釋手地看了看，隨即又將扇子交還沈傲，正色道：「聽說你喜愛行書，這些也都是你找到的，那麼這應當歸你所有才是，你好好收藏吧。」

沈傲不接，擺手道：「我雖好行書，卻不好收藏，姨父喜歡，就拿去吧。就當是小甥獻給姨父的禮物。」

周正猶豫了片刻，便痛快地收了，笑道：「好吧，你既這樣說，我也沒有不收的道理，你早些回去歇了吧。」說著疲倦地打了個哈欠，顯然提心吊膽了這麼久，此時精神一鬆，這睡意也就來了。

沈傲苦笑道：「姨父，表弟還在外頭跪著呢。」

周正虎著臉道：「讓他跪，這個逆子，有家不歸，又不思進取，都是你姨母將他寵壞了的。」

沈傲就不再勸說了，老子教訓兒子天經地義，他有自知之明，就是插手也需懂得適可而止的道理。告退出去，見周正歪著頭打盹，聽到動靜，揉著惺忪的睡眼張眸，一看是沈傲，頓時將腰身挺得筆直，很豪邁地道：「哈哈……這功夫練得真有意思，現在雙腿彷彿生出了無窮的力道。」

沈傲也笑道：「好功夫，好好努力，將來一定能在武術界大放異彩，對了，你這叫什麼功夫？」

周正遲疑了片刻，大聲道：「這叫鐵腿功，。」

沈傲翹起大拇指：「好功夫，一聽這名字就很有霸氣。」

「這是當然。」周正撇了撇嘴，道：「你怎麼還不睡，找我爹做什麼？」

沈傲不說話，戒指的事，周正連自己的夫人都沒有說，他自然不會洩露出去，只笑著道：「表弟好好在這裏練功吧，表哥我先回去睡了。」

「表弟？表哥？喂，什麼表弟、表哥的？你過來，跟我說清楚這怎麼回事！」周恆無趣極了，一雙腿不聽使喚，身子又有點兒發冷，很痛苦。

沈傲哈哈笑著道：「呵呵，我還是回去睡了，我又沒有練功的習慣，其他的，遲些再說！」

「哇，你怎麼這樣就走了，你也太沒義氣了，我平時待你很不錯……」周恆大叫。

恰在這個時候，周正負手出來，咳嗽一聲，嚇得周恆打了個激靈，垂著頭，後面半截話不敢說了。

周正冷笑一聲，便步向臥房去，一邊對沈傲道：「沈傲早些休息。」一邊對周恆道：「敢躲懶，看我明日剝了你的皮。」說罷，偉岸的身影消失在夜幕中。

見沈傲和周正都走了，周恆委屈極了，這還是自己的爹嗎？太傷心了，哪有做爹的這樣教訓兒子的，好冷啊，要是有件衣服就好了。

「不知跪了幾個時辰了，什麼時候天會亮，那個沈傲，真的沒有義氣，太壞了……」

亂七八糟地想著，周恆一對眼睛四處逡巡，想偷偷站起來躲躲懶，見父親走遠，又過了很久沒有動靜，便偷偷扶地站起來，那腳卻不聽使喚，讓他像是蹣跚學步的嬰兒。

「喂，周董，你又偷懶了！」黑暗中一個聲音傳出來，嚇得周恆一下子又趴坐在地上，臉色蒼白地道：「哪裡……哪裡有……」

沈傲從黑暗中走出來，哈哈笑著，手裏還拿著一件大袍子，另一隻手端著一樣點心，口裏道：「周董既然敢躲懶，敢不敢陪我吃點糕點夜宵，聊一會兒閒話。」

周恆目光一亮，笑道：「我就知道你會來，快，拿那件衣衫給我披，我快凍死了。這是什麼糕點，咦，很香，比我平時吃的糕點美味多了。」

月朗星稀，就在這夜幕之下，晚風輕輕吹拂著沈傲的面頰，借著屋簷下朦朧的燈籠光影，沈傲和周恆盤腿坐地，周恆狼吞虎嚥地吃著糕點，口裏還在抱怨：「沈傲你是不知道，原本以爲過了三五日我爹會消消氣，誰知還是沒有躲過，真是慘極了，哎……還有幾日就要去國子監讀書了，去讀書也好，至少不必常常得看他的臉色。」

沈傲微笑道：「你不是說你在練功嗎？」

周恆訕訕然地咀嚼著口裏的食物，尷尬地笑道：「不說這個，不說這個……」等他吃飽了，愜意地摸了摸填滿了的肚子，披著沈傲送來的袍子也讓他很暖和，心情明顯好了一些，道：「我這個少爺做得一點意思都沒有，你見過哪個少爺要受這樣懲罰的？我只是不愛讀書而已，平時還是很安分的是不是？」

沈傲想了想，如果說是，自己的良心似乎有點過不去；可是若搖頭，眼前這個受傷的心靈又得不到撫慰，只好睜著眼睛說瞎話了，很真摯很動情地道：

「是啊，周董除了讀書，在其他方面都很有天賦，只不過這個時代，萬般皆下品，唯有讀書高，周董這樣的大才，只可惜生的不是時候，否則也是一個俊傑。」

沈傲腹中誹謗道：「到了後世，你八成還是個死富二代。」

周恆頓時眉飛色舞起來，連聲道：「還是沈傲懂我，不過，時代是什麼？」

此時，卻聽到黑暗中傳來一個聲音道：「真是笨，他是在譏諷你呢，你還笑什麼？」

周恆嚇得面如土色，身體矯健地一下子跪在地上，低著頭，裝作思過的樣子。

來人原來是周若，她穿著一件淡黃色的長裙，頂著淡月，腳步輕盈地挎著一個食盒過來，宛若黑暗中走出來的月光仙子，那一顰一笑間，很是清新脫俗。

見是姐姐，周恆吁了口氣，又恢復了老樣子，口裏說：「家姐，你也太嚇人了，害得我心都差點兒跳出來了。」

沈傲笑著道：「周小姐好。」

周若看到地上的糕點殘渣，便蹙起眉對周恆道：「原來你並沒有餓著，害得母親擔心得睡不著，偷偷教我送點吃食來。」瞥了沈傲一眼，又道：「沈傲今夜也不睡嗎？」

不知怎麼的，今夜的周若火藥味顯得沒有平時濃了。

沈傲回話道：「要睡的，不過先陪周恆說說話。」

周若放下食盒，道：「夜裏涼得很，我帶來了一些酒食，你們若是冷了，就喝些酒暖暖身子吧。」

周恆笑：「還是家姐體貼我，看來這個府上還有值得我留戀的人，我本來想離家出走的，現在看在家姐的面上，就繼續留在這裏好了。」

周若嗔怒道：「不用看我面子，你現在就可以走。」

周恆沒底氣了，只好住嘴，離家出走，也只是說說而已，他再笨也不會當真的。

周若放下食盒，旋身便走，走了幾步，突然回眸望了沈傲一眼，沉吟片刻道：「沈傲，春兒病了。」說著，便消失在夜幕中。

「春兒病了！」沈傲腦子裏嗡嗡響，這幾天發現春兒神色有點異常，他並沒有注意，想不到竟是病了。

周恆也擔心起來，他自認爲自己平日跟春兒的交情還算不錯的，看沈傲突然變得魂不守舍的樣子，便對沈傲道：「你沒事吧，要不我們現在去探視她？」

沈傲苦笑：「大半夜的進女兒家的閨房，你是去探視還是要做淫賊？」

周恆摸著腦袋哈哈笑道：「險些忘了，我們明兒再去。」

沈傲的心情一下子變壞了，春兒最近是變得奇怪了，好像沒有以前那樣親近了。不行，不能再這樣下去。

第二日清早，周恆和沈傲去夫人那裏問安，其實今日這個問安有許多名堂，夫人穿著盛裝，在大廳裏正襟危坐，身側被周小姐和許多丫鬟圍著，府裏頭的幾個管事則站在一旁，連一向都不理家務的國公也來了，坐在夫人的左側，慢吞吞地喝著茶。

周恆進去，一看到周正，哇，臉就變了，從貓變回了老鼠，畏手畏腳地過去行禮，他的雙膝之前給跪腫了，所以膝蓋彎不下來，只能欠欠身，很尷尬。

「站到一邊去。」周正沒有給周恆什麼好臉色，一聲訓斥，周恆立即身手矯健起來，飛快地站到周若邊上。

夫人朝沈傲招手：「沈傲，來，給姨母斟茶。」

沈傲點點頭，目光一掃，春兒果然沒有來，心裏很是失落，感覺空蕩蕩的。

香兒端著茶具過來，沈傲從茶壺裏倒出一杯茶，小心翼翼地捧著送上去，口裏道：「請姨母喝茶。」

夫人接過茶，輕輕喝了一口，便將茶盞放到身邊的几幾案上，笑吟吟地道：「從今往後，你便是我的娘家人了，我也不求你別的，你好好用功，多讀讀書，知道了嗎？」

沈傲連忙道：「夫人這樣說，沈傲不努力是不行了。」

夫人便笑，握住他的手，道：「你這孩子很懂事，我也沒什麼要說的。恆兒、若兒，來見你們的表哥。」

表哥?周恆一時間反應不過來，剛才還是沈傲，怎麼轉眼就成表哥了?

這時，周正那殺人般的目光落過來，周恆背脊發涼，連忙搶步上去，一把握住沈傲的手，很激動地說：「表哥好。」

沈傲呵呵笑著反握住他：「表弟很乖。」

眾人哄笑，周恆很尷尬，又乖乖地退回去，他是滿肚子的疑問，怎麼沈傲就成了他的表哥呢?爲什麼昨天晚上沈傲不透露一下，對了，好像透露了，還叫了自己一句表弟呢，可惜自己後來也沒怎麼在意。

周若盈盈地走過去，朝沈傲點了點頭：「表哥好。」她這個好字咬得有些重，臉上浮出一些譏誚的意思，彷彿在說：「你這個滑頭，太會哄人了。」

沈傲知道她是不服氣，哇，太令人傷心了，你這句表哥叫得很不真誠啊。

雖然心中有陰霾，可是他生性可是樂觀的人，便一把搶過去握住周若的手，周若的臉都紅了，想掙脫，掙不開。想罵人，可是這麼多人看著，只好抬起紅彤彤的臉去看沈傲的眼睛，沈傲的目光很純潔很犀利，那俊秀的臉龐微微一垂，與她對視，只聽沈傲一字一句地道：

「表妹好。」

眾人鼓掌，好感人啊，這一幅認親的畫面很溫馨，而且老爺夫人都在，沈傲將來也成了府裏的少爺，趁機趕快多拍一些馬屁先，於是紛紛說：「恭喜沈公子。」或者說：「給沈少爺賀喜了。」還有人道：「夫人真是好福氣。」

周若此刻卻是一時愣住了，又羞又怒，卻又不能發作，因爲誰都知道，沈傲方才的動作很順理成章，而且很光明正大。表哥光明正大去握她的手，滿臉真摯的說一句表妹，誰都不會懷疑其他，反而都覺得沈傲這個人很重親情，就是她的父親和母親，此刻也是笑吟吟的，很欣慰。

沈傲太壞了，如果是在私底下去和周小姐有肌膚接觸，必然會被別人懷疑，會懷疑他這個人居心叵測。可是當著眾多人的面，去牽住自己表妹的手，別人就不會這樣去想了。

常言不是說嗎？君子坦蕩蕩，小人常戚戚，就是說君子光明磊落，不憂不懼，所以心胸寬廣坦蕩。而小人因爲有壞心思，所以許多事不敢光明正大。沈傲就是君子，太坦蕩了。

「放開……」周若低聲威脅，就算是順理成章的事，這手也握得太久了。

沈傲只好鬆手，心裏腹誹：「握握手而已，何必這麼緊張，不要緊，以後慢慢就會習慣的。」

九月十五，汴京的天氣漸漸轉涼，落葉紛紛，行人也逐漸寥寥起來。

今日是進學的日子，祈國公府又是裝飾一新，沈傲、周恒兩個穿著新裁的衣衫，前呼後擁地登上馬車，劉文今日親自隨著少爺和表少爺進學，他笑得很燦爛，很得意，趙主事一走，他順理成章的成了內府主事，得償所願，太爽了。

沈傲手裏捏著戶籍憑據，這份戶籍，是祈國公親自爲他辦來的，在後世，其實就是假身分證，可是經祈國公出手，假的也成真的了。

沈傲出身農戶，條件並不顯赫，可是在親眷那一欄，卻多了一個顯赫的姨母，有了這個，就等於是多了一個晉身的階梯。

沈傲靠著窗，身邊的周恒還沒睡醒，倚著軟墊打著盹。

昨天沈傲去見春兒了，春兒病了，病得不輕，見到沈傲就哭，這一哭，把沈傲的心都哭化了。

春兒說：「沈大哥，你要好好讀書，要好好讀書呵。」這一句叮囑，就好像生離死別一樣，讓人很心酸。沈傲牽著她的手，告訴她，自己一定會好好讀書，不會辜負她的期望，將來有了身分，一定回來尋她，這是一種暗示，只是不知春兒到底聽懂了沒有，只是苦笑著搖頭。

沈傲在車裏嘆了口氣，他當然喜歡春兒，只要春兒點點頭，現在去求夫人與春兒結親都可以，可是在心底的深處，沈傲仍然覺得這樣做不妥當，雖然在祈國公府混出來了，可是他仍然是個沒有身分的人。

身分，在這個時代很重要，春兒原是奴婢，自己要讓她做夫人，不能再讓人看不起。

周小姐當時也在場，隨沈傲一道去探望她，那個時候，周小姐的表情很古怪，也哭了，有點莫名其妙，不過在那個時候，沈傲也顧不上她，自此之後，周小姐就不再和他說話了。

哎，表兄妹的關係有點僵。

倒是那個郡主，打發人來尋他問畫，他沒理，現在事多，沈傲要心無旁鶩，沒功夫理那個瘋丫頭。

還有吳三兒，將邃雅山房的帳冊拿來給沈傲清帳，沈傲一看，第一個月的盈餘就有一千七百多貫，生意太火爆了，會員已有三百之多，每月的會費就有三百多貫，茶水糕點錢賺了一百多，這些都是零頭，最賺錢的是出版的詩集，由於時間匆忙，第一次詩會刻錄上去的詩冊只印了一千份，賣價是兩貫一冊，刨去開支，單詩冊就賺了整整一千三百貫。

果然不出沈傲的預料之外，詩冊剛剛發售，就被搶售一空，火爆空前，甚至到了後來，二手的詩冊價錢也在不斷的飆漲，竟達到了五貫之多。

其實這種銷售，說白了不過是迎合人的心理罷了。公子們的詩成冊了，當然要收藏，非但要收藏，還要贈給親友，因此，詩冊賣得越貴，他們搶購起來越是瘋狂，賣得越多，他們越是高興。

說明什麼?說明他們的大作有人欣賞!

三百多個會員，自然是不好意思親自出面去買的，大多是叫些親友或者下人去。有一個少爺，竟是一口氣下訂了五十本，這樣一來，詩冊第一天就搶售一空，許多會員還沒來得及下手，後悔之餘，心中又有些竊喜，想不到自己的大作竟這樣受人歡迎。

結果到了後來，一些做小本買賣的人也動了心思，也開始三貫、四貫地收購，而後五貫、六貫轉賣出去。這個世上，是從來不缺冤大頭的，尤其是那些附庸風雅的商人和外藩人士，人家一看，哇，這詩冊如此火熱，了不得啊了不得，看來一定是大才子的詩詞，要收藏起來，收購，大量收購。

根據某人他大姨丈的表弟的三外甥的不確切消息，東瀛某國的使者以每冊十貫錢的價格正在大量的收購，有多少要多少，來者不拒，多半是想將它們賣到東瀛去，讓那群鄉巴佬好好學習天朝的詩詞。

吳三兒現在是躊躇滿志，已經收購了幾家印製作坊，請了不少活字印刷的工匠，打算下個月印製三千冊出來發賣。

如今，沈傲手頭上總算也活絡開了，周府給的月例錢是每月三貫，可是只要沈傲願意，三十貫、三百貫也只是小數目。至於那位周副董，如今也光鮮起來，其實他表面上是個公爵世子，可是每月的月例錢也是三貫，不多，如今花起錢來是一點壓力都沒有。

馬車終於到了國子監，這國子監規模宏大，與孔廟和太學相鄰。國子監街兩側槐蔭夾道，大街東西兩端和國子監大門兩側牌樓彩繪林立，很是莊嚴神聖。

不遠處就是太學，與國子監相比，太學入學的士子當真是熙熙攘攘，竟是絡繹不絕，有背著行囊步行的，有騎著驢子、老馬匆匆過來的，偶爾有幾輛車馬過來，也顯得很樸素。

再看看國子監，氣派也是不減，裝飾一新，一溜兒的禁衛沿著牆根站過去，穿著各色官府，帶著翅帽的官員已在這裏等候多時了。許多監生下了車，見到此景，也很守規矩，紛紛魚貫進去，不敢造次。

沈傲心想：「這是什麼規矩，難道開學了，國子監的官員要在門口迎接新監生嗎？」便拉住身邊的周恆問：「今日怎麼這麼隆重？」

周恆道：「表哥，你連這個都不知道？今日是開學大典，我大宋朝許多俊傑開課授業的日子，按往年的規矩，官家都要來國子監和太學主持開學大典，以示我大宋朝優待士人，示之恩寵。」

沈傲點頭，與周恆魚貫過去，和那些國子監官員擦肩而過時，分明看到許多官員露出忐忑之色，等過了集賢門、太學門、琉璃牌坊。許多監生已在這裏等候多時，三五成群的在彼此尋找熟絡的同窗閒聊。

有幾個認識周恆的，笑嘻嘻的過來，低聲開始議論，道：「諸位可聽到消息了嗎？這一次國子監和太學的典禮要分開來辦。」

另一個道：「往年的規矩，不管是監生還是太學生都是在國子監進行的，今年有什麼變故？」

便有人道：「若是分開來辦，那麼官家是先去國子監主持典禮和還是去太學？」

原先那人道：「這才是重中之重，良辰吉日只有一個，在這個時候，官家是先去國子監還是去太學，就耐人尋味了。」

「應當是國子監才是，從前都是在國子監辦的，今年難道還會亂了規矩。」

那人搖著扇骨冷笑道：「你懂什麼，前幾次會考，國子監往往略差一籌，據宮裏的消息說，官家早就不滿了，幾次向人說國子監食的祿米最多，恩寵太過，太驕橫。」

沈傲問：「官家先去哪裡主持大典，和國子監也有關係嗎？」

搖著骨扇的人道：「沈兄是有所不知了，我大宋朝大多是從國子監和太學擇優取士，國子監若是惹了官家不悅，將來我們的前程怎麼辦？周公子是不打緊的，他是國公世子，還可承襲爵位，可保衣食無憂。可是大宋朝有勳爵的又有幾人？大多雖父祖有個官身，可是這官卻是不能承襲的，能不能光耀門楣，還要靠自己努力爭取。」

沈傲恍然大悟，原來如此，難怪今日的氣氛很緊張，原來這已經關係到皇帝的恩寵了，一旦失寵，想必國子監入仕的名額就會減少，這對於監生來說，不啻於滅頂之災。

第廿九章
千古罪人

唐嚴皺起眉，他這個國子監祭酒的臉面算是丟大了，

歷代祭酒任內，一向是國子監壓太學一頭的。

可是到了他手裏，甫一上任，連續兩次終考都被太學壓著一籌，

若是再不發奮，他就是國子監的千古罪人！

崇文閣裏，國子監祭酒唐嚴默默的等待著，表面上波瀾不驚，可是心裏卻是怒海波濤。

「官家到底是什麼意思?爲什麼要讓國子監和太學分開來辦典禮。既是分開來辦，那麼再過半個時辰就是良辰了，官家會先到哪裡去主持呢？」

官家已有明喻，說是兩家各辦典禮，都不必迎接，唐嚴要做的，就是等。

他已是急了一身的汗，聖意難測，在鑾駕到來之前，誰也猜不透官家的心意。

堂中正襟危坐的幾個博士傳來陣陣輕咳聲，有人低聲道：

「前幾次終考，國子監都被太學壓得死死的，這一次莫不是官家發起了雷霆之怒，有心整頓吧？」

「噓……不要亂說。」

唐嚴一聽，更是驚駭莫名，若是官家先去了太學，這可如何是好?唐嚴越想越怕，坐立不安，等，要等到什麼時候，吉時就要到了。

左等右等，就連廣場裏的監生們也心焦了，於是便有幾個助教、胥長去維持紀律，令大家不許交頭接耳。

唐嚴闔著眼，故意向身邊的博士道：「秦博士，去看看監生們如何了，叫大家守規矩，不要鬧了笑話。」

秦博士應命而出。

過不了多時，秦博士還沒有來回話，便聽到太學那邊傳來一陣歡騰，禮樂奏起，熱鬧非凡。

有一名助教急匆匆的過來道：「聖駕到了，又向右去了。」

「向右？去太學?!」唐嚴臉色清白，差點頹然倒地，口裏喃喃道：「完了，完了，皇上這是什麼意思？」

他舉目去看，只看到眾博士面面相覷，一張張臉蒼白如紙。自大宋朝立國子監以來，官家重太學而輕國子監是亙古未有之事，可是今日官家的態度意味著什麼？

官家沒來，典禮只能耽擱下去，眾人仍然坐著，屏息不語。

「等，繼續等下去！」唐嚴心中苦笑，一臉的無奈，問了時間，恰好是巳時二刻，吉時。

此起彼伏的咳嗽聲傳出來，所有人都抿著嘴，屏息不語。官家到底是什麼心意，是要打擊國子監嗎？還是要針對國子監的官員？國子監這些年幾次終考的成績都很不理想，官家是不是爲此動怒了？

太學那邊的高呼萬歲聲隔著院牆傳到了廣場上，監生們頓時鼓噪起來，紛紛道：

「怎麼回事？官家去太學了？」

議論紛紛，連助教和胥長們都止不住了，誰也不曾想到，這個大典竟成了個笑話。前所未有的事卻在今日實實在在的發生了。

有監生悲憤的道：「官家青睞太學生，從此之後，監生要被太學生騎在頭上了。」

於是更是一片哀鴻，沈傲身處其中，卻是心裏笑：「哇，他們這是做什麼?勝敗是兵家常事，居然還有人哭，心理素質太差，本公子羞於與你們爲伍。」

誰知眼睛一瞥，連周恆都悲憤起來，平時周恆不是這樣的啊，他悲憤個屁。

只聽周恆道：「那些平民庶子要騎在我們頭上了，不行，要給太學生點顏色看看。」

沈傲覺得好笑，人人平等，原來這些監生悲憤的是這個，他們生來就是驕子，已比別人高人一等，考試考不過平民，連聖眷都沒了，難怪覺得丟臉。

沈傲卻沒有感同深受，他本來就不是什麼驕子，也沒有那種尊貴的體會，大凡人一個，皇帝愛去哪裡就去哪裡唄，皇帝老兒不到這裏蹲下茅坑，國子監的屎都是臭的嗎？

太陽逐漸炙熱起來，許多監生的後脊衣衫都沾了汗，原本那用來故作瀟灑的扇子此刻卻有了實際用途，一時間，許多紙扇來回搧動，伴隨著一陣陣抱怨，總算帶來了些許清涼。

沈傲也是很不耐煩，可是人家是皇帝啊，有讓別人等的本錢啊！

太學那邊似乎有了動靜，又傳出高呼萬歲的聲音，周恆咬牙切齒地道：「都過了一個時辰了，想必太學那邊的典禮結束了吧！不知官家會不會來國子監，表哥，我們以後有苦頭可吃了。」

「有苦頭吃？」沈傲正搖著扇子，聽到周恆的話，停下了手上搖扇的動作，問：「這是爲什麼？」

周恆道：「這還不明白，官家去了太學，太學生騎在了監生的頭上不說，若換了你是國子監的博士，你會怎麼做？」

沈傲明白了，換作他是博士，一定要整頓學風，要發奮圖強，要做哀兵，哇，哀兵……這一想，沈傲頓時覺得不對頭了，博士們八成是要進行魔鬼式教授法，果然是不會有好日子過。

雖然讀書是要吃苦的，可是被人逼著吃苦又是另外一回事，祭酒、博士們失了面子，又失了聖眷，就好像是中年老處女，很幽怨！

怎麼辦呢？當然要找人來發洩，可憐的監生，可憐的周恆，當然，自己好像也蠻可憐的。

亂七八糟地想著，便聽到從集賢門那邊傳來騷動，有人道：「鑾駕從太學出來了，

往國子監這邊來了。」

「肅靜，肅靜！」助教們打起精神，又開始整飭秩序，監生們很配合，整了整衣帽，都不再胡說八道了，一個個頂著大太陽在廣場集合。

唐嚴帶著眾博士也從崇文閣裏出來了，集賢門下先是出現一隊禁衛進來，監生們紛紛在廣場上各自站好位置。而唐嚴爲首的官員、博士則親自去正門，見到鑾駕到了，立即下拜，朗聲道：「臣等恭迎陛下。」

接著在高呼萬歲聲中，趙佶在內侍的攙扶下，徐徐下了鑾駕，他的皮膚白皙，臉色略略有些蒼白，顯然氣色有些不好。

這時，在身後的一個轎子也穩當當地停下，從裏面走出三皇子趙楷，趙楷小步過來，扶住趙佶，口裏道：「父皇，這國子監比太學要氣派呢！」

趙佶冷聲道：「氣派又有什麼用，這是讀書育人的地方，教不出國家棟梁來，莫非比氣派就有用了？華而不實，金玉其外敗絮其中，哼，隨我進去吧。」

趙楷便只是笑，扶著趙佶緩緩進去。

唐嚴等人很是尷尬，跪了這麼久，也不見官家說一聲免禮，就直接進去了，也不知是繼續跪下去，還是尾隨進去，左右爲難之際，又感到一種屈辱，太丟人了，官家這樣做，明顯是對自己心生不滿，是在打擊自己呢！

這時，有內侍過來趾高氣昂地道：「諸位隨官家進去吧。」

唐嚴等人鬆了口氣，灰溜溜地跟了上去。

趙佶左右四顧著裝飾一新的國子監，兩邊的禁衛紛紛單跪，遠處的監生們也遠遠行禮，黑壓壓的起伏不定。

趙佶皺了皺眉：「國子監只會在面子上做功夫嗎？」

趙楷其實心底還是維護國子監的，當年他偷偷去參加科舉，便是先在國子監報了名，以監生的名義進的考場，這國子監也算是半個母校了。便道：

「父皇，這也是大家的心意，學問都是其次，重要的是一個忠字，忠是大節，他們誠惶誠恐，不就是希望父皇龍顏大悅，心情能舒暢一些嗎？」

趙佶便笑了，道：「你這樣說，倒像太學生們都是逆賊了。太學生們上一年考得很好，有不少好文章和優雅的詩詞，只是不知他們的丹青畫技如何，有沒有出眾的。」

說起畫，趙佶又突然想起一個人來：

「那個祈國公府的畫師收了我的白鷺圖，為何還不見他送畫來，紫蘅那邊也沒有收到畫嗎？朕還真想看看他能否作出白鷺的神韻呢。」

趙楷笑道：「他是俗人，肯定有什麼事耽擱了，只怕再過三五日就會送來。」

趙佶也笑：「要不要教人去催一催？」話剛出口，又搖頭道：「還是不必了，不能

亂了他的心志，再等等吧。」

自始至終，趙佶一直只和趙楷說話，不知不覺，便到了一處彩棚。這彩棚正對著廣場，又可遮蔭，趙佶坐下，叫趙楷陪坐一旁，便不說話了。

唐嚴很尷尬地走過去，向趙佶行禮道：「陛下，大典可以開始了嗎？」

趙佶只是點頭，表情很冷。

唐嚴便走到前臺去，開始講話，無非是要監生們好好讀書，要報效朝廷之類，說來說去，也不見官家要上臺訓示的意思，便只能硬著頭皮繼續講，尷尬的心情可想而知。

台下的監生們都覺得今年的大典很奇怪，有一股說不出的味道，往年都是官家先開講的，鼓勵幾句，而後才是祭酒上去訓話，今年卻是不同了，再去看唐祭酒，臉色很蒼白。

許多人心裏嘀咕：「如此看來，國子監的聖眷是當真沒有了，從前是鳳凰，今日卻變成了草雞……」好心酸啊！

沈傲眼睛卻去望彩棚裏的官家，那官家身邊站著的人，好像在哪裡見過，這人是誰呢？

他一時間想不起來，索性就不想了，望了周恆一眼，心裏道：「這都相隔了一千多年，長官的派頭都是一個樣的，訓話很有意思嗎？口乾舌燥的說了這麼多，居然還這麼精神抖擻，哎……腿有些痠麻了。」

唐嚴剛剛說完孔聖人，正打算講些勤學的典故，這時，身後的彩棚裏卻有了動靜，他回頭一看，臉都綠了，官家一副無精打采的樣子，由三皇子趙楷扶著要走。

「這……這如何是好……大典才進行一半呢。」

唐嚴連忙碎步過去，口裏道：「官家是否要說一兩句？」他今日既緊張又擔心，聖意難測，說不準下一刻就是雷霆之怒了，眼淚都要出來了。

趙佶冷笑著瞥了他一眼，口裏徐徐道：「擺駕回宮吧，這種花樣文章做了有什麼用？」似乎又想起什麼，不疾不徐地道：「今年的初試，不要懈怠了。」

說著，便在一干人的擁簇下，往集賢門原路返回，擺駕回宮。

頓時，監生們愣住了；祭酒、博士們也傻了眼，可是誰也不敢吱聲，等到鑾駕漸行漸遠，大家才回過神來，唐嚴卻還呆若木雞地咀嚼官家的話：「初試……初試……」

開學大典無疾而終，幾乎可以從每一個監生的臉上看到那萬般的無奈和沮喪。沈傲大感不妙，原來國子監這麼不受人待見，當時國公要替他弄太學的名額，竟也是尋不到門路，難怪人家太學如此強勢，敢情太學生才是真正的天子門生嗎？

唐嚴走回前臺，方才對著官家還是膽戰心驚，可是如今面對監生們卻又是一副嘴臉，冷著臉道：「從今往後，所有的監生全部要加緊用功，不可懈怠，這個月底便是初

試的日子，若是再及不上太學，全部禁足，旬休日繼續用功。」

這番話說出來，頓時又是一片哀鴻，大宋朝也是有假期的，每隔九天休息一天，叫作旬休。太學若是設下這個規矩倒是不錯，他們都是窮學生，家鄉又離得遠，巴不得待在太學裏歇著。可是監生不同啊，監生的家就在汴京城，若是旬休日都不准回家，這就太苛刻了。

周恆臉色蒼白，這和坐牢沒區別啊，扯著沈傲的衣襬道：「表哥，你看，我說對了吧，初試要考過那些窮酸太學生，那是想都別想，到時候我們只能待在國子監了。」說著重重嘆氣，好傷心。

沈傲也很不滿，考不過太學，你就拿監生來撒氣，實在太沒品了。最重要的是，春兒現在還在病榻上呢，不隔三岔五的回去探望，他不放心。

唐嚴威脅一番之後，便氣沖沖地走了，其餘的博士紛紛尾隨過去，今日的事太突然，要尋找應對的方案。

回到崇文閣，唐嚴若有所思地坐下，其餘博士紛紛圍著唐嚴去坐，胥吏們斟來了茶，唐嚴提著茶蓋磨了磨茶杯，卻並不喝。

唐嚴皺起眉，嘆了口氣，他這個國子監祭酒的臉面算是丟大了，歷代祭酒任內，一向是國子監壓太學一頭的。就算考試比不過太學，可是要說聖眷，那豈是太學可比。可是到了他手裏，甫一上任，連續兩次終考都被太學壓著一籌，如今連聖眷都沒了，這關係著上千監生的仕途，若是再不發奮，他唐嚴就是國子監的千古罪人！

闔目想了想，咳嗽一聲，唐嚴開口道：

「諸位同僚，今日於國子監是奇恥大辱，官家眷顧太學已成定局，官家臨走時說了一句話，說今年的初試不可懈怠了；官家的話固然是教我們在初試時發奮圖強，可是以現在國子監的實力，該如何壓太學一頭？」

眾博士面面相覷，倒是有一個人站出來，捋鬚道：

「初試雖只是摸底，卻也不容小覷，所謂萬事開頭難，只要開了這個頭，在初試中考出一個好成績，才能振奮人心，也可讓官家另眼相看。」

唐嚴點頭道：「不錯，若是不能再讓國子監在初試中大放異彩，老夫只能引咎辭職，再無面目見諸位了。」

「只是……」唐嚴又是苦笑：「初試要勝太學談何容易？哎……如今已是刻不容緩的地步，臨時抱佛腳又有什麼用？太學的俊傑太多了，國子監固然實力不容小覷，可說到必勝，呵呵……」他苦笑一聲，慢吞吞的去喝茶。

秦博士道：「大人多慮了，太學生普遍成績優良，國子監則是良莠不齊，真要比，

國子監自然落了下風。我們的重中之重是爭取初考的前三甲，只要前三甲國子監能佔據兩個名額，這一場就算勝了。」

唐嚴頷首點頭，道：「你這樣一說，我倒是想起來了，我記得有兩個監生，一個叫蔡行是不是，是蔡太師的嫡孫，另一個叫什麼？」

一個博士道：「叫吳筆。」

「對，就是他們，這二人上一年終考時成績優異，秦博士的意思是不是說，將重心放在他們身上。無論如何，只要保證他們進了前三甲，國子監便能扳回一局？」

秦博士道：「正是如此，田忌賽馬，若是全面比較，國子監監生少，雜質多，自然不是他們的對手；可是挑擇兩個良才出來，這幾日好好地疏導，力爭他們進入三甲，則可保大局。」

唐嚴捋鬚便笑，心裏的陰霾總算驅散了一些，道：「不錯，秦博士這番話發人深省，好的很。」

這一邊動員大會總算是落下帷幕，監生們也都各自散去。胥長給沈傲、周恆安排了寢臥，兩個人倒是住著不遠，幾步路便到。

那胥吏安排了一切，口裏問：「沈相公，不知還有什麼事嗎？」

沈傲點點頭：「你去吧。」

他住的地方是個小樓，共有四五個房間，五個監生共用。這時，樓下傳來一陣呼喊聲，有人叫：「周恆，周恆……」

沈傲推開窗，看見幾個搖著扇子的公子朝著周恆的窗口叫。周恆從隔間探出頭去，眼睛一亮，道：「原來是蔡公子，哈哈，蔡公子近來很瀟灑啊。」

那爲首一個搖著扇子的公子哈哈大笑，道：「你下來，我許久未找你了。」

周恆笑道：「這就來。」說著便下樓去了。

沈傲朝那胥吏問：「那個蔡公子是什麼人？」

胥吏道：「沈相公竟連他都不知道?蔡公子是蔡太師的孫子，太師前兩年致仕，可是聖眷一直很好。因此這蔡家在汴京城可謂數一數二的名門，族中的許多子弟都是官身；而蔡公子不但家世好，學問在國子監中也是很難得的。」

沈傲哦了一聲，心裏說，原來是蔡京那混賬的孽孫。隨即又想，國公收留了師父，師父做過最驚天動地的事莫過於罵蔡京了，由此可見，國公與蔡京應當是勢同水火的。周恆啊周恆，你真是個混賬，那可是你爹的政敵，你竟還和他們瞎混在一起，真是太糊塗了。

想歸想，沈傲卻知道，要阻止是不行的，周恆這個人的性子太野，阻止不住，只有替他慢慢留心了。

自進了國子監，沈傲當真用功起來，他的性子就是這樣，既然選擇了目標，就要做到盡善盡美，這一點他與國公的性子有些像，不容得有瑕疵。

每日安安分分地去上課，博士們倒是並不急於教他們經義，而是每人發下書來，目的只有一個，四書五經，不管用什麼辦法，這些書本，全部要一字不漏地背下來。

沈傲倒是不抱怨了，其實他明白博士的意思，四書五經是明經的基礎，除了死記硬背，沒有任何捷徑。

基礎不牢還妄想作明經文章？那是異想天開。

沈傲用心地讀了幾天書，總算是對四書五經有了一點瞭解，積攢了一些心得，再融入以前的讀書心得，理出了一些學習的頭緒。

讀書不是刻苦就有用的，要有恰當的方法，勞逸結合，才能發揮最大的潛能。四書五經重在理解，死記硬背之餘，若是能夠理解其中的深意，那麼記憶起來就更加容易了。

好在沈傲對古文頗有研究，爲了辨別古玩，沈傲在前世看的古籍可不少，當然，還沒有到咬文嚼字的地步。有了這些基礎打底，學習起來就更加輕快了。

從書中抽出身來，沈傲才發現，監生們讀書真的很用功，除了一小撮周恆這樣擺明了來混日子的，大多數人除了食宿之外，都捧著一本書冊，很用心！國子監果然是中央級的官辦大學，學風很好。
到了這裏，沈傲感覺有點形單影隻了，周恆那樣的紈褲之流，沈傲是看不上的，也不屑與他們爲伍，天天混吃混喝沒意思；而那些真心用功的又太刻苦，沈傲不好去打擾他們，初試即將到來，但凡有點自尊心的都已是磨刀霍霍，更是容不得一點馬虎，希望考出一個好成績，最重要的是打消太學生的囂張氣焰。
當然，還有一個原因事關重大，這一次初試，關係著整個監生們旬休的利益問題啊！
沈傲在國子監無趣地待了幾天，恰好到了九月二十五，今日是旬休的日子，許多監生已經有些心猿意馬了，初試還沒開始，不知道祭酒會不會准假，人畢竟不是草木，就算再勤奮，也要放鬆一下休息休息。
因此流傳出各種關於旬休的消息，版本不少，有的說，昨天夜裏祭酒已經同意照常旬休了，有的說祭酒要監生繼續讀書，反正每個版本都是有鼻有眼，連祭酒大人摳了摳鼻屎的細節都增添了進去。
等到博士那邊透露出口風，做了最壞打算的人總算鬆了口氣，而樂觀的人則捶胸頓足，祭酒大人的命令，是准許監生休憩一個時辰，一個時辰之後定要回監。
這就是赤裸裸的坐監啊，沈傲覺得很冤枉，他本來還想回去看一看春兒的，可是一

個時辰就是從國子監往國公府打個來回的時間都不夠，看來計畫要泡湯了。

閒坐在屋中發呆，正要拿出書來看，便聽到周恆在樓下喊他。

沈傲支開窗，見樓下不少同窗與周恆一起，心知周恆定是和人找到了活動，要叫上自己。

好吧，既然是休假，好歹也要有個休假的樣子，今天就不看書了。

沈傲放下書，換了件衣衫便下了樓。周恆過來道：「表哥，我們一起去孔廟玩，孔廟離這裏並不遠，一個時辰綽綽有餘。」

說著便哈哈笑著拉扯沈傲往人群中去，來到蔡行的不遠處道：

「蔡公子，這便是我的表哥沈傲。」

第三十章
江山如畫

趙佶心情好時，便會在山腰上教人擺上桌案，望著山下的園林景致提筆作畫。

他保持著剛才那動作過了好一會兒，才搖搖頭道：

「江山如畫，為何我卻畫不出江山萬里來？」

這一想，興致就減了許多。

那蔡行嘴角含笑，卻有一種令人難以接近的高貴，搖著扇子佇立在三步之外，微微一笑，道：「沈公子是哪個府上的？看起來很面生啊！」

蔡行的身邊站著許多公子，可是和這蔡行比起來，卻盡都變成了陪襯。

「切，太會裝了！」這就是沈傲對蔡行的評價，沈傲是過來人，一看這蔡行便覺得他像個二流的演員，每一個舉止彷彿都是經過深思熟慮之後刻意做出來的，這樣的人，性格自命不凡，往往眼高於頂，而且……心胸很狹隘。

沈傲淡然一笑，道：「我自幼父母雙亡，一直寄居在姨母家中。」這個段子是國公編排的，國公府對外宣稱沈傲是夫人的外甥，既然是編故事，自然要編圓了。

蔡行心裏冷笑：「不過是個國公府的遠親罷了。」冷眼看了沈傲一眼，便不再理會他了，搖著扇子，看了眾人一眼，道：「走吧，大家到孔廟去。」

說著，在眾人的簇擁下便漫步而去。

周恆顯得有些尷尬，想不到蔡行竟這樣不給面子，好歹也是自己的表哥啊，於是頗有歉疚地對沈傲道：「表哥，要不我們就在這裏看書吧。」

沈傲搖頭，抿嘴一笑道：「不是說去孔廟嗎？走，跟蔡公子一道去。」

別人越是看不起，沈傲就越不會去躲，逃避是沒有用的，只會被人視爲怯弱。

蔡行等人走在前頭，沈傲和周恆則故意放慢腳步在後尾隨，出了國子監，轉過一個街角，孔廟便到了。孔廟幾乎可以算是汴京城最莊肅的所在，相比其他寺廟要熱鬧得多，廟高六七丈有餘，明三層，暗三層，看上去雄偉莊肅，華麗堂皇。

孔廟前的廣場上有藝人表演雜技百戲，山車旱船、走索戴竿、吞刀吐火，熱鬧非凡，再遠處一些，便有許多涼棚，多是賣字畫、古玩的，還有測命卜卦的，三教九流，竟是都來齊了。

沈傲看著新鮮，遠遠看到蔡行等人往一處賣字畫的攤子過去，便拉著周恆道：「走，我們也去看看。」

周恆瞧戲法正看得入神，他天生對字畫不敏感，半推半就的被沈傲拉扯過去，到了那涼棚，便聽到蔡行搖著紙扇對那攤主道：「就這樣的行書竟賣三十文，你拿筆墨來，我寫一個帖子來，三十文賣你如何？」

身邊的幾個監生俱都大笑，原來是這蔡行故意來看書帖，那攤主見他們衣飾不凡，便熱心來介紹，誰知遭了蔡行的奚落，那攤主這才明白這些人根本不是來買畫的，頓時收斂了笑容，便愛理不理了。

蔡行見這攤主不搭訕，也無趣起來，又踱步去下一個攤子，這攤子是賣古玩的，說是古玩，其實仿品較多，就算是真品，那也大多是些漢朝的五銖錢之類不值錢的玩意。

蔡行收起扇子垂頭去看，冷笑道：「不堪入目。」說著抬腿要走，目光一瞥，卻是咦了一聲，蹲身下去從攤子裏揀出一塊璞玉出來，認真端詳了片刻，便問攤主道：「這個賣多少錢？」

攤主道：「公子若要，五百文拿走即是，這些都是鄉下收來的，是不是寶物，就看公子的眼力了。」

蔡行呵呵一笑，將璞玉握在手心，卻是對身後一個監生道：「拿錢給他。」那監生也當真聽話，立即掏出碎銀子來。

這一切沈傲都看在眼裏，卻是不動聲色，眼眸中閃過一絲嘲笑，心裏道：「蔡公子是嗎？看來他的眼力也不過如此，拿了一件贗品竟是當寶了。」

等那監生付了錢，蔡行便又饒有興趣地把玩起這璞玉來，隨即哈哈大笑著對攤主道：「你這蠢材，竟是個睜眼瞎子，好好的一塊皮殼翡翠，竟只五百文賣了，哈哈……」

他肆無忌憚地笑了起來，很是洋洋得意，用扇骨指著手中的璞玉道：「這玉石至少價值百貫以上，可惜得很，現在你是無福消受了。」

他這樣一說，監生們紛紛驚嘆起來，忙不迭地道：「蔡公子眼力非凡，竟又淘了一件寶物。」

那攤主聽蔡行如此一說，也有些半信半疑，很肉痛，蔡行要的就是這種感覺，頓時便大笑起來。

沈傲冷笑一聲，道：「這是皮殼翡翠？我怎麼看著不像。」

沈傲話音剛落，蔡行的臉色立馬虎了下來，冷笑一聲，道：「怎麼？沈兄也懂古玩？」話語有譏誚和不屑，蔡家的古玩珍品不計其數，蔡行對鑑寶有些興致，有了這些寶貝練手，眼力還是很獨到的，一個國公府的遠親，竟敢質疑他的判斷？

當著眾人的面，蔡行很不爽。

沈傲微微一笑，道：「略略懂一些，這璞玉色澤不錯，看上去確實很像是賭石，蔡公子何不再看看它的紋理。」

所謂賭石，在古時被稱作璞玉，算是璞玉的一種，是指翡翠在開採出來時，有一層風化皮包裹著，無法知道其中的好壞，須切割後方能知道品質；大多數翡翠都有皮，皮的厚薄主要取決於風化程度的高低，風化程度高．皮就厚，一塊翡翠原料表皮有色，表面很好，在切第一刀時見了綠，但可能切第二刀時綠就沒有了，這也是常有的事。

這塊璞玉和賭石很像，甚至內行人若是見了，都可以猜測出裏面至少有一塊上等的翡翠。只是沈傲曾經經手的玉器多，一眼就看出了名堂。

蔡行拿起璞玉在手中細細一看，並沒有什麼特別，其實在這個沒有顯微鏡的時代，

微小的紋理差異一般人是不會注重的，可是沈傲不同，不是說他有比顯微鏡更精細的眼睛，而是從前在各種光學儀器下細細對比過許多玉器的色澤紋理，如今肉眼一看，還是能看出那麼一點點差異。

紋理不同，整個色澤和顏色也會產生微小的變化，這種變化只要細心發現，就很容易辨出真僞。

一邊的監生們也紛紛來了興致，沈傲走過去道：

「我聽說北方曾有一個民族，叫羌人，他們早在數百年前，就開始學習漢人的習俗。譬如玉蟬，生以爲珮，死以爲含。羌人遠在北疆，生活苦頓，自然沒有什麼精美的玉器入葬。因此，他們便用一種玉石替代，這種玉石很像璞玉，不用雕飾便可含之入葬，很方便，很實用，而且價格低廉，童叟無欺。」

蔡行一聽，竟是玉蟬，想起那是死人含在口中的玩意，頓時打了個冷戰；好在他的演技好，仍然一副瀟灑的模樣，捏著玉道：「何以見得這就是羌人玉蟬？」

沈傲哈哈笑：「這容易得很，你咬一咬，若是這玉的材質偏軟，自然就是羌人玉蟬，若是材質很硬、很脆，就是賭石了。」

蔡行頓時臉色變了，咬一咬？咬你老母啊，說不定就是死人口裏取出來的！可是……他一口咬定這是賭石，若是不敢咬，豈不是打自己的耳光，等於是承認了這是玉蟬，哇，怎麼辦才好。

他的臉色陰晴不定，監生們都看著他，面子擱不下了，咬還是不咬？這是一個問題！

他的扇子一收，轉而哈哈笑起來，隨手將那璞玉丟給賣古玩的攤主：「這玉不管市值幾何，本公子也瞧不上，就賞你了。」說著從容地張扇，仍然是風度翩翩。

就算只有一成是玉蟬的可能，蔡行也絕不會冒險去試。只是這一下，他的笑容有點僵，被沈傲這麼一說，那風采一下子黯淡起來。

「這個祈國公府的遠親，哼，總有一日教他知道本公子的厲害。」心裏這樣想著，蔡行深吸了口氣，又笑了起來，挽住沈傲的手道：「沈兄的知識很淵博，竟連這些都知道，哈哈。」

逢場作戲，是沈傲最拿手的了，同樣真摯地道：「比起蔡公子來那是差得遠了。」兩個人並肩一起走，倒是把其餘的監生丟在了後頭。

到了孔廟門口，便有幾個貨郎擋住了去路，蔡行搖著扇子，冷笑道：「這些販夫走卒真是討厭得很，聖人門前竟全是一些趨利之徒。」

沈傲心裏想：「你爸爸的爸爸貪得多，家裏有金山銀山，當然不趨利了！跩什麼跩？」口裏說：「是啊，是啊！」敷衍過去，便走入孔廟。

其實宋朝的孔廟並沒有後世修築的那樣宏偉，反而多了一分市井之氣。

孔廟中放置著孔子的雕塑，其下是孟子等門徒，一個個塑像栩栩如生，依次陳列，表現出很恭謹的樣子，侍奉著正堂上的至聖先師。

蔡行目光一落，便在最下角看到一個塑像，冷笑一聲：「司馬君實也配享冷豬肉，真是怪哉。」一副很無禮的樣子。

沈傲去看那塑像，再看其下的銘文，心裏就明白了，原來這個人是司馬光，司馬光也算是一代權相，文采斐然，此人死後，便有人將他的像抬入了孔廟，由此可見，他的聲望還是很高的。

蔡行不屑司馬光，是什麼原因呢？沈傲心裏一想，就明白了，蔡行爸爸的爸爸蔡京曾經是王安石變法的得力幹將，等到王安石被貶，司馬光上位，蔡京就倒楣了，被司馬光整得好厲害，好凄慘，身爲人孫，蔡行這句牢騷也算是爲蔡京那老不死的復仇了。

沈傲只是笑，卻看到另一邊有幾個素衣綸巾的學士過來，其中一個俊朗不凡的學士冷笑道：「君實先生若是不夠資格配享宗廟，莫非兄台配享嗎？」

是來挑釁的，看來蔡行遇到司馬光的粉絲了。

沈傲笑吟吟地悄悄退後一步，這種事，他絕不摻合，如果諸位兄台想要扁蔡公子，沈傲歡迎之至，說不準還要叫幾聲好。

蔡行瞥了這幾人一眼，冷笑道：「原來是太學生，真是巧……」

恰好周恆等監生追了上來，兩隊人湊在一起頓時劍拔弩張起來。

「哦，原來是太學生，對了，他們的腰間確實繫著一個香囊，這香囊很奇怪，似是按水墨畫編織而成的，莫非這就是太學生的標誌？」

對方當先一人微微一笑：「兄台說的不錯，我們確是在太學讀書，在下程輝，不知公子怎麼稱呼？」

程輝？所有人都愕然了，除了沈傲，所有人都知道，這個程輝是太學上一年終考第一的傢伙，前些時日有許多風言風語，說是官家主持太學大典時，還曾親自接見過他，說了許多勉勵的話，很多人猜測，這小子早晚都要飛黃騰達，就算是入閣也並不出人意料。

蔡行卻是一點都不驚訝的樣子，不甘示弱地道：「鄙人蔡行。」

蔡行也算是國子監數一數二的人物，上一年終考排名第三，再加上家世顯赫，風頭自然不比程輝要弱。

程輝正要說話，身後的一個太學生卻笑了起來，道：

「蔡行？沒有聽說過，倒是我聽說國子監有個叫吳筆的人，文章還過得去，只不知他來了沒有？」

蔡行的眼眸中瞬間閃過一絲殺氣，這太學生太無禮了，當著他蔡行的面誇吳筆，就是承認國子監做文章最好的是吳筆而非他蔡公子了。這是故意挑釁啊。他冷笑道：

「不知兄台又是誰？」

這人桀驁得很，相貌卻不出眾，麻子臉兒，酒糟鼻子，一對狹長眼兒冷看了蔡行一眼：「蔡公子叫我徐魏即可。」

「徐魏？」沈傲好像對這個名字有點印象，應當也是太學生中較爲出眾的，難怪敢當面嘲諷蔡行。

蔡行卻是笑了起來：「原來是徐兄，好得很，好得很。」他負手站著，風度翩翩的道：「徐兄說這樣的話，是欺我們國子監無人嗎？」

蔡行確實繼承了家風，心機還是很深的，故意將矛盾往太學和國子監裏引。監生和太學生們本就是冤家，被蔡行這樣一說，頓時便有一個監生道：

「這些鄉野樵夫也配和我們比?蔡公子，我們還是走吧，和他們說話，簡直辱沒了我們的身分。」

那程輝卻只是笑，一副很老實的樣子，漫不經心地道：

「如此說來，國子監的公子們竟是連鄉野樵夫都不如，哎，真是令人擔憂，我大宋朝的官宦子弟若都只會耍嘴皮子，真是山河日下了。難怪官家屢屢提及太學，將來治國安邦，還是讓我們這些鄉野樵夫來吧。」
這句話說中了監生的痛腳，頓時周恆幾個罵罵咧咧起來。
程輝卻是慵懶一笑，不再理會他們，對身邊的同伴道：「拿筆墨來。」頓時便有人問來了筆墨，程輝慨然一笑，將紙攤在地上，提筆行書起來，那手腕輕動，片刻之後，便橫筆站起，只看那紙上寫著：「李杜詩篇萬口傳，至今已覺不新鮮。」
程輝朝徐魏一笑，道：「徐兄是不是技癢了，這下半闕便由你來補上。」
徐魏大笑：「好極了。」接過筆，蹲身去接下一句，片刻功夫便完成了，提筆念道：「江山代有才人出，各領風騷數百年。」
說著，這兩個人便帶著一群太學生揚長而去，那徐魏拋下一句話道：「還請蔡公子和諸位監生賜教。」
蔡行拿起地上的紙，臉色略有些蒼白，這首詩並不深奧，卻勝在流暢，短時間能作出這樣的盡興詩作，可見這二人的文采之高。隨即又想，若是由我來作，能在這麼短的時間作出來嗎？想著想著，冷汗便流出來了。看來太學生果然不好對付。
再去看二人的書法，也都是上乘水準，要知道，蔡行的祖父可是書法的大行家，耳濡目染之下，行書是很在行的，可是見了這二人的行書，便覺得有些心灰意冷了。心裏

想：「太學四大才子，程朱鄧徐果然厲害。」

到了這個時候，蔡行的遊興大減，哪裡還提得起精神，索然無味的道：「我回學堂了，諸位自便。」其餘的監生看了這首詩，又羞又愧，紛紛道：「還是回去讀書吧，初考就要來了，不能讓太學騎在我們頭上。」

周恆拉著沈傲悄悄的說：「表哥，看來這一次初試不太樂觀啊，我的旬休日只怕要沒了。」

沈傲笑了笑，心裏想：「看來今日遇到的幾個對手很強大，太學生果然厲害啊，好，找個機會和他們比一比。不過，這個蔡行也要小心提防，這個人絕不是省油的燈。」

萬歲山因趙佶即位以來屢屢趕工修築，如今已形成了極大的規模，占地千畝，園林假山、小橋流水，目不暇接。

趙佶心情好時，便會在山腰上教人擺上桌案，望著山下的園林景致提筆作畫，尋常人作畫講的是一個靜字，要的是一個心無旁騖的心境。可是趙佶卻不同，偏偏喜歡置身於園林之中，聽鳥叫蟲鳴。

他今日穿著一件尋常的儒衫，戴著綸巾，一副隨意打扮，挽著右手的袖子，提筆望著遠處的山巒出神。

他保持著剛才那動作過了好一會兒，才搖搖頭道：「江山如畫，爲何我卻畫不出江山萬里來？」這一想，興致就減了許多，擱下筆，嘆息。

自從看了祈國公府畫師的畫，趙佶近來作畫的時間增加了不少，無他，只是激起了趙佶的好勝之心而已。

只是近幾日的心神卻不太好，總感覺心裏空落落的。

「那畫師還沒有將畫送來嗎？真是奇了，已經過去了半個月，莫非這畫師從此銷聲匿跡？」

趙佶嘆了口氣，負著手，望向天穹的雲霧，抿嘴不語。

恰在這時，一個內侍用著小心翼翼的碎步走過來，低聲道：

「官家，禮部左侍郎文陶稟見。」

趙佶搖頭：「朕今日心緒不好，叫他明日來吧。」

內侍卻不走，道：「文侍郎是來詢問初試試題的，請官家點題。」

趙佶噢了一聲，便踱步思考起來，口裏喃喃道：

「業精於勤荒於嬉，行成於思毀於隨。國子監近來越來越讓朕失望了，就是失了一個勤字。回去告訴文陶，就以勤學爲題吧。這一次初試想必很熱鬧，朕也不能袖手旁

觀，傳話出去，就說這一次初試成績一甲者，朕親自爲他題字，以茲鼓勵。」

內侍應了一聲，諾諾而去。

初試之期越來越近，國子監裏朗朗的讀書聲此起彼伏，等到了月末，初試的日子總算來了。

沈傲早早起床，一看，媽呀，原來是伏在案上睡著了，看來自己實在太用功了，簡直是懸梁刺股啊，讀書讀得竟累昏在桌子上睡了，哎喲，腰痠背痛，很不舒服，太累了。

他撿起桌子上的一本《武媚娘傳》，心裏大罵：「周恆真不是個東西，我好好的在苦讀，你送一本情色小說來做什麼，真是太無恥了。」

這本小說不知是哪個作者寫的，反正很爽，沈傲想不到，大宋朝竟也有這樣的小說，太有意思了。用詞也很精美，脫衣服不叫脫，叫落；親嘴兒不叫親，叫偷吃蜜餞。看了這本書，沈傲受益匪淺，很受感動，這位有良心的藝術家真是太偉大了，不求名利，不圖錢財，就爲了讓人一爽，提筆寫出了數十萬言。

伸了個懶腰，胥吏便送上了早餐來，今日的早餐格外豐富。畢竟今日初考，關係著國子監的前途，不得不慎重。

周恆過來敲門，沈傲剛打開門，周恆便笑吟吟地道：「表哥，書看完了嗎？哇，你的黑眼圈好重啊，看來昨夜很用功嘛。快拿書還我，我還有最後幾卷沒讀。」

沈傲板著臉道：「這本書我看過了，不堪入目，簡直太壞了！我決定把它沒收，表弟，你是國公世子，被寄予厚望，將來還要報效朝廷，要治國安邦，怎麼能看這種書？以後不許再看了，所以這本書嘛，我沒收，就這樣了。」

周恆睜眼氣呼呼地道：「沒收？哇，表哥你太無恥了，你自己沒看嗎？。」

沈傲很平靜地道：「我看了，但是我們是不同的，你看的是淫穢的內容，我看的卻是作者要表達出來的意味，表達出作者對唐朝宮廷生活的不滿以及對下層百姓的同情，這叫管中窺豹，不看豹的全貌，只看其細微的思想。」

周恆無語，口裏說：「往後再也不給你送書看了。」

沈傲理直氣壯地叉腰道：「哇，你居然還有這樣的書？全部交出來，不交出來，我就去向姨父告狀。」

周恆連忙道：「沒有了，再沒有了，這種書我看一本就已經渾身難受，深深自責，哪裡還願意再看第二本。」

兩人打著嘴仗，樓下便有胥長和助教來叫人，原來是唐嚴怕監生們睡晚了，耽擱了考試，便打發了人來。

沈傲連忙換了件衣衫，草草用過了早餐，和周恆一同往考場去。路上遇到了蔡行，蔡行又恢復了自信滿滿，搖著扇子老遠地跟他們打了個招呼，向沈傲道：「沈兄這一次有把握嗎？」

沈傲裝作一副可憐巴巴的樣子搖頭，道：「原本是有把握的，昨夜表弟送來一本淫書，看到了半夜，今日醒來，腦子還渾渾噩噩，只怕這一次成績要不理想了。」

蔡行便得意地笑，心裏想：「這不過是你的托詞而已，作不出詩詞文章就作不出，還說什麼淫書做什麼？」心裏更看不起沈傲，卻道：「沈兄的眼力很好，博古通今，想必一定能取個好名次。」

說著便邀沈傲、周恆一道去考場。

第卌一章
犯了大忌

這下慘了，以後在這一行裏混就更難了，名聲都臭了，

人家一聽到沈傲這個名字，一定會想，就是那個提早交卷的沈傲？

書讀不進是性子上的問題，

可是不將初考當一回事就是態度問題，這不是犯了大忌嗎？

考場看起來很正規，用的是科舉的場地，放眼望去，一個個棚子錯落有致，竟是連綿得看不到盡頭。

每人各分發了筆墨紙硯，各到考棚去，又發下了試題，所謂的試題，也不過寥寥幾字而已，上面寫著「勤學」二字。不消說，這就是教人作一首詩了。沈傲最怕的就是引述經義，詩詞倒不怕，好在這只是初試，主要是摸新監生的底子，倒還沒有涉及那複雜的內容。

「勤學？」沈傲提筆踟躕，便看到有個助教提著燈籠往考棚路過。

沈傲的思緒一斷，心裏便腹誹：「大白天提什麼燈籠。」再看那燈籠上寫著太學的字樣，便又奇怪了，明明是國子監考試，怎麼來的都是太學的博士和助教。

其實這裏頭又有名頭，太學和國子監，每逢考試，都會相互調換監考官，爲的就是防止對方的學生作弊，這兩大官學爲了爭個天下第一來，可謂是費盡了腦汁。

據說今日一早，禮部尙書便帶著不少屬官來作爲主考官，如此看來，這一次初試不簡單，涉及到了太學和國子監兩大官辦中央大學的明爭暗鬥，以至於禮部尙書這樣的從一品大員要親自前來斡旋。

這些學界的明爭暗鬥，沈傲自然不願意去多想，他提著筆，陷入深思。

「勤學，勤學……」好好想想，這是初試，總不能考砸了，要做就做到最好。

沉吟了很久，終於有了底稿，臉色便緩和下來，微微一笑，正要動筆，卻又止住了。

這些天習慣了用瘦金體寫字，若是在考場上用官家的瘦金體，會不會鬧出誤會？不行，換個行書，用什麼呢？歷朝歷代，唯有董其昌的書法集各家所長，那麼就用董其昌的吧。想了想，又笑，眼眸一落，行書的佈局就已經有腹稿了，著墨上去，一氣呵成。

做完了詩，沈傲輕鬆起來，擱筆之後，探頭去看看其他考生的情況，考棚裏許多監生仍然愁眉不展。沈傲微微一笑，便坐在椅上，用頭枕著腦袋，等待收卷。

過不多時，一個嘈雜的聲音傳出來，有人高呼：「郡主，這裏是初試重地，不能進去。」

「讓開，我要尋沈傲，沈傲……沈傲，你快出來。」

哇，是小郡主的聲音，沈傲坐不下去了，可也不願意出去，小郡主一定是來興師問罪的，千萬不能自動送上門去。

接著，郡主又在外大叫：「沈傲，你再不出來，我可要叫了。」

「你叫，你叫破喉嚨也沒有用。」沈傲心裏想。

考棚中許多監生紛紛來了興致，探著耳朵聽的，探出頭去觀望的，很興奮。作詩的

時候可沒見他們這麼精神。

有博士負著手過來，厲聲道：「都安靜，不許張望，好好考試。」這才維持住了局面。

過不多時，小郡主真的叫了，分貝很大，可以清晰的聽她叫道：「沈傲好無恥，去占春兒……」後面的話便不說了。

沈傲臉色一變，哇，她是從哪裡聽來的，不消說，肯定是周小姐告知她的，周小姐太壞了，不行，得去堵住小郡主的嘴，這瘋丫頭沒準真會胡說。連忙拿起考卷，走出考棚，恰好一個助教過來，攔住他，道：「你做什麼？」

沈傲道：「交卷。」將手中的考卷交給助教，急匆匆的走了。許多考棚裏紛紛傳出口哨聲，還有人拍手叫好，都爲沈傲鼓勁。看來沈傲的行爲很對這些衙內的胃口。

那助教捏著卷子，臉都氣白了，入考場不過兩炷香的時間就交卷？他是曹植嗎？能七步成詩？

他氣沖沖的回到監考官那裏，這裏正坐著兩個博士，一個是太學的張博士，另一個則是國子監的秦博士，秦博士老遠便覷見了這裏的動靜，一看，提前交卷的是個監生，很尷尬，想不到這事關重大的初考，一來就遇到了個傻頭傻腦的監生。

張博士則是捋鬚微笑，心裏想：「國子監就這樣的學風？也敢和太學爭雄，嘿嘿。」他心裏譏誚，面上卻是很穩重的樣子，徐徐道：「秦博士，學生無狀那也是常有的事，年輕人嘛，血氣方剛，難免會有浪蕩之舉。」

張博士越是這樣說，秦博士越覺得老臉不知往哪裡擱，這要是換了是太學，哪裡會發生這樣的事。考試好好的，突然有女眷進來，大叫幾聲，連試都不考了，真是豈有此理。他是斯文人，養氣的功夫不錯，可是仍然忍不住道：「這個考生是誰，太大膽了！一定要查，要嚴懲不貸，不管是誰，都要揪出來，整頓學風。」

他回過氣來，去看張博士，卻見張博士竟是拿著試卷直愣愣的看，便道：「張博士，拿卷子過來，我看看這試卷的署名。」

張博士卻是深吸了口氣，默然不語。秦博士很奇怪，今日張博士是怎麼了，於是顧不得斯文，引頸去看，這一看，嚇了他一跳。

原來這試卷上竟還真作了詩，短短兩炷香功夫，這詩就做好了。字也寫得不錯，秦博士和張博士還沒有細看，便聽到有人高聲唱喏：「禮部尚書到。」

這一句驚醒了秦博士和張博士，也顧不得再去看試卷了，秦博士將試卷收起來，正要去相迎，那禮部尚書楊真便已笑吟吟地踏步過來，身後是幾個屬官。

秦博士和張博士連忙行禮，楊真扶住他們，口裏道：「二位博士不必多禮，方才我從太學考場過來，正聽到這裏有人喧嘩，不知發生了什麼事？」

這兩個博士當時也是被驚懵了，只知道外頭吵吵鬧鬧的，又被沈傲提前交卷這麼一鬧，竟是忘了問及此事，都是期期艾艾地不知該如何作答；倒是外頭一個胥長過來，替他們解了圍：

「方才清河郡主來過，門人不敢阻攔，任她鬧了一會兒。」

楊真聽說是郡主，便不再過問了，這種事會引來不必要的麻煩的，若是細究，身爲主考官，有人喧嘩考場，他該當如何處置？若是真要較了真，難道真去叫人拿郡主來治罪？可要是不聞不問，難免會讓人笑話；乾脆當作什麼都沒發生，只頷首點頭，道：

「知道了。」

秦博士手心捏了一把的汗，生怕有人把監生及早交卷的事說出來，這事關國子監的聲譽，影響有點不太好；偏偏張博士卻是微微笑著道：

「那郡主似乎是來尋人的，有個監生聽了她的呼喊便交卷出去了，嗯，我看了試卷的署名，這人叫沈傲。」

楊真一聽，喃喃念了一句：「沈傲？」這人沒聽說過，既是監生，應當是汴京城中某個官人的公子，否則也不會與郡主有交集，便道：「及早交卷本也沒有壞規矩，只是如此對待初考，這即是心不誠，有辱了斯文；這件事還是讓國子監自己處置吧。」

他三言兩語之間，便把皮球踢給了國子監。

秦博士連忙道：「此人膽大妄爲，我一定稟明祭酒大人，定要嚴懲不貸，以整肅風紀。」

楊真點了點頭，便笑了笑，道：「二位博士繼續在這裏監考，我再去太學那裏看看。」說著便帶著屬官出去，不願再多逗留了。

秦博士送了楊真出去，總算鬆了口氣，看來尚書大人並沒有追究的意思，這就好，他哪裡知道，楊真滑頭得很，心知此事不簡單，才不會過份干預，以防引火焚身；秦博士隨即又想：「沈傲……好，我記住你了，若是不讓你長些記性，或許下一次又不知會鬧出什麼事來。」

張博士卻是捋鬚微笑，只這風紀，太學又勝了國子監一籌，哈哈，好極了。

卻說沈傲出去，便看到小郡主在那裏胡鬧。立即牽著她往僻靜處走，那郡主臉都紅了，氣呼呼地被沈傲拉扯著，要甩開沈傲的手，口裏道：

「你瘋了嗎？喂……」

沈傲不理她，這丫頭太可惡、太胡鬧了，他腦子裏還想著幾個監考博士那殺人的目光，哇，這下慘了，以後在這一行裏混就更難了，名聲都臭了，人家一聽到沈傲這個名字，一定會想，就是那個提早交卷的沈傲？書讀不進是性子上的問題，可是不將初考當

一回事就是態度問題，態度都不端正，這人品還會好嗎，這不是犯了大忌嗎？

到了蔭涼處，小郡主總算甩開沈傲的手，揉著那淡淡泛出一絲紅暈的手腕，眼淚都流出來了。好痛，這個傢伙太野蠻了。她沒有受過這樣的氣，就嗚嗚地哭了，一邊哭，那眼睛還從指縫裏去偷看沈傲，啊呀，他的臉色好可怕，我好心來找他，他就這樣欺負人。

沈傲叉著手，低喝道：「不許哭了。」其實他覺得現在該哭的人應該是自己，欲哭無淚啊！

小郡主抹了一把眼淚，不哭了，敢情她是三分委屈、七分演技，裝的！

「你來這裏做什麼？」

小郡主面對質問，反而比沈傲更加理直氣壯，挺著小胸脯道：「我來問你，上一次我叫人到國公府去向你問話，你爲什麼不理睬？」

沈傲便道：「我師父的畫還沒有作好。」

小郡主便道：「現在有沒有作好，我等不及了，所以來向你要。」

沈傲撇撇嘴：「作倒是作好了，不過你先回答我，你怎麼知道我在國子監？」

小郡主便笑，她笑起來倒是很可愛，臉頰上露出淺淺的酒窩，讓人忍不住……沈傲心裏想：「如果小郡主一直都這樣笑，倒也很好，可惜平時還是傻乎乎的時候居多。」

小郡主道：「我去了邃雅山房一趟，一打聽，就問出來了。」

噢，沈傲明白了，小郡主是從吳三兒那裏問來的，只好道：「畫是作好了，你隨我去宿舍拿。」

小郡主左瞧瞧右瞧瞧：「你的住處在哪裡？」

沈傲引著他到了住宿的小樓，小郡主就止步了，口裏說：「沈傲，你會不會是有什麼居心。」

沈傲想哭，居心?他有這個心也沒這個膽啊，口裏便道：「那你就在這裏候著，我上去拿了畫就來。」

小郡主卻又是甜甜一笑：「你們這些作詩的最喜歡假正經了，我相信你，我要上去看看。」

她說起「你們這些作詩的」口氣，又是一副輕蔑的樣子，沈傲鬱悶極了，作詩的得罪誰了?不就是盜版抄襲了古人的詩詞嗎?故意不去理會她，帶著她上了樓。

畫是現成的，前幾日讀書讀得累了，就作畫消遣，正是《白鷺圖》。

這幅《白鷺圖》，畫得很好！花了很多的心思，不管是佈局還是著墨，沈傲都儘量做到盡善盡美，甚至在一些細微處，他還儘量在趙佶的基礎上進行突破。他跑到書櫃裏尋畫，小郡主則百無聊賴地走到沈傲的書案前，看了沈傲寫的幾幅行書，口裏便笑：

「你的行書倒是寫得不錯，咦……這是什麼？」

她的目光落在書案上的一本書上，伸出手去拿。這書好奇怪呢，封面上畫著豐腴的女人，袒胸露乳，雙手竟是抱住胸前的嫣紅，臉孔朝天，一副陶醉狀。

哇，好羞人！《武媚娘傳》？這是什麼書啊？她好奇的去翻閱，只看到上面寫著：「武氏衣釵斜墜，枕頭邊堆一朵烏雲，搏弄得千般旖旎；羞雲怯雨，揉搓的萬種妖嬈。恰恰鶯聲，不離耳畔。津津甜唾，笑吐舌尖。楊柳腰脈脈春濃，櫻桃口微微氣喘。星眼朦朧，細細汗流香玉顆……」

沈傲從書櫃中取出畫，笑嘻嘻地旋身回來，口裏道：「畫在這裏，往後不要再來麻煩我了，小姐，我是來國子監讀書的，你這樣來尋人，我還要活嗎……」話說到一半，便說不下去了。

小郡主在看書，而小臉窘得通紅，胸口起伏得很快；沈傲再往小郡主的手上一看，哇，不得了了，原來小郡主手裏拿著的，是昨夜裏沈傲觀摩到半夜的《武媚娘傳》。

小郡主聽到沈傲的話，嚇得把書丟開，一雙眼睛很迷惘，望著沈傲，不說話。

沈傲有點心虛，他臉皮厚是厚，可是被女孩子覷破這個，多少還是有點難堪的！後悔啊，早知道就把這書還給周恆了，就算不還他，也該把它藏起來啊！

小郡主半晌後回過神來了，怒視著沈傲，道：「寫幾首酸詩就成天看這種書，你不知羞嗎？」她氣急了：這個沈傲真是無藥可救，本郡主原來還對他沒有成見，可是他太壞了，這……這可是淫書啊。

沈傲也回過神來，不對啊，我只是看本A書而已，有必要如此嗎，就算是要教訓，也不該這小丫頭來跟自己講大道理不是？便理直氣壯地道：「這畫你還要不要？」

小郡主叉著手道：「從此以後我要和你斷絕交情，你這人好虛僞，好沒有廉恥。」痛痛快快地罵完沈傲，便道：「把畫拿我。」

原來斷絕交情還是要給她畫的，這個交情似乎斷得有點藕斷絲連，沈傲只是笑，將畫交給她。

小郡主展開畫，便顧不得其他了，眼眸落在畫處，一絲不苟地看起來，口裏嘖嘖稱奇，道：「你師父的畫技似乎又增進了幾分，依我看，他比官家畫得還要好呢。」

趁著小郡主在看畫，沈傲連忙將那本《武媚娘傳》收起來，太危險了，事關自己的名節，看來以後要小心一些。

小郡主只埋頭看畫，竟是癡了，蹙著柳眉，一雙眼睛大大的，很可愛。

許久，她從畫中回過神來，眼淚就流出來了，用手去擦眼睛，說：「陳相公畫得真好。」

「畫得好，那你還哭什麼。」沈傲心裏腹誹，不過小郡主誇的是陳濟，在沈傲耳裏卻等於是誇他自己，很爽，很愜意，笑呵呵地道：「過獎，過獎……」

小郡主白了他一眼，道：「你過獎什麼，說的又不是你。」

沈傲理直氣壯地道：「你誇我師父不就是誇我嗎？本公子與有榮焉，爲什麼不行？」

小郡主不說話了，虎著臉把畫收起來，捲在手上，道：「我已經和你斷絕了關係，所以現在不理睬你了。」

沈傲心裏說：「不理我更好，我難得耳根清淨，我是讀書人，要好好讀書，誰稀罕你理我啊。」臉上卻是一副不捨的樣子，道：「郡主，你若是不理我，我會很傷心的。」

小郡主得意了，看來她這句話的殺傷力還是很大的，虎著臉道：「就是不理。」說著旋身便走，走了幾步，見沈傲沒有追來，腳下的步子就慢了下來。

咦，他不是說我不理他會傷心嗎？怎麼不追來？這個人太壞了，好，就不理他！於是繼續往前走幾步。

嗯……還沒追來，他是不是很傷心？哼！就氣死他。

再走幾步，到了門檻，後面還是沒有動靜，小郡主裝不下去了，旋身一看，這傢伙搖著扇子背對著自己，好愜意。

太生氣了，小郡主攥著粉拳，高聲道了一句：「混蛋。」人就跑了。

小郡主十分傷心，平時都是別人奉承著她，這個沈傲不一樣，太粗暴太無禮，還喜歡做酸詩看淫書，小郡主最討厭酸詩了，不過，那本淫書的插畫還不錯，雖然……雖然羞人了一些，卻頗有神韻，算是佳作了。

小郡主想到這裏，臉紅了，心裏說：「啊呀，我要跟著這個作詩的酸監生學壞了。」

氣呼呼地抱著畫，從國子監出去，路上遇到幾個助教，這幾個助教不知小郡主的身分，板著臉過來問，小郡主不理他們，助教們拿女孩兒沒有辦法，灰溜溜地去叫學正來。

學正是掌管紀律的，自然有幾分威嚴，可是一看到小郡主，威嚴就擺不下去了，這人他認識啊，這不是穆王殿下的嫡女嗎？

哇，不能惹！於是遠遠地身子一轉，學正捋著鬚、板著臉裝作沒看見，大搖大擺地走了。

到了傍晚，初試總算結束，監生們一個個從考棚裏出來，有覺得成績不理想的唉聲

嘆氣，有妙手偶得了一句佳句的，那自然是昂頭挺胸。

周恆出來，撞到了蔡行，蔡行今日心情好極了，考場上超水準發揮，非但覺得詩作得比平時好，就是那行書也隱隱有了進步。

行書對於成績還是很重要的，閱卷官第一眼看的就是字，這是對試卷的第一印象，若是字寫得好，好感自會大增幾分，詩詞只要還過得去，成績就不會太差了。

蔡行問周恆：「沈傲去哪裡了？」他的考棚離得遠，雖然聽到那邊的騷動，卻不知沈傲已經交卷走了，上一次吃了沈傲的虧，這個場子要找回來，得問問沈傲考得怎麼樣。

周恆顯得有些心神不寧，搖頭道：「不知道，只聽說先走了。」

蔡行便冷笑，心裏想：「這個沈傲，一定是考得不好，所以無顏來見我，好極了，等放榜的那一日，定要好好羞辱羞辱他。」

數千張考卷全部封存，隨即禮部尚書楊真與屬官親自閱卷，先是屬官從考卷中分出成績優秀的出來，送到楊真那裏，楊真再進行圈點，至於那些尋常的卷子，則由屬官評出優劣。

重點是優秀的考卷，楊真親閱的考卷裏頭，才是太學和國子監的精華所在，前三甲也在這些卷子裏產生。

國子監祭酒唐嚴焦急不安地在外廳候著，對面坐著的是太學祭酒成養性，都在等著裏頭傳消息出來。成養性顯得勝券在握，所以並不著急，只慢吞吞地喝茶，隨口與唐嚴說幾句閒話；唐嚴就不同了，初試是他最後一根救命草，事關他的前程和臉面，萬萬不能出差錯。

足足等到了半夜，一個禮部的屬官拖著疲倦的身軀出來，口裏道：「大體已經分出優劣了，監生評爲優良的共是三十二人，太學生是七十五人。」

唐嚴很緊張地抓住椅柄，更是焦急，胸口彷彿堵著一口氣，吞不下去，吐不出來。成養性露出得色，捋鬚微笑。

那屬官道：「楊大人說了，請二位大人一起入內陪同閱卷。」

兩個祭酒點了點頭，一道入內，進了內室，便看到楊真坐在上首，身前一方桌案，案上累著考卷，燭光搖曳下慢悠悠地看卷子，抬眸看到兩個祭酒過來，便笑著招手道：「哈哈，快來，這裏有一幅佳作，很難得。」

兩個人陪笑著過去，在案下搬了個凳子坐下。楊真撣了撣卷子，給他們傳閱，唐嚴先是去看卷首的署名，一看到程輝的名字，氣色就更差了，再看行書，說其行書行雲流水，有幾分王羲之的神韻，用筆很細膩，結構多變，筆走龍蛇之間又不顯得突兀，這書法很難得。

上面的詩也不錯，格局緊湊，對仗工整，雖然略顯得中規中矩了一些，深意還是有的。

唐嚴心中感嘆：「太學果然藏龍臥虎，單這程輝就已十分了不得了；尚書大人又如此欣賞，看來這初試，程輝得第一是沒錯了。」

成養性看了程輝的卷子，便笑吟吟地道：「這個程輝是河洛的才子，天資聰敏，也很刻苦，官家也很看重他的。」

楊真點頭，道：「此人該當是第一，二位以爲如何呢？」

第卅二章
程咬金

「這個沈傲很有意思，太好了，

這一次若不是他，我只能引咎辭官，返鄉去做寓公了。」

唐嚴黯淡的臉色泛出了光澤。

成養性先是一驚，隨即苦笑，心中想：

「誰知半路殺出了個程咬金，哎……」

成養性自然不反對，唐嚴也只得唉聲嘆氣地點頭。

說著，楊真又拿出一個卷子，道：「此人也很不錯，詩詞花團錦簇，二位祭酒可看看。」

唐嚴看了看署名，卻是蔡行，心裏總算尋到了一點安慰，上一次蔡行的終考成績是第三，這一次初考，總算是力爭上游了一次。尤其是這行書，很得家風，筆法姿媚，字勢豪健，痛快沉著，獨具風格，看得很舒服。

只是詩詞卻比程輝要差了一籌，雖然有心想標新立異，對仗也還算尚可，唯獨幾個字的用法似乎欠妥了一些。

楊真道：「蔡公子的行書好，詩詞卻差了一些，排爲第二應當也綽綽有餘了。」

唐嚴點頭道：「蔡公子出身名門，天資也是極好的，難得的是他尚能用心苦讀，勤學不輟，很難得了。」

成養性抿抿嘴，卻並沒有說什麼，只是微笑著。

等楊真拿出第三本卷子出來，唐嚴的心都要跳出嗓子眼了，國子監只要有兩個人躋身入三甲就已令他欣慰，若是三甲之中讓太學獨佔了第一和第三名，只怕官家那邊很難交代，但願這得第三的試卷是監生做的。

等拿到了卷子，唐嚴看到卷首的徐魏二字，便一下子愣住了，徐魏，不就是太學裏那個自比管仲的狂生嗎？完了，全完了，這一次只怕國子監又考砸了。他萬念俱灰，真是想死的心都有了，頹然坐著，也沒有興致去看卷子，只默默的發呆。

楊真道：「此人叫徐魏，我也聽說過他，他的行書和詩詞都不錯，只可惜又都欠缺了一些火候，列爲第三倒也在情理之中。」

成養性喜滋滋的道：「楊大人說得是極了，這個徐魏，資質是很好的，可惜狂妄了一些，可是學問卻是極好的。」

楊真便道：「如此說來，這三甲便算是排定了。」他這一句算是拍了板，滿是倦意地打了個哈哈，有些睏了。

禮部尚書正準備打道回府，等明日再放榜出去，可是一看唐嚴一副坐立不安的樣子，忍不住生出一些同情，便撫慰了他一番，話說到一半，便有屬官拿著一張卷子過來，口裏道：

「大人，有一張卷子漏了。」

楊真微微一笑，道：「卷子怎麼可能會漏，莫非是有人躲懶嗎？」

那屬官道：「這卷子是壓在最後的，好像是因爲及早交卷，閱卷官們也沒有注意，後來一看，才發現了這張遺漏的卷子。」

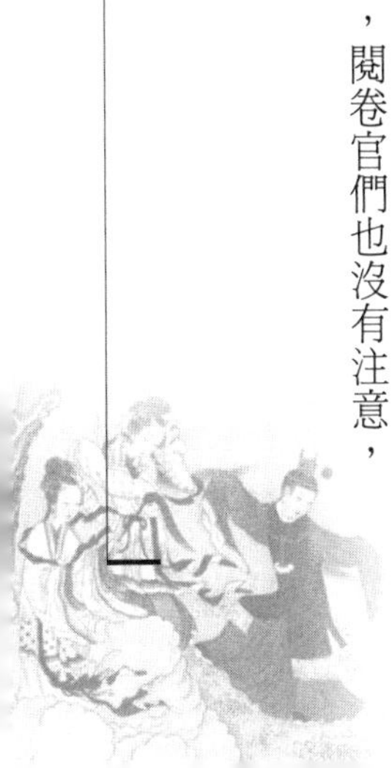

楊真頷首點頭，道：「將它呈上來。」

唐嚴聽到及早交卷這四個字時，頓時想起秦博士不久前跟自己說起的一件事來。及早交卷的是個監生，名叫沈傲，這個卷子應該就是沈傲的。想到這個，唐嚴面色一紅，心裏想：「考試考砸也就罷了，如今又出了及早交卷的事，真是難堪啊。」

他微微低垂著頭，不敢去望楊真。心裏又想：「這個沈傲未免太大膽了，在這種事關重大的場合，他還敢胡鬧，一定要嚴懲他。」

楊真接過屬官拿來的卷子，微微捋鬚笑著將它打開，這一看，便不動了，那樣子彷彿被人點中了穴位，一下子定格住了一般，唯有那一雙眼睛炯炯有神，在試卷中逡巡。

要知道楊真好歹是禮部尚書，從一品的大員，儀舉端莊從容，若不是遇到了匪夷所思的事，是不可能失態的，可是這一刻，楊真卻有點兒恍神了，咦了一聲，便繼續去看卷子。

唐嚴很奇怪，這是怎麼回事？因爲太過好奇，於是顧不得斯文，引頸去看，這一看，嚇了他一跳。

「好字，好字……」率先映入唐嚴眼裏的，是一種前所未見的字體，這種字體筆劃圓勁秀逸，平淡古樸，一眼看去，竟有飄逸空靈，風華自足之感，讓人看得很舒服，猶如騰雲駕霧，那筆劃翱翔於天穹，清新脫俗。

這倒也罷了，讓人最是欣賞的是整個行書，字與字、行與行之間，分行佈局，疏朗勻稱，用墨也非常講究，枯濕濃淡，盡得其妙。很老道，單這佈局，就有一派大宗師的感覺。

寫出這樣好字的竟只是一個少年？居然還是一個監生？還是一個及早交卷、態度很不端正的傢伙？

「真是奇了，這樣的字體真是聞所未聞，莫非是那少年自創的嗎？」唐嚴更是驚得說不出話來了，自創一種字體可不是輕易能辦到的，除非行書宗師，在融匯了前人的基礎上，再慢慢根據自身的特點進行修繕，漸漸的形成自己的風格；而這些，都不是一年兩年所能辦到，非浸淫數十載不可。

「這當真是那個沈傲的行書？」唐嚴心中發出疑問，隨即又哂然一笑，除了沈傲，難道還有人爲他代作不成，初考的嚴格可不是玩笑，別說有人替沈傲去答卷，就是帶一個小紙條進去也是千難萬難。

「此人很不簡單啊，單這個行書，就足以名動天下了。」心中感嘆了一句，唐嚴戀戀不捨地從行書中抽離出來，又去看詩，整個試卷上，竟寫了三首詩。

「三首？」唐嚴更覺得驚奇了，此人既是及早交卷，據說開考不過短短兩炷香時間便走了，如此短促的時間之內作出三首詩來……他捫心自問，自己就是一首也需要斟酌

半個時辰，更別說三首了。

他繼續看下去，第一首的詩名叫《昨日詩》。

昨日復昨日，昨日何其好！
今日徒懊惱。
世人但知悔昨日，不覺今日過去了。
水去日日流，花落日日少。
成功立業在今日，莫待明朝悔今朝。

這首詩格律尚可，卻過於直白，短短時間裏能作出，也算是佳作了，而且試題是勸學，這首詩勸人惜時上進，倒正貼合了題意。唐嚴臉色紅潤起來，捋鬚點頭：「不錯，不錯。」

再去看第二首，第二首詩名叫《今日詩》。

「有意思。」唐嚴笑了，便繼續往下看。

今日復今日，今日何其少！

今日又不為，此事何其了？
人生百年幾今日，今日不為真可惜！
若言姑待明朝至，明朝又有明朝事。
為君聊賦今日詩，努力請從今日始。

「哈哈……」唐嚴忍不住扯著鬍子開懷大笑，昨日、今日，意思相同，很有趣味，這個少年有意思，再去看尚書大人，楊真也是搖頭莞爾，顯然是被這詩的趣味打動了。

第三首的詩名叫《明日歌》，唐嚴一看題目，就知道這人又要促狹了，唐嚴帶著期待地往下看，就看這人到底怎麼寫出個明日來。

明日復明日，明日何其多！
我生待明日，萬事成蹉跎。
世人皆被明日累，春去秋來老將至。
朝看水東流，暮看日西墜，
百年明日能幾何？請君聽我明日歌。

「好！」拍案而起的不是唐嚴，而是那木然已久的楊真，楊真臉色脹紅，很痛快地道：「這三首詩真有意思，此人真是急智，哈哈，痛快，痛快！」

成養性暗暗奇怪，便也伸著脖子去看，一看，哇，此人的行書遠在程輝之上，詩詞與程輝旗鼓相當，可是人家作了三首，每一首與上一首銜接，密不透風，又正好切合了題意，這說明什麼？說明此人的詩詞功夫當在程輝之上。

「奇才啊。」成養性先是目光一灼，隨即想起作詩的這人是個監生，那目光又冷了下來，偷偷地瞧了瞧楊真的臉色，只見他滿是欣賞的樣子，心裏便咯登了一下：「只怕太學三甲居其二的成績不保了，可惜，可惜，竟讓國子監打了個翻身仗。」

果然，楊真如獲至寶地捏著卷子，道：「如此看來，此人當屬天縱奇才，其行書、詩詞俱都是上佳，胸中學問不在程輝、蔡行之下，依本官之見，沈傲當是初試第一。」

唐嚴大喜，連忙道：「大人明斷。」他心中樂開了，原本心情跌落到了谷底，誰知竟出了一個這樣的變故，國子監裏竟隱匿著這樣一個大才子，如此一來，國子監在初試中就佔據了第一和第三兩個名次，雖然全面的比較，太學要勝國子監一籌，可是拿下了三甲的排名，眼下的苦惱一切都能迎刃而解了。

「這個沈傲很有意思，太好了，太好了，這一次若不是他，我只能引咎辭官，返鄉去做寓公了。」唐嚴臉上笑吟吟地，那黯淡的臉色在這一小會兒裏泛出了光澤。

成養性先是一驚，隨即苦笑，心中想：「誰知半路殺出了個程咬金，哎……這個叫沈傲的監生倒是很有意思，對了，這名字似乎有點印象。」

他闔目想了想，便想起了一件事來，當時太學學正曾找過自己說情，說是國公府有一個才子要入太學讀書，好像也是叫沈傲，當時成養性並不以爲意，一口回絕了，現在想來，這個沈傲莫非就是那個國公府中的沈傲?不行，要去問問。

大清早，秦博士就帶了個胥吏在沈傲的樓下叫人。沈傲睡得正熟，被這一攪和，就生出不滿了，趿了鞋去開窗戶，看是哪個不長眼的東西打擾他的美夢，一看，這人穿著博士服，很有氣度，心就虛了。

沈傲心想：「莫不是因爲昨天及早交卷的事，惹得監裏要秋後算賬?」好凶險啊，看來今天不好過了!

沈傲不敢耽擱，連忙穿了衣衫，匆匆下樓，在欄道裏遇到被吵醒的周恆，周恆揉著惺忪的眼睛，說：「表哥，這一下你完了，你及早交卷，丟了我們國子監的面子，祭酒大人不會放過你的。」

沈傲不理他，周恆還追過來，說：「那本《武媚娘傳》，你還我吧!積點陰德，或許能度過這個難關。」

汗，這小子太會胡說了，居然能將一本淫書和提前交卷的事扯到一起了！沈傲依然不理周恆，匆匆下樓，出了宿舍，便看到了秦博士一臉古怪地看著自己。

沈傲抖擻精神，一步步過去，朝秦博士行了個禮道：「不知夫子有什麼吩咐？」

秦博士上下打量他，口裏問：「你就是及早交卷的沈傲？」

「真的被小郡主害慘了。」沈傲心裏苦嘆，卻依然從容道：「我就是沈傲。」

秦博士頷首點頭，便道：「隨我走，祭酒大人要見你。」

沈傲心裏有些發虛，不知到時候這些糟老頭子如何處置自己，能進國子監，國公出了很大的力，沈傲也很感激他，可是若是被人掃地出門，怎麼對得起國公啊！姨母那裏也不好交代，她對自己很看重，承載了不少的期盼，到時候還有什麼臉面去見她啊！對了，還有春兒，沈傲又想起那一日，春兒躺在病榻上，牽著他的手，一直哭，口裏說：「沈大哥，你要好好讀書，好好讀書呵。」

想起這個，沈傲有點心酸，亦步亦趨地跟著秦博士走，滿腦子浮想聯翩。

等到了崇文閣，秦博士先進去稟告，才引沈傲進去。

沈傲想清楚了，既然到了國子監，他就絕不能走，不管用什麼辦法，也要留下來。如今有了別人的負託，自己也多了幾分期盼，他一定不能讓他們失望。

見到祭酒大人，第一次如此近距離接近，沈傲仔細地打量起來。

唐嚴也在打量沈傲，咳嗽一聲，總算是擺出了一副嚴師的架子，捋鬚道：

「你就是沈傲？」

沈傲道：「監生沈傲見過大人。」

唐嚴慢悠悠地道：「及早交卷的就是你吧？」

沈傲心裏說：「果然來了，該怎麼回答呢？」

他目光落在唐嚴的身上，腦子迅速運轉起來，得找一個好藉口，不，祭酒大人衣衫整潔，不怒自威，應當是個很嚴肅的人。這樣的一個人若是你去找藉口，反而會讓他不滿；藉口永遠都只是藉口，說得多了，反而會讓人看輕；那麼還是索性老實承認，稟明原委，儘量爭取原諒吧！

沈傲正要開口，唐嚴卻微微一笑，道：

「既是初考，豈容你如此胡鬧，也罷！你先坐著說話吧，來人，斟茶上來。」

沈傲先是聽他興師問罪的口氣，可是話鋒一轉，似乎是棒子高高揚起，又低低地懸在頭上。

請坐？上茶？哇，這是什麼待遇？會不會有詐？

沈傲也很大方，既然人家叫坐，自己不坐豈不是不給他面子？於是大咧咧地坐下，等有胥吏斟茶上來，他也不客氣地喝了口茶。

唐嚴便呵呵地笑了，道：「你這人倒是很不客氣，罷了，我明著和你說吧，這一次初考，禮部尚書大人已將你列爲第一。」

沈傲的茶喝不下去了，瞪大眼睛，有些不敢相信；隨即便坦然了，第一就第一吧，難怪了，今日這祭酒竟對自己這樣好，到了崇文閣還有茶喝。

唐嚴此時便和藹起來，問沈傲的家世，沈傲心裏一鬆，對答如流。

唐嚴繼續笑著道：「這就是了，你雖然有幸能入國子監，可是家中並不寬裕，暫住在國公府還能夠用功讀書，還是很難得的。」

沈傲心裏想：「我倒是更想有幸去太學讀書，國子監這裏官二代太多，壓力很大，可惜人家太學不收我啊！」口裏道：「大人太過獎了，我只是靈機一動，妙手偶得了一些靈感而已。」

唐嚴連連點頭，心裏想：「這個人還很謙虛，很好！小小年紀能做到不驕不躁，早晚要成大器！」又問：「你從前師從的是哪位先生？」

他有點好奇，能寫出這樣的好字，作出這樣的好詩，若說沒有良師教誨那是不可能的。

沈傲道：「我曾和陳濟陳相公學習過一段時間。」

唐嚴一愣，隨即肅容起來：「原來是陳相公，這就難怪了，據聞陳相公一向住在祈國公府，你能和他相識，是很大的緣分。」心裏想：「原來是陳濟的弟子，那可是一個寶貝啊。」

陳濟是誰？那可是狀元出身，而且此人脾氣很古怪，也不見他收誰做弟子，這個沈傲能拜入他的門下，一定是天賦異稟，否則以陳相公的爲人，豈會收這個弟子？

看來是撿到寶了，有這個沈傲在，國子監可以揚眉吐氣啦。

唐嚴看待沈傲更是不同了，便叫沈傲坐近些，問些瑣事，又問他在國子監住得慣住不慣？這一番噓寒問暖下來，沈傲受寵若驚。

汗！看來在哪個時代都是一樣的，尖子生就是尖子生，這待遇和從前比起來，那是天壤之別啊！入學的那一會兒，也沒見有人來問自己住得慣住不慣呢！住得慣也得住，住不慣，有本事捲舖蓋滾蛋，可是現在不同了，沈傲從唐嚴的眸光發現了一絲特別的東西，怎麼說呢？應該是如釋重負。

問得差不多了，沈傲的底細全被唐嚴摸了個一清二楚，當然，這些底細十有八九是僞造的。

唐嚴道：「沈傲啊，這一次初試第一，官家已經放了話，要專門爲你題字，哈哈，官家給你題字，這是何等光耀門楣的事。」

官家的題字？好東西啊，沈傲眼睛放光，連忙問：「大人，既然是題字，那麼，是

不是我可以選擇叫官家寫哪些字？」

唐嚴愕然，這人好大的膽子，官家給你題字就已經很好了，你應該誠惶誠恐的謝主隆恩才是，居然還提條件。

可是話說回來，官家只說了題字，卻也沒說不許沈傲要求題什麼字，於是便道：「應當可以吧。」

沈傲便笑了，理直氣壯的道：「大人，我要上疏，請官家爲我題字！」

榜文發下來了，在舉賢亭下，監生們紛紛聚攏過去，緊張兮兮地從最後徐徐地往上看，榜上有名的，頓時大呼小叫，呼喊著同伴去喝酒喝茶；榜上無名的，便稀稀落落地走開，還有臉皮厚的，雖然成績並不理想，卻也跟著人混吃混喝去了。

蔡行也是早早過來，從下往上看，一直過去，心裏頗有些緊張，等在三甲看到他的名字時，頓時輕呼了口氣，上一次他終考成績也是第三，如今至少守住了底線，雖然沒有進步，卻也沒有退步，失望之餘，仍有一絲慶幸。

最重要的是，國子監裏那與自己齊名的監生吳筆是排名第六，還有上一次在孔廟譏諷自己的太學生徐魏，只排名第四，落在自己後頭。這個狂生，哈哈，看他下次還敢目中無人嗎？

蔡行又往上看，微微一愣，程輝竟只是排名第二？這是怎麼回事？

程輝這人的學問，蔡行是相信的，此人比自己還是要厲害那麼一點點，他若是排名第二，這國子監和太學中是誰排第一？

蔡行眼眸略略一抬，隨即又是驚愕了起來，竟是沈傲……

他的臉色頓時不好了，這個祈國公府的遠親，居然排名在自己之上？這個事實猶如一盆冷水澆在他的頭上，讓他一時間竟打了個冷戰。

這時周恆恰好擠進來，有人見了他，便打趣道：「周少爺居然也來看榜，哈哈，真是天下奇聞，周少爺近來莫非是學問有了長進嗎？」

周恆叉手大罵：「我看榜怎麼了？我又不是看我自己上沒上榜，我要看看我表哥是否在榜上。」

哇，這個傢伙臉皮太厚了，那人被頂了回去，便道：「你表哥可是沈傲？」

周恆道：「是又如何？」

一時便傳來嘖嘖稱奇聲，許多人道：「你表哥高登榜首，是此次初考第一！」

周恆大喜，哈哈大笑：「我就說了，我就說了，看你們誰敢瞧不起我，你們誰的學問有我的表哥高？來，來，來，都來比一比，哇，楊煉兄，你不是說你學問高嗎？讓我來看看，你排在第幾位，哈哈，在哪裡，給我瞧瞧？」

那個叫楊煉的監生被這一擠兌，本想反擊，但看到沈傲高居在榜首，又看那周恆得意洋洋的樣子，心裏大罵周恆無恥，灰溜溜地走了。

周恆便更得意了，手指著平時幾個瞧不起他的監生道：「喂喂，你，王含兄，你排在第幾，比我表哥如何？喂，別走，別走啊。」

蔡行心情煩躁得很，見周恆來了，總算是定了定神，招手讓周恆過來，問：「你表哥呢？爲何不見他來看榜？」

周恆對蔡行還是很尊敬的，不敢放肆，道：「我表哥今日一早便被祭酒大人叫去了，回去之後便閉了門，說是要上疏什麼的。」

蔡行心裏想：「看來沈傲一定已經提前知道了成績！」嘆了口氣，心裏冷笑道：「一個臭小子居然壓在本公子頭上，哼！」便打了個哈哈，搖著扇子道：「沒意思，回屋休息了。」說著舉步便走。

周恆還在舉賢亭下大呼小叫，口裏道：「我表哥夜夜看淫書都能高居榜首，看看你們，天天懸樑刺股，抱著一本書看來看去，結果如何？哈哈……」

沈傲若是知道這小子在污蔑他夜夜看淫書，只怕已經吐血了。

第卅三章

太學是個好學校

「太學是個好學校」，這話若是尋常人說出來，倒也沒什麼，

太學群星薈萃，文風鼎盛，誰敢說它是個壞學校？

錯就錯在說這句話的人是沈傲，沈傲是誰？

國子監的監生，他要官家提了這字，不正是諷刺太學嗎？

太學群星閣下，榜單也貼了出來，太學生就顯得安靜得多了，一個個默不作聲地過去看榜，成績若是好的，也只是微微一笑，便逕自離開；成績若是不好的，也只是搖搖頭，回去繼續發奮了。

迎面兩個太學生走過來，不少人都認識，紛紛向他們點頭，口裏說：「程輝兄、徐魏兄……」

程輝立即笑吟吟地點頭回禮，徐魏卻是搖著扇子並不理會；兩個人走到榜下，別人都是從末尾向上看，可是這二人卻都是從榜首看起；程輝先看到沈傲的名字，頓時就愣住了，幾次初試、中試、終試，他都是第一，今日卻是奇了，竟是一個不知名的傢伙登上榜首，再看自己，竟是被擠到了第二名，他頓時苦笑一聲，心情跌落到了谷底，口裏問：「沈傲是誰？」

徐魏卻是沒有答，他的成績也並不理想，竟只是排到了第六，心裏唏噓一番，很難過，那高傲的樣子也不由得收斂了，口裏喃喃道：「竟連三甲都沒有進，哎……」

有太學生道：「榜首的竟是沈傲?這個人我似是記得，此人曾是邃雅山房的詩會魁首。」

有人道：「我也聽說過他，上一次一本詩冊裏就有他的詩呢，原來此人竟也入了學，只是不知是太學生還是監生。」

程輝在旁仔細的聽，心裏便想：「邃雅山房是什麼？怎麼沒有聽說過。」其實像他這樣天天埋頭讀書的書呆子，哪裡會聽說過這個，雖起了好奇之心，但還是扯了扯徐魏，道：「徐兄，我們還是走吧，這個榜，不看也罷。」

徐魏正有此意，連忙點頭，又是唏噓：「今日一看，竟是技不如人，哎，以後更該用功了。」

二人訕訕離去。

卻說一時間在太學和國子監裏造成轟動的熱門話題人物沈傲，卻伏案在桌上提著筆研究寫奏疏，奏疏好難寫啊，沈傲特意向祭酒大人要了奏疏的格式來，裏面絮絮叨叨的，讓人頭痛。

原來給皇帝寫一封信，也有這麼多規矩，哇，可憐那些朝廷裏做官的，若是三天兩頭寫一封奏疏上去，還不要煩死。

嗯，好像也不對，人家就是靠寫奏疏吃飯的，寫這個應該熟能生巧，別說是一封，就是十份百份，那也是手到擒來。

「好爲難啊，應該叫官家爲我題什麼字呢？嗯，得再想想，請官家題個字不容易，得讓官家多寫一點，怎麼說也得寫個百來個字吧，否則太吃虧，不值當。」沈傲歪著脖子，想得出神。

趙紫蘅抱著畫，沿著山路，踏著石階向前走，那石階一路伸向山腰，只是偶爾看到幾個垂著頭的內侍迎面過來。

離目的地還有一段距離，趙紫蘅已經感覺腳下發痠。太可惡了，官家建萬歲山做什麼，這裏太大，奇石又多，哇，好累啊！

她一步步往前走，身後幾個內侍跟著，既不敢靠近，也不敢距離太遠，這個郡主的脾氣太古怪，還是小心一些，上次一個王公公，哇！好慘！被小郡主相中了，教他站在花叢中給她畫畫，一直站了整整一天，等小郡主的畫作好了，可憐的王公公已經奄奄一息，足足在榻上躺了三天才能下床。

趙紫蘅哪裡知道這些內侍的心思，一門心事地抱著畫一個勁地往前走，等走到半山腰，前面便有一個月洞，穿過去，眼前豁然開朗，很開闊。官家趙佶擺了一張長案在桌上，正揮毫寫著什麼；身邊站著皇三子趙楷，趙楷笑呵呵地搖著扇子，在遠眺風景。

趙紫蘅搶步過去，嘴裏正要說話，趙楷看見她，頓時笑了，將手指放在唇邊噓了一下。趙紫蘅會意了，三皇子是教自己不要打擾了官家行書，於是便躡手躡腳地過去，一看，官家原來是在寫字，趙紫蘅嘴角微微一瞥，寫字沒什麼好看的，哼，眼睛就別到一邊去，朝趙楷笑。

趙楷在父皇面前還是很正經的，挺胸佇立，眉眼之間很嚴肅，目光落在了趙紫蘅抱著的畫上，扇骨一搖，點了點，低聲問：「這是什麼畫？」

趙紫蘅道：「不告訴你。」

她這樣說，等於是洩露了畫的來路，三皇子很聰明，眼睛一亮，就知道祈國公府那個父皇念念不忘的畫師送畫來了。

過了片刻，趙佶收筆，輕輕吁了口氣，用濕巾去擦拭額頭上滲出來的細汗，眼睛一瞥，看到了趙紫蘅，便問：「紫蘅怎麼來了？你不是說不理朕了嗎？」

（汗，小郡主不要理睬的人似乎很多！）

趙紫蘅理直氣壯地道：「呀，我是來給官家送畫的！官家叫我不理，那我現在就走好了。」看來她還懂一點欲擒故縱的把戲，轉身要走。

趙佶只是呵呵地笑，一副不上當的樣子。

趙紫蘅走了一步，哇，又沒人追上來？爲什麼欲擒故縱的計策在自己手上每次都失敗？太可恥了！官家比沈傲那臭小子還壞！

她是個堅持不住的人，只好又旋身回來，眼眸霧濛濛地道：「官家不敢看畫，一定是害怕這人的畫比官家高明。」這一計是激將。

趙佶便笑，伸手道：「拿畫來，我看看到底誰高明。」

趙紫蘅乖乖地過去，小心翼翼地將畫放在案上，輕輕地展開，一幅活靈活現的《白鷺圖》便出現在趙佶眼前。

趙佶頓時變得專注了起來，低聲喃喃道：「果真高明。」便細細去看畫。

這幅《白鷺圖》與早先趙佶畫的幾乎沒有區別，更爲難得的是身爲臨摹的贋品，卻沒有一絲刻意模仿的痕跡，一氣呵成，沒有拖泥帶水。畫風與趙佶相似，有一種空靈傳神的氣質。

「好，好，這個人有意思。」趙佶樂呵呵地捋鬚微笑，繼續道：「這人很有意思，令人嘆服。」

趙楷也過來看，這一看，便覺得這幅白鷺圖比之上一次臨摹的瑞鶴圖似乎更加細膩，臉上也露出欽服之色，道：「此人看來是和父皇旗鼓相當的對手呢。」

趙佶來了精神，眼睛落在畫上一動不動，口裏道：「旗鼓相當才有意思，這次比試朕輸了，過幾日朕再做一幅過去，看看他如何應對。」

趙紫蘅道：「這人的畫技比官家要高，你看看，這白鷺比官家畫得更傳神。」

趙楷便道：「我看父皇也有優勝之處，父皇的佈局比他更好，他的佈局有些中規中矩，但還是欠缺了幾分熟稔。」

趙紫蘅就瞪著眼睛，口裏道：「你故意拍官家的馬屁！此人的佈局不比官家的差。」

趙楷說不過她，便只是笑笑。

倒是趙佶認同了趙紫蘅的話，道：「紫蘅說的也沒有錯，他是臨摹，佈局只能按照我的畫來進行模仿，中規中距是難免的。」

趙紫蘅歡呼道：「這就是了，我說了這人的畫比官家好。」說著，小心翼翼地把畫收起來，口裏道：「這畫是我的，只給你們看看，我還要帶回去的。」

太小氣了，趙楷想教訓她一句，卻沒有出口，倒是趙佶卻只是一笑了之，總不能跟一個晚輩女孩兒搶一幅畫，雖說這幅畫他極想收藏起來，可是風度還是要保持的。

正說著，有內侍小心翼翼地過來，手裏還拿著一本奏疏，道：「官家，初試的成績已經出來了。」

趙佶的心思還放在那幅畫上，隨口道：「如何？」

內侍道：「入選優秀的共是一百零八人，其中國子監三十三人，太學七十五人。」

趙佶眉頭蹙起來，略帶怒氣地道：「國子監還是這樣不爭氣？那個唐嚴是做什麼吃的？食君之祿，就是這樣誤人子弟的？」

內侍道：「國子監雖是優秀的監生少，可是一甲和三甲都給占去了。」

「哦？」趙佶便來了興致，他依稀記得，上一年幾次考試的成績都是太學佔據的才

是，對了，是那個程輝，趙佶還曾召見過他，勉勵過一番！

怎麼?今年難道程輝名落孫山了?

「此次第一是誰?」

內侍道：「叫沈傲，是個新近的監生。」

沈傲?!趙紫蘅瞪大了眼睛，哇，原來這個作酸詩看淫書的傢伙居然奪魁！太氣人了！他的尾巴肯定要翹到天上去了。

趙楷的雙眉也是一挑，頗有些出乎他的預料之外，隨即呵呵一笑，便裝作不是很在意了。

趙佶沒有聽說過這人，一個新進的監生，竟打敗了國子監和太學這麼多才子，此人的實力不容小覷啊。

「知道了，你下去吧。」畢竟只是一場初試罷了，雖然考取了第一，趙佶還是不放在心上，不過國子監既然奪了第一，說明這個唐嚴倒也並非只是在敷衍，事還是能辦的。

內侍卻不走，口裏期期艾艾地道：「官家，還有一件事。」

趙佶皺眉：「還有什麼事?」他急著再想想方才那幅畫的神韻和細膩，已經有些不耐煩了。

內侍道：「官家，那個叫沈傲的上了一份奏疏來，說是聽聞官家要爲他題字，他歡欣鼓舞，特此上一道稱謝的奏疏，恭祝吾皇萬歲……還……還說了一些其他的事。」

「其他的事？」趙佶動了心思，便道：「拿過來。」

趙佶接過奏疏，饒有興致地去看，一看之下，臉色頓然不好看了。

趙紫蘅湊過去，說道：「官家，讓我看看！」

她想知道這個沈傲又玩弄什麼玄虛，眼睛一掃，頓時就驚住了。

「草民……請陛下……題寫……」

趙紫蘅頓時驚住了，說不出話來，腦子轉不過彎啊！

趙佶也驚住了，同樣說不出話。

奏疏他見得多了，有阿諛獻媚的，有忠耿直言的，可是這樣的奏疏，他卻是第一次得見。這個叫沈傲的監生，好大的膽啊！

他放下奏疏，淡淡地問道：「邃雅山房是什麼？」

趙紫蘅道：「是一個茶肆！」

「哦！」趙佶頷首點頭。茶肆？這個監生倒是很有功利心思，也罷，君無戲言，他既要題字，那朕就爲他提這三幅吧。

他對左右道：「拿朕的印璽和銀毛筆來。」

內侍連忙去了，趙紫蘅這才收回神，口裏道：「沈傲太壞了，官家，你應該下旨治他的罪，世上哪有人敢向官家開口要題字的道理。而且……而且……」

趙紫蘅的話說到一半，趙佶卻是從容笑道：「少年胡鬧些也並沒什麼，念在他考了初試第一的份上，朕就依他一次罷了。」

趙紫蘅便不說話了，其實她是藏著私心的！沈傲要是被治了罪，哈哈，最好將他發配爲奴，到王府裏去做個下人，這樣一來，她就可以治治他作酸詩、看淫書的壞習慣。

國子監熱鬧非凡，宮裏已經有消息了，說是聖旨隨時就來，官家親筆的題字，要賞賜給監生沈傲的。唐嚴當然是親自操刀，叫人張燈結綵，又令監中上下官吏做好迎旨的準備，中門大開，沈傲則先請到崇文閣去，穿了件新裁的儒衫，就彷彿是準備迎親的新郎官一樣。

沈傲成了任由唐嚴打扮的小姑娘，反正他是什麼事都不用費心，只需要在崇文閣裏和秦博士喝茶吹牛即是。

秦博士對沈傲很和藹，他聽說沈傲是陳濟的高徒，便有心打聽陳濟的事，先是故意和沈傲閒扯了一些經義，話鋒一轉，便轉到了陳濟身上，便道：

「你的行書可是和陳相公學的嗎？」

秦博士的眼神很熱絡，說到陳濟時，忍不住挺直了身體，很尊敬。

沈傲道：「我師父自住在祈國公府，便不問世事，一心苦練書法了，這字自然是他教的。不過身爲弟子，我也不能固步自封，要勤學苦練，所以才有了今日的成績。」

秦博士頷首點頭，繼續很和藹地道：「我與陳相公雖然無緣，卻很敬重他的學問和爲人，你既是他的高徒，便算是我半個弟子了，往後若是讀書時有什麼疑問，大可問我即是。」說著，便把自己在國子監的寢室說了，囑咐道：「你隨時可以來的。」

沈傲連忙稱謝，這個時候，有個胥吏焦急地跑來通報：

「沈監生，沈監生，快來，官家的旨意到了，祭酒大人叫你速速去集賢門。」

秦博士立即站起來：「這種事不能耽擱，沈傲，快去，不要耽誤了。」

沈傲連忙朝秦博士行了個禮，飛快地去了。

到了集賢門，果然看到一個公公在兩個禁衛的簇擁下過來，口裏道：「沈傲接御賜之物。」

沈傲只好面向皇城方向跪下，那公公將御賜之物放在沈傲的手心，便算是完成任務了，將沈傲扶起來，皮笑肉不笑地道：

「恭喜沈監生，這一次官家給你賜了三幅親筆行書，望你將來好好讀書。」

沈傲連忙謝了，汗，太監身上爲什麼總有一股騷味，這種味道很不舒服；他小心翼

翼地將兩幅行書藏在身上，拿出其中一幅來，眼睛落在唐嚴身上。

此時過來觀禮的國子監官員、監生極多，在眾目睽睽之下，沈傲朗聲對唐嚴道：

「唐大人，這一次沈某人考了第一名，很僥倖也很慚愧。官家又賜下了三幅墨寶，這其中的一幅，卻是給國子監的。」

「哦？」唐嚴眼眸一亮，沈傲這個傢伙很會做人啊，想不到竟還能想起國子監，這就太好了，咳嗽一聲，道：「沈監生求了官家的親筆行書，既然要贈予國子監，國子監自該奉爲至寶。」

沈傲便笑，笑得好奸詐，他的眼睛一瞥，看到不少臨近的太學生也圍攏過來看熱鬧，徐徐道：

「這是官家的親筆行書，奉爲至寶還不夠。我們大宋朝如今繁榮昌盛，百姓生活富足、安居樂業，這都是官家殫精竭力，操勞國事的結果。官家對於我們這些臣民，就如黑暗中那閃亮的星辰，深夜裏的指路明燈；若是我們不將官家的行書拓下來，在國子監的門口豎下一個聖諭亭，再立下一個碑石，將官家的墨寶雕刻上去，都不足以表示我們對官家的敬意。唐大人，你說呢？」

唐嚴苦笑，這麼大的高帽子送過來，他敢說個不字嗎？說了這個不字就是目無君上啊，於是連忙正色道：

「沈監生說得沒有錯，官家隆恩，身爲人臣無以爲報，他的墨寶，自該建一座聖諭亭於集賢門下，再立下碑石，將官家的親筆御書拓上去，以供後世的監生膜拜。」

沈傲繼續道：「這就好極了，現在，我就把官家的這幅行書贈予唐大人。」碎步過去，唐嚴立即小心翼翼地接了，心裏想：「這個沈傲到底在賣什麼關子，好，先看看這行書再說。」

周遭烏壓壓的監生、太學生俱都引頸去看，都想揭開這謎底。

唐嚴將御賜的墨寶展開，一看，愣住了，半天說不出話來。身後幾個博士也伸過頭來，一看，呆若木雞。

沈傲抱著手，得意洋洋，笑得很開心，而這笑容很詭異。

唐嚴咳嗽一聲，連忙把墨寶收起來，湊到沈傲身邊，口裏道：「沈監生，真的要把這御賜的墨寶拓到國子監門口，雕刻成碑石？」

沈傲生氣了：「唐大人，這可是你說的，你說皇恩浩蕩，身爲人臣無以爲報的，難道要反悔嗎？」

唐嚴尷尬地又去咳嗽，卻是笑了起來，道：「好，拓就拓，大不了往後遇到了太學祭酒不打招呼就是。」他心裏雖仍有些發虛，只是當著這麼多人的面開了口，總不能反悔。

許多人四處打聽，那官家的御賜行書裏寫的是什麼？終於有一個離得近的監生忍不住道：「上面寫的是：太學是個好學校。」

「太學是個好學校……」監生們愣住了，隨即一個個捧腹大笑；太學生也愣住了，等回過神來，一個悄悄的掩面就走。

國子監集賢門下的聖諭亭果然開建了，一時間引來不少的人圍觀，雖然還未建成，但聖諭亭內的題字卻是經久不衰的話題。

太學由此開始變得緊張起來，很氣憤，卻又無可奈何！據說從此之後，太學生路過國子監都是繞路走的，寧可捨近求遠，多繞幾條街，也絕不挨近聖諭亭。

「太學是個好學校」，這話若是尋常人說出來，倒也沒什麼，太學群星薈萃，文風鼎盛，誰敢說它是個壞學校？錯就錯在說這句話的人是沈傲，沈傲是誰？國子監的監生，初試第一，技壓群雄，他要官家提了這字，不正是諷刺太學嗎？

可偏偏太學無可奈何，沒辦法，這可是官家題的字，誰敢說這些字不好？又有誰敢說官家的字題錯了？

惹不起，還躲不起嗎？所以太學生們只能躲著。

第卅四章
天生一對

這個人是周小姐的表哥，看他們之間的關係倒是很親密，

要娶周小姐回洪州去，不能把這個表哥得罪了。

而且表哥稱呼周小姐叫小若若，叫我一聲小章章又怎麼了？

一個小若若，一個小章章，天生一對。

這一日，沈傲的心情很好，他一共向官家要了三幅題字，第一幅是給國子監的，這是爲公，是爲國子監做貢獻，國子監與有榮焉之餘，沈傲的待遇也隨之提高，博士們噓寒問暖，祭酒三天兩頭的去問他的功課。

第二幅題字是送給邃雅山房的，上面寫著：「邃雅山房是個好地方」，很通俗，很直白，要的就是這個效果，沈傲叫人把它送到吳三兒那去，吳三兒最近也學會來事了，立即打爆竹去迎官家的題字，把這幅字懸掛在正廳最顯眼的所在。

官家題字的商鋪，在整個汴京城能找到幾家來？一時間又是一陣坊間熱議，不知不覺，邃雅山房便路人皆知了；會員更是激增，一夜間，原本有些不屑邃雅山房的才子也紛紛加入會員，會員從三百增加到了六百。

沈傲還在國子監讀書，自然不能親眼去經歷這樣的盛況；盛況，其實他是不在乎的，重視進項多少才是真的；吳三兒派人報賬過來，收入激增，他讀書的動力就更足了。

至於第三幅題字，沈傲卻沒有拿出來，也無人知曉，壓在沈傲的箱底下，等到合適的機會再拿出來嚇唬人不遲。

到了十月初，天氣轉寒，沈傲換了一件冬衣，全身被包裹著，少了幾分秀挺，卻多了幾分持重。這一日是旬休的日子，大清早，周恆便催促沈傲打點回家，沈傲只帶了幾件夏衫回去，與周恆一道出了國子監。

國子監外已是車馬如龍了，放眼望去，全是前來接人的僕役、家丁，好壯觀。

兩個人從人群中穿梭過去，前面有人朝他們招手：「少爺、表少爺……」

抬眸一眼，原來是劉文來了，劉文笑嘻嘻地走過去，道：「夫人叫我來接兩位少爺回家，車馬就在不遠處。」

周恆大笑：「劉文，你很懂事嘛！我還怕沒人來接呢！」

沈傲也笑：「劉管事自從做了內府主事，連臉都紅潤了幾分，身材也顯得胖了，要減肥了！」

沈傲這樣說，劉文想哭的心都有，他其實瘦得跟竹竿似的，好不容易長了幾兩肉，還減肥！便笑吟吟地道：「胖些好，胖些好的，表少爺，能胖是福氣啊。」

嘻嘻哈哈地到了祈國公府的馬車處，兩個人先後上了馬車，沈傲便問劉管事：「春兒的病好了嗎？」

劉文與車夫一左一右地坐在車轅上，回過頭道：「病是好了，就是整天心事重重的，夫人也奇怪呢，說春兒好好的，怎麼近來似是換了個性子。」

沈傲吁了口氣，便躺在車廂裏的軟墊上不說話了。

等回到祈國公府，公府的中門竟已大開，夫人在春兒、香兒的攙扶下笑吟吟地出來，口裏道：「我家的文曲星和好事鬼回來了。」

文曲星不消說，指的是沈傲；好事鬼還能說誰呢？周恆臉色變了，好悲憤！

兩個人提著換洗的衣物下了馬車，立即有人來接了他們的行李，沈傲第一眼看到夫人，連忙道：「姨母。」周恆喚了一聲娘。夫人便碎步過來，一手握著沈傲，一手握著周恆，左右瞧了瞧，口裏道：「沈傲瘦了，讀書很用功吧？」又說：「恆兒倒是胖了。」

周恆心裏想：「這話怎麼聽著很刺耳！」

沈傲便道：「其實表弟讀書也很用功的。」

夫人只是笑，不置可否。

沈傲偷偷看了春兒一眼，見春兒氣色好了不少，心裏一寬，朝她眨了眨眼，春兒滿腹心事地望了他一眼，兩個人目光相對，沈傲能看到她的眼眸中多了一副重重的心事。平時的春兒可不是這樣，沈傲的心情又低落了一些。

大家一起簇擁著夫人進去，夫人便道：「你們兩個孩子走了，我總是心神不寧的，好不容易盼到你們回來，見你們平平安安的，心裏就安穩多了。沈傲，你平時讀書若是累，就念幾句佛經，這心境自然就好了，知道了嗎？」

沈傲連忙正色道：「是啊，我經常看佛經的，有時候一直熬著夜看。」

周恆忍不住地想：他熬夜看的是《武媚娘傳》。不過，周恆還不至於到完全沒頭腦的地步，這句話倒沒說出來。

夫人便道：「是了，多念念佛經，於讀書是有好處的，能定下性子來。再說了，佛家的至理，與你們讀的書也是相通的，你看古來那些大才子，也有不少平時都誦讀佛經的呢。」

周恆便道：「娘，你難道叫沈傲將來出家做和尚？」

夫人虎著臉教訓他：「我哪裡教他做和尚了，只是說多讀讀佛家的經典罷了。」

周恆心裏想：「我敢斷言，沈傲這個傢伙是絕不會做和尚的，他內心淫念太多，做不得和尚，哈哈……」

說了一會話，夫人笑吟吟地道：「沈傲，聽說你這一次初試得了第一？」

沈傲驚訝地道：「夫人也知道了？真是慚愧得很，誤打誤撞的。」

夫人道：「這種事還會不知道？整個汴京城已經傳揚開了，老爺去部堂裏公幹，到處都聽到各部院裏提及此事，他雖然裝作不聞不問的樣子，其實我最清楚他本心了，他其實也很高興呢。」

等到了內府的亭中，糕點、茶水都已擺齊了，周若坐在亭中，看到周恆和沈傲左右

攙扶著母親過來，先是去看看沈傲，很快又將俏臉別過去，漠不關心的樣子。

大家一齊坐下，沈傲故意說：「春兒臉色不好呢，夫人，她想必是累了，就叫她坐下一起說話吧。」

夫人頷首點頭，招手讓春兒過來，對春兒道：

「春兒，你這幾日也不知是怎麼了?老是心神不寧的，看來你也要念念佛經，把心定下來，就百病不侵了。」

春兒只點了點頭，垂著頭不敢去看沈傲；沈傲卻直勾勾的看著她，口裏說：「春兒上次病了，想必現在病根還沒有除盡，往後要多注意身體。」

周若寒著臉道：「別人病了，你的身體倒是健康得很。」

這一句話有隱喻，夫人便斥道：「若兒不要胡說，春兒病了和沈傲有什麼干係。」

周若抿抿嘴，不說話了；春兒連忙道：「夫人，是我著了風寒，往後會注意的。」

夫人頷首點頭，叫沈傲、周恆吃茶點，兩個人毫不客氣，周恆先伸出鹹豬手去捉桂花糕，沈傲一看，太不衛生了，好，你厲害，我也來，伸手就過去抓，惹得夫人咯咯直笑。

洗了個澡，換了一身衣衫，渾身熱騰騰的，沈傲感覺舒服了許多；方才與夫人聊了許多話，沈傲有些倦了，想要午休一下，正要入睡，房外有敲門的篤篤聲。

是誰呢？不像是尋常的下人，若是他們，一定會先叫喚兩聲的；至於周恆那更是不可能，周恆的性子很急躁，叩門聲不會這麼輕柔；至於老爺、夫人，那是斷無可能的，就算要見沈傲，也是知會一個丫頭來叫即是。

莫非是春兒？沈傲熱切起來，匆匆地整了整衣冠，便去開門，一看，有一點點的失望，但還是笑著道：「表妹怎麼來了？」

周若神情恍惚，嗯了一聲，就閃身進了屋子，顯然是怕被人撞見；她的臉色頗有些猶豫，徐徐地坐下，沈傲連忙去爲她斟茶，口裏問：「表妹有事嗎？」

沈傲自然不會花癡到認爲周小姐是悄悄來幽會的，心裏想：「她一定有什麼心事，或者是遇到了什麼難以解決的問題。」

周若坐下，便道：「沈……表哥……」她的臉色微微一紅，隨即正色道：「表哥，有件事，我想請你幫忙。」

沈傲拍著胸脯道：「你只管說，只要我能出力的，決不推辭。」周小姐對他的印象有點壞，影響了整個大家庭的和諧，現在也恰是彌補關係的時候。

周若抬眸，看到沈傲義不容辭的樣子，那濃眉微抬、雙目真摯地透出的光澤，心又化了，想：「看來他也並不是很壞，雖說……」

她不再想了，女孩子就算再睿智，畢竟也是感性的動物；周若對沈傲的印象也是起起伏伏，幾天前或許對他還恨得咬牙切齒，可是過幾日，說不定又爲他感動了。

周若便道：「前幾日，洪州陸府的公子來了，這人也和你一般大，這一次來汴京，一是想拜見我父親，敘敘兩家的舊誼；第二嘛，就是想向我父親提親。」

「提親？」沈傲頓時明白了什麼，口裏道：「表妹與陸公子相熟嗎？」

周若道：「幼時曾見過兩次，這一次來是第三次與他相見。」

古時候講究的是父母之命，見個三次，在這個時代的人看來都算多的了，許多人在入洞房之前壓根連照面都沒有，就如那句臺詞說的那樣，佛曰：「五百次回眸換來今生的擦肩而過。」這裏的人大約在前生都有一千好幾百的回眸，所以往往今生一擦肩，進了洞房，紅蠟燭一吹，就直接生娃娃了。

周若還算是好的，總算還先驗過貨，不過看來，這個什麼陸公子想必也不算什麼品質合格的產品，否則周若也不必六神無主到尋自己來幫忙。

這個忙怎麼幫？或者說，從哪裡入手？得先問清楚再說。

沈傲微微一笑，便道：「見了三次也不少了，表妹不喜歡嗎？」

周若道：「不討厭，卻也不喜歡。陸公子人還是很好的，可是不知怎的，我總是喜歡不起來。」

沈傲便笑：「你表哥人還不是很好嗎?你不是也不喜歡。」

周若也笑了起來，慍怒道：「你這人就不能正經一些嗎？」

沈傲便虎著臉，道：「好，既然表妹不喜歡陸公子，我那就去攪局，把這姓陸的趕走。」

有意思，話說寧拆十座廟，不毀一樁婚，可是沈傲卻好像沾了什麼霉氣似的，什麼狗屁倒灶的事都往自己黏過來。不過嘛，既然嬌滴滴的表妹開了口，他自然沒有搖頭的道理；更何況，沈傲深信肥水不流外人田，這麼好的一個表妹，怎麼能讓洪州的土老帽給摘去了。

不行，絕對不行，陸公子，哼哼，先去看看再說，找機會陰他幾把，他要是識相，自然從哪兒來回哪兒去，不識相的話，就狠狠踩死他。

周若見沈傲應承下來，面色一喜，便道：「表……表哥，這一次謝謝你。」她對表哥這個新稱呼還是有些不習慣。

沈傲便很真摯地走過去，伸手要去握周若的手，周若吃了一次虧，哪裡還肯上當，手立即抽回去。

握不到手，沈傲感覺好悲哀，但表情還是很真摯地道：「表妹不要這樣說，我們是

一家人，一家人不說兩家話。」

沈傲故意將一家人咬得很重，都是一家人，做表哥的握握手怎麼了？幹嘛這樣反應過度？

周若先是惱怒，隨即反而低聲笑了起來，見沈傲面色不動的樣子，倒是多了一些俏皮。

這個人，似乎永遠都是不正經的樣子，處處想占人便宜，可是偏偏卻又喜歡立個牌坊，好虛偽，可是與他相處起來，有時候雖然要處處提心吊膽，卻又很新鮮。

她咳嗽一聲，便恢復了冷著臉的樣子：「好啦，這件事你要多多留心，我先回去歇著了。」

沈傲連忙道：「我送表妹。」

沈傲一邊搶先去開門，又一邊道：「表妹以後經常來串門子，我往後大多數時間都待在國子監，我們表兄妹親近瞭解的時間不多，往後要經常走動啊。」

周若冷著臉說：「我是不敢來這裏，這裏有老虎。」

「老虎？在哪裡？」沈傲摸了摸鼻子，好尷尬。被人比喻成了老虎，會吃了你嗎？好歹也是表兄妹好不好，你看別的表哥表妹們卿卿我我的，怎麼換作了你我就走樣了。

不對，他要慢慢地感化她，要讓她知道表哥很疼她的，一定會小心翼翼地呵護她的。

周若出了屋子，沈傲還要送，周若便道：「都是在府裏，你要送我到哪裡去？」

沈傲臉皮厚，口裏說：「表妹不要客氣，表哥送表妹是應當的，不是有首歌唱得好嗎？」沈傲扯起嗓子：「妹妹你坐船頭哥哥在岸上走，恩恩愛愛縴繩蕩悠悠，妹妹你坐船頭哥哥在岸上走……」

沈傲的嗓音還不錯，就是唱著唱著跑了調子，頓時便引起不遠處的園林裏鳥獸俱散。

周若忍不住的笑了，隨即又虎著臉，口裏說：「好粗俗的歌，誰和你恩恩愛愛了？你再胡說，我和娘說去。」

沈傲理直氣壯的道：「表妹你想得也太歪了，這個恩恩愛愛不是情愛，而是兄妹之恩，手足之愛，這是借喻，用深陷愛河的男女來比喻我們兄妹之間的關係。」

周若道：「你就會胡說。」

沈傲很正派地道：「我哪裡胡說了，我要是真有居心，真有什麼企圖，會對你唱這種歌嗎？這說明什麼？說明君子坦蕩蕩，爲兄對你口無遮攔，說明我的內心很真誠，反而那些滿腹齷齪的僞君子，才喜歡裝高尚；所以，爲兄今日教你一個道理，往後遇到那些表面上很正經的人，就要小心了，這種人很壞的。」

「你就會說歪理。」周若此刻繃不住臉了，說也奇怪，沈傲對春兒說這些歪理時，她就很生氣，很睿智地看透沈傲的居心，恨不得將他的陰謀一下子戳穿；可是沈傲對她講這些歪理時，她反倒沒了這個心思，倒是覺得很有趣，很好玩，很新鮮。

恰在這個時候，一個聲音傳過來：「周小姐……」

兩個人循聲望去，便看到一個公子笑吟吟地過來，這人倒是皮相不錯，袍服雪白，一塵不染，很乾淨。遠遠地朝周若笑了笑，隨即行了個禮：「想不到在這裏遇見了周小姐，小生有禮了。」很文質彬彬。

可是他這彬彬有禮的樣子，結合沈傲方才那一句「表面上很正經的人就要小心了，這種人很壞」這句話就很有趣了；這陸公子恰好撞到了槍口上，沈傲便忍不住笑了起來，周若也笑了，看著陸公子的樣子很滑稽。

陸公子一時間反應不過來，看到周小姐笑，也就訕訕地跟著笑，這樣一笑，就更好笑了。

笑了片刻，陸公子才注意到了沈傲，沈傲玉樹臨風，臉上帶著一種若有若無的笑意，讓陸公子感覺很礙眼，於是便朝沈傲拱拱手，道：

「不知這位公子高姓大名？」

沈傲便道：「我叫沈傲，是小若若的表哥。」他刻意把小若若這三個字咬得很重。

「小若若？」周若哭笑不得，這個人太會來事了，什麼都想得出來，什麼都說得出口；不過看在陸公子在這裏的份上，周若自然不會去和沈傲反目。

陸公子敵意大減，連忙道：「啊，原來是表哥，小生有禮了，在下姓陸，叫陸之章。」

沈傲很虛偽地道：「哦，原來是陸公子，我剛才還聽小若若說起過你呢，想不到這麼快就見面了。」

陸之章受寵若驚地望了周若一眼，道：「什麼？周小姐提起過小生？啊呀，真是慚愧。」

周若便虎著臉道：「你們在這裏聊，我去陪我娘了。」說罷，旋身就走，她是完全把正面戰場交給了沈傲，讓沈傲做他的擋箭牌。

沈傲連忙很關切地道：「小若若走好，表哥就不再送了。」

陸之章卻急了，怎麼我一來，周小姐就走；想跟上去表白幾句心跡，或者談幾句詩書展示下才學，卻被沈傲攔住，沈傲勾住他的肩，笑呵呵地道：

「不知陸公子能否讓我冒昧的叫一句小章章？」

「小章章……」陸之章顧不得去追周若了，傻眼地看著沈傲，反應不過來。

沈傲道：「怎麼？陸公子不願意？一般這樣的稱呼，也只有我最親近的人才這樣

叫，你若是不肯，那就算了。」

「這個人是周小姐的表哥，看他們之間的關係倒是很親密，要娶周小姐回洪州去，不能把這個表哥得罪了。而且表哥稱呼周小姐叫小若若，叫我一聲小章章又怎麼了？這樣最好，一個小若若，一個小章章，天生一對。」

陸之章心裏想著，連忙正色道：「表哥不要這樣說，小生叫你一聲表哥，你叫我一聲小章章是應該的。」

「小章章，你過來坐。」走到涼亭下，沈傲朝陸之章招手，很熱情。

陸之章興沖沖地走過去，自來了國公府，除了國公和夫人，也不知道怎麼回事，其餘的人都沒有給他好眼色看。

洪州陸家富可敵國，這一次來，陸之章帶來了幾大車的禮物，不但有國公、夫人、少爺、小姐的，府裏的下人自然也少不了一些小玩意。

按陸之章的心思，先把國公府闔府上下全部籠絡住了再提親，這樣一來，阻力就少了；下人也是人，不能得罪的，他們能多在國公、夫人、小姐面前爲他說說好話，花點小錢也算不了什麼。

可是誰知下人們都不敢接這些禮物，見了他也都躲得遠遠的。他哪裡知道周小姐已經囑咐過了，誰敢接他的禮物可不依的；所以，陸之章在府裏很寂寞。

如今見沈傲對他很熱情，心裏就火熱起來，心裏想：「這個表哥人很好，看來可以和他商量商量，說不定可以從中得到一些提點。」

陸之章乖乖地坐下，口裏道：「表哥，實在很抱歉，我來時還不知道你，所以沒有給你備禮物，緩幾天，緩幾天我叫人採買些禮品過來，包準教表哥滿意。」

沈傲虎著臉道：「小章章，這就是你的不對了，表哥和你說話，是在乎你的禮物嗎？你把表哥想成什麼人了？表哥講究的是君子之交淡如水，是不看重禮物的。」

陸之章連忙點頭，看沈傲的目光不同了，這個表哥很誠實啊，看來要多多親近，連忙道：「表哥說得很對，不過這是小生的心意，所以請你萬勿拒絕。」

沈傲就不再拒絕了，拒絕了才是傻子，洪州來的暴發戶要塞東西給自己，這是人家的心意嘛；轉開話題，沈傲問：「表哥問你，你這一次來，是不是打算向小若若提親的？」

陸之章點頭道：「是啊，陸家和周家是世交，我爹當年在京城遊歷時，就與公爺訂下了交情。這一趟來京城，既是爲了拜見世伯，其次就是來爲兩家結成秦晉之好的；本來嘛，我不太想來的，小的時候是見過周小姐，可也不知長大後是個什麼樣兒；如今一見，我就傾心了，已經下定了決心，非周小姐不娶；表哥，你說我這事能成嗎？」

第卅五章
聰明的表哥

沈傲嘆了口氣：「表哥來告訴你吧，你要送禮，就得從佛上下功夫。」

陸之章心裏想，自己沒有找錯人，表哥果然是很懂夫人的心意，

而且表哥也沒有騙我，他叫我送一尊木佛，一定能像他一樣討得夫人的歡心。

沈傲頷首點頭，鼓勵他道：「世上無難事，只怕有心人，只要你肯努力，肯用心，百折不撓，周小姐嫁入你們陸家是早晚的事。」

這樣一說，陸之章的信心就增加了幾分，臉色也紅潤起來，連忙道：

「表哥，我陸之章別的沒有，就是肯爲周小姐努力；不過嘛，我不熟悉國公府，許多事也不懂，就怕鬧出什麼笑話來，還要表哥幫幫我。」

「表哥就是來幫你的。」沈傲心裏偷笑，拍著胸脯保證道：「這個你放心，國公府我很熟，夫人是我的姨母，她的秉性我也一清二楚。實話告訴你吧，你這次提親能不能成功，最重要的還是要看我姨母的態度。這個家，是我姨母說了算的，她只要點了這個頭，你的事就成功了一半。」

陸之章踟躕道：「伯父那邊還好說，看在世交的份上應當不成問題，就怕伯母不喜歡我。」

沈傲道：「所以才叫你爭取啊，我問你，你從洪州來，都送給我姨母什麼禮物？」

陸之章想了想：「我也記不清了，都是下人採辦的，還有些是家裏備齊的，多半是一些珠寶什麼的。」

沈傲便搖頭，恨鐵不成鋼的樣子，道：「你啊你，你真是太不會做人了……」

陸之章一聽，噢，聽表哥的口氣好像送錯了禮，臉色都變了：「怎麼？伯母不喜歡嗎？」

沈傲道：「送禮最重要的是什麼？」

陸之章搖頭，他還真是蜜汁裏泡大的公子哥，一臉的茫然，估計平時連衣服都是下人給他穿上的。

沈傲便道：「重要的是投其所好，我問你，姨母喜歡什麼？」

陸之章踟躕了片刻，搖搖頭：「不知道。」

沈傲嘆了口氣：「你連這個都不知道，就想討我姨母的歡心？表哥來告訴你吧，姨母最喜歡的就是禮佛，所以呢，你要送禮，就得從佛上下功夫。」

陸之章明白了，感激的望了沈傲一眼，心裏想：「如果不是表哥提點，只怕我現在還蒙在鼓裏，表哥人真好。」便道：「這好辦，我立即叫人去買些玉佛、檀木佛珠來送過去。」

沈傲又是搖頭：「國公府會缺這點東西嗎？小章章啊，我是過來人，看到你這個樣子呢，總是忍不住想提點你，可是你不開竅啊，讓表哥很失望。」說罷搖頭，太失望了，豬都比他聰明。

陸之章急了，連忙道：「表哥，我初來乍到，不懂規矩，你可一定要教我。」

沈傲嘆了口氣，道：「姨母要的不是佛，而是心意，你送個玉佛過去，能體現自己的心意嗎？玉佛相對於國公府和陸府的家世來說能值幾個錢？只怕姨母連瞄都不願意多瞄一眼；所以呢，你應該自己動手，雕刻一尊佛像過去，這樣，姨母才高興。」

「雕刻佛像！」陸之章愣住了，訕訕道：「小生不會雕刻啊。」

「那就讓我來，你教人拿工具來，我兩個時辰之內就可以幫你雕好。」沈傲拍了拍他的肩，語重心長地道：「小章章，你人不錯，表妹嫁給你，我很放心，所以這個忙，表哥要幫到底。」

陸之章來了這汴京，舉目無親，雖說有幾個世交，也曾去拜訪過，可大多的世伯世叔見了他也只是閒聊幾句，問一些起居也就是了；年齡上有代溝，聊不起來；如今總算遇到表哥這樣一個好人，這樣無私地幫助自己，讓陸之章很感動。

陸之章不好意思地道：「那麼就麻煩表哥了。」

「不麻煩。」沈傲道：「你快去尋工具來，其他的事就不要管了。」

陸之章點了點頭，連忙跑回客房，叫了兩個家人去尋工具，不過，他也不是個完全不經世的傻子，對沈傲的熱心還是有那麼一點點的懷疑的，便叫一個陸家的家丁去打聽，問清楚這個表哥到底是什麼路數。

工具送過去了，消息也總算打聽出來了，這個表哥了不得，據說從前還只是個書僮，後來和夫人認了親，是夫人面前的大紅人；而且表哥之所以能得到夫人的歡心，據說也和送禮有關，好像是在夫人的誕日，那個時候，恰恰要從家丁中選拔出一個書僮，表哥打敗了競爭對手，還送給了夫人一件禮物，自此之後，夫人就和他很熱絡了；這個禮物原來也是一尊木佛，是表哥親手雕刻的。

陸之章心裏想，自己沒有找錯人，表哥果然是很懂夫人的心意，而且表哥也沒有騙我，他叫我送一尊木佛，一定能像他一樣討得夫人的歡心。

有了信心，陸之章等了一個時辰，去洗浴了一番，換上了新衣衫，便跑去沈傲的住處。一看，表哥的木佛已經雕刻好了，不過這木佛……怎麼說呢，有點慘不忍睹，鼻子不是鼻子，眼睛不是眼睛。

陸之章便道：「表哥，就拿這個送給伯母？」

沈傲道：「沒有錯，送這個最好。你想想看，伯母會希望自己的女婿是木匠嗎？」

陸之章搖頭。

沈傲便道：「這就是了，好好的一個公子，怎麼有這麼好的雕功呢？你送的是心意，雕的不好是其次，重要的是你肯用心去做。」

陸之章明白了，連忙說：「表哥的話很有道理，好，就送這個木佛。是不是現在就去？」

沈傲道：「對，就現在去，這個時候，姨母恰好剛剛小憩了片刻，精神正好，你送

這個過去，她保準很開心。這樣吧，反正我也要去陪姨母說說話，我們一起去，說不定我還能給你說些好話。」

陸之章道：「這樣最好，我和表哥一起去。」他原本還有些忐忑不安，怕到時候去見了伯母冷場，有表哥相陪，他的膽量就大了一些。

沈傲陪著陸之章去給夫人請安，陸之章頗有些緊張，手裏拿著佛像，心裏想：「到時候該和伯母說些什麼話呢？若是惹得她不喜歡了，該怎麼辦？」

畢竟他大部分時間是待在洪州的，陸家在洪州勢力極大，往常別人見了他都是去巴結他的，此時教他去正常地社交，討夫人的歡心，反倒讓他膽怯了。

可是有沈傲的陪同，又讓他有了點信心，表哥太好了，若不是有這個表哥，他竟還不知道討好夫人的重要，到時候貿然去提親，夫人不同意那可就糟了。

一前一後，徑直進了佛堂，春兒恰好迎面出來，與沈傲撞了個滿懷，沈傲連忙扶住她，也顧不得有人在場，很關心地道：「春兒，你病好了嗎？」

春兒掙開他，臉色窘紅地垂著頭道：「沈大……表少爺，春兒的病已經好了。」

小妮子太自卑了，沈傲板著臉道：「以後不許叫表少爺，就叫沈大哥，春兒，你的病剛剛好，我向夫人去替你請幾日假，你好好休息，不要累著了，好嗎？」

春兒抬眸，見沈傲那張就算板著卻還帶著溫柔的臉上，那雙眼眸直直地看著她，帶著許多關切，壓在心裏的許多陰霾一下子似是爆發出來般，有些失控地撲到了沈傲的懷裏，便忍不住哭起來，口裏道：

「沈大哥，我……你，我以爲你做了表少爺，就再也不願意理我了。」

不理會陸之章的驚愕，沈傲連忙安慰道：「春兒太傻了，我怎麼會不理你呢？在我心目中，春兒很重要的。」

春兒哭了又笑，揩去眼淚道：「你就會胡說。」

小妮子意識到自己失態，連忙從沈傲的懷裏掙脫出來，胸膛上還留了不少的餘溫和淚漬，沈傲笑道：「我哪裡胡說了，其實我有樣東西要送你，只不過嘛……」沈傲賣起了關子，見春兒無恙，他的心情又好了：「現在不能給你，有朝一日，一定給你一個驚喜。」

春兒總算恢復了矜持，口裏道：「小姐說你渾身一無是處，就知道哄女孩開心。」

沈傲大叫冤枉，周小姐太不厚道了，自己去哄她的時候，她不是也很開心嗎？難道周小姐吃醋？雖然這樣想，沈傲卻不敢確認，周小姐對他的態度很怪，心思太難猜了，所以暫不去管。

春兒望了陸之章一眼，才發現身邊有人，頓時窘迫起來，口裏期期艾艾地道：「沈

大哥和陸公子是要去見夫人嗎？」

陸之章連忙道：「是啊，夫人在佛堂嗎？」

他對春兒很客氣，這個丫頭和表哥的關係不一般啊！得要給他留個好印象；而且看她的樣子，像是夫人身邊的貼身丫頭，這身分雖不高，可是用處卻很大，不能得罪。

春兒道：「夫人和小姐就在佛堂呢！沈大哥和陸公子進去吧，我去爲夫人拿一本手抄的佛經來。」說著羞紅著臉，忙不迭地走了。

陸之章眼睛一亮，小姐也在，好極了，雖然來了周府，可是與周小姐只見了幾次面，連話都未曾說上幾句，趁著這個機會，和周小姐多親近親近。

沈傲和陸之章進去，夫人抬眸，見沈傲和陸之章進來，隨即便笑：「沈傲，來，坐下說話。」再看陸之章，夫人對陸之章的印象還是不錯的，這個世交的洪州來的公子長得相貌堂堂，也很有禮貌，與若兒很般配，聽國公的意思，他是來向若兒提親的。

這也不錯，洪州陸家也算是書香門第，在江南盤根錯節，也算是一等一的世家了，能與他們聯姻，若兒的婚事也不必再愁了。

夫人朝陸之章招手，道：「陸公子，你也坐過來說話。」

陸公子拘謹地朝夫人行了個禮，口裏道：「見過伯母，伯母的身體很硬朗呢，前幾日我來府上時，送上了洪州的特產藕粉，不知夫人用過嗎？洪州藕粉馳名天下，能滋容養顏的。」

夫人便道：「你這孩子……」心裏想：「這個孩子似乎不太會說話，哪有一見了人就說這個的。」卻沒有半點責備陸之章的意思，反而對陸之章的印象又多了幾分好感，畢竟勾心鬥角久了，遇到一個這樣單純的孩子也不容易，往後應該對若兒會很好的。

陸之章坐下，極力想表現出自己的自信和風度，他望了一旁抿嘴不語的周若一眼，頓時眼睛又亮了，周小姐太美了，那格窗透進來的一縷陽光恰好灑落在她的臉頰上，炫目之中，羊脂般的肌膚，鵝蛋的臉蛋，略尖的下頷，還有那柳眉、美眸，微微翹起的嘴唇，只看這一眼，陸之章就心猿意馬了。

陸之章突然來了勇氣，向夫人道：「伯母，國公府很大呢，雖然小生已住了幾天，可是許多美景仍然沒有看盡。」他先是隨口說些奉承話，爲下面的送禮做些鋪墊。

夫人就笑：「國公府畢竟是在京城，能有多大。我倒是聽老爺說，洪州陸府占地千畝，瓊樓玉宇連綿不盡，那才是真正的寬廣。你到這裏來，只怕是見了新鮮，所以才覺得大。對了，聽說洪州有一座繩金塔，香火很盛嗎？」

以爲終於有了共同的話題，陸之章神采飛揚地道：

「繩金塔素來是水火濟濟，坐鎮江城的洪州鎮城之寶。裏面的禪師也都是得道高

僧，香火很鼎盛的，那塔前時常還會有廟會，也很熱鬧。」

夫人便道：「既是禪寺，自該是高僧們修佛的場所，在塔前舉辦廟會，似有不妥。」

陸之章一聽，哦，原來伯母不喜歡廟會，明白了，於是訕訕道：「伯母有所不知，纙金塔足有三十丈高，禪師們在塔頂，下頭就是再熱鬧，也是聽不見的。」

夫人訝然：「三十丈，竟有這樣高。」

兩個人說著話，沈傲不去插嘴，卻是和周若眉來眼去，周若心知沈傲帶這陸公子來，不知又弄什麼玄虛，多半是要陷害這個傻公子一把，便笑吟吟地作壁上觀，看看沈傲又要使什麼陰謀詭計。

而沈傲卻是心裏想：「我和表妹算是第二次合作了，第一次是害奸商，第二次更厲害，欺負老實的陸公子。看來表妹和我很投緣，她也很壞的，嘿嘿，有句話不是說得好嗎？兩隻臭蟲在一起，自然就臭味相投。表妹，表哥，兩隻臭蟲，很好，我是公的，她是母的。」

說了一會兒話，陸之章總算忍不住了，正色道：「聽說伯母很愛禮佛，小生這一次來，有一樣禮物要送給伯母。」

夫人就笑，心裏想：「這個陸公子還是很乖巧的，也不盡是全不懂世故。好吧，瞧瞧他怎樣討好我這未來岳母。」便喜滋滋地道：「陸公子有心了，不知是什麼禮物。」

陸公子掏出懷中的佛像，小心翼翼地送過去，口裏道：「伯母，這是我親自雕刻的佛像，請夫人笑納。」

「咦！又是佛像？」夫人倒是提不起很多的興致，送禮就是這樣，就比如後世，第一個送腦白金的，人家圖個新鮮，也很好。可是第二個、第三個都來送腦白金，那只怕收禮的人家也就沒有多少興致了。

不過，既是陸公子送來的，還是他親手雕刻的，夫人還是有一些感動，拿起佛像，笑著道：「我很喜歡呢。」她拿著佛像看了看，心裏卻發出疑問：「怎麼這佛像和沈傲先前送的那個差不多，太像了。」

有了這個疑惑，便去瞧陸公子的手，陸公子的手很乾淨，皮膚保養得很好，修長而又漂亮。夫人似乎察覺了什麼，再去看沈傲的手，這一看，發現沈傲的手上多了幾道刻痕。

她心裏明白了，這佛像根本就不是陸公子雕的，而是沈傲雕刻的。陸公子拿了沈傲雕刻的佛像卻稱是自己的心意，還說是他親手雕刻來贈予自己的，這個陸公子，看來也不是很老實，好滑頭啊。

想著，想著，夫人就心疼起來，沈傲這個孩子就是太老實，別人送禮，你張羅什

麼，弄得手上又是傷痕，又討不到好。有了這個念頭，夫人看陸公子的眼眸就有點冷漠了。

沈傲裝作一副驚訝的樣子，口裏還在說：「陸公子的佛像雕得不是很好啊，不過，他有這個心意，也是很好的。」

夫人心裏更氣了，沈傲太老實了，明明是他在爲陸公子出力，卻讓陸公子來賺這個便宜，到頭來還替陸公子說好話，兩相比較，沈傲心地太善良，陸公子的心思嘛，只怕就有些壞了；尤其是看他坦然接受的樣子，還有點兒自得的模樣，很礙眼。

母親的神色，周若看在眼裏，頓時明白了，沈傲這個人實在太狡猾了，這樣的餿主意，只有他想得出；一方面讓母親對他的印象更好，讓陸公子反而在母親面前失分；另一方面，陸公子蒙在鼓裏，卻還在感激他爲自己挑選禮物，還在母親面前說他的好話。

想到這裏，周若忍俊不禁，笑了起來；只是這笑一轉即逝；不過這個笑容，卻全部收入陸公子眼中，陸公子心裏樂開了，沒注意到夫人對他的冷漠，心裏卻是樂滋滋地想：

「周小姐笑了，真是好極了，想必周小姐也喜歡這件禮物；表哥人真好，若不是他給我出主意，只怕要引得美人一笑，比登天還難呢！周小姐是不是已經鍾情於我了呢？好，我要再接再厲。」

陸之章還在那兒心猿意馬，豈不知夫人對他的態度已經變了。

人便是如此，對一個人有好感時，這人的許多動作、舉止都能讓人覺得好；但是一旦好感變成了反感，這人的一顰一笑都能挑出個錯來。

夫人眼睛一落，看到陸之章直勾勾地看著若兒，若是在方才，她也不過是哂然一笑，年輕的後生看看自家女兒，而且二人極有可能定親，由此可以見得陸公子將來一定會好好疼惜若兒的；可是現在一看，心裏就不悅了，心想：「這個陸公子不但奸猾，只怕品行也不好罷。」

想到此處，臉色就更冷了，對陸之章也冷落起來，故意去和沈傲說話，沈傲從容搭腔，口裏又反覆誇獎陸公子，一下子說陸公子的品行好，一下子又說陸公子心地善良，又是世家公子云云。

夫人看著沈傲，心裏嘆息：「這個傻孩子，只怕被人賣了還在幫人數錢呢！沈傲這個孩子什麼都好，就是太容易相信別人了；從前那個趙主事，背後這樣的說他壞話，這樣的排擠他，他還懵懂不知，現在對這個陸公子也是這樣。」

陸公子不識趣，還未察覺到夫人對他的異樣，心想自己送了禮，夫人也說很喜歡，於是這膽氣就更壯了；笑著插話道：「夫人，家母在家也喜歡禮佛的，我也曾讀過不少佛經，對修身養性很有用處。」

「哦？」夫人饒有興味地看向陸公子，道：「你也懂佛，好吧，你說說看，我聽著。」

夫人這樣一問，陸之章就支支吾吾起來，其實他方才也不過是隨口吹噓，誰知道夫人竟突然要聽，於是便道：「佛祖普度眾生……拯救世人……」說了一籮筐不著邊際而道聽塗說的話。

夫人一聽，便心裏有數了，心裏想：「這個陸公子果然是這樣，金玉其外敗絮其中，將女兒嫁給這樣的人，真不知往後會怎樣。」只這一轉念，那聯姻的心思就淡了。

陸之章見狀，頓時有些著急了，越著急越說不出話，便被乾晾到一邊，看著沈傲和夫人說話，有時候周小姐也插一句嘴，很融洽，他卻成了局外人。

周小姐今日高興極了，沈傲這個傢伙太卑鄙，可是今天這樣的卑鄙，她很喜歡；便一口一口地叫著表哥，很親熱。

沈傲自然很享受，心裏想：「表哥不容易當啊，天天陪著你昧著良心去做缺德事，小若若不要忘恩負義的好，要知恩圖報，嗯，用什麼報答呢？這是一個難題，表少爺我不缺錢，就差老婆了，不過，這個時代的男人都喜歡多娶幾個老婆的，我現在是一個都沒有，實在不行，小若若以身相許也不錯啊！」

越想越歪，沈傲忍不住呵呵地傻笑起來；周若看在眼裏，便問：「表哥笑什麼？」

沈傲當然不敢把自己的意淫說出來，太淫蕩了，說出來怕會嚇壞表妹的。連忙說：「我想起了個笑話。」

夫人便問：「沈傲的心思最敏捷了，你說說看，什麼笑話，讓我們也樂樂。」

沈傲便隨口說了個笑話，他肚子裏笑話多，畢竟兩世爲人，見識也廣，信手拈來，夫人和周小姐已經笑得樂不可支了；只是陸之章在旁訕訕地笑，很尷尬，心裏想：「表哥不但人好，也很會說話，若是我學得了他半成的本事，也不至今日說錯話了。」

隨即又懊惱，本來表哥提點自己，送了禮給夫人，夫人很開心的，誰知竟又去說自己懂佛，結果被夫人拆穿了，若不是表哥和夫人、小姐說著話替我解圍，今日真不知該怎麼收場。

想著，想著，就更感激沈傲了。

足足過了半個時辰，沈傲與陸公子才告辭，夫人便道：「沈傲是該早些回去了，先歇一歇，說不定老爺夜裏回來還要尋你說話呢。」便叫周若送一送兩人，周若見陸公子兩眼放光，有些不情願，但礙於母命，終究還是起身了。

沈傲和周若並肩出來，陸之章灰頭土臉地跟在後頭，看著兩個人的背影，一個婀娜多姿，一個身材修長，倒像是天生的一對，心裏忍不住生出一些妒意；可是隨後又想：「我不能這樣想表哥，表哥這麼好的人，我怎麼能以小人之腹去妄加猜測他？他和周小

姐是表兄妹，斷不會有什麼的。」

沈傲在前面停住，旋身過來朝陸之章招手，周若也停下來，回眸眨了眨眼；陸之章吸了口氣，連呼吸都要屏住了，周小姐實在太美了！

陸之章興沖沖地跑過去，又生怕褻瀆了周小姐，強迫眼睛去看沈傲，乖乖地道：「表哥。」

沈傲朝他搖頭嘆氣：「小章章，你呀你……」說著只顧搖頭。

陸之章好悲劇，一下子就緊張起來，口裏說：「表哥，怎麼了？方才夫人生氣了嗎？哎呀，我真該死……」說著，他又偷偷地瞥了周小姐一眼，只看到周小姐嘴角微微翹起，吟吟地笑著。

沈傲連忙道：「不怪你，怪我，我沒有想到你連一點佛學都不懂，否則我一定會叫你好好先找些佛經看的；現在弄到這步田地，姨母多半以爲你這個人口無遮攔，姨母不歡喜的。」

陸之章連忙道：「那怎麼辦？我……我……」他說不出話了，看那樣子，眼淚都快要急得流出來了。

沈傲便道：「小章章，不要急，我們再想辦法就是；現在最緊要的，是你趕快研讀佛經，要讓姨母刮目相看。」

陸之章連忙道：「對，對，我這就叫人去買佛經抄本去，一定要好好地讀一讀。」

沈傲搖頭：「小章章啊，你沒聽懂我的意思，你就算現在去看佛經，有什麼用？佛家至理豈是你一兩日能參透的，你得另闢他途。」

陸之章扭捏地看了周若一眼，道：「表哥難道又有辦法了？」

第卅六章

鑑寶大會

曾歲安繼續微笑著道：「這一次鑑寶會有不少名家在場呢，

據說大皇子殿下也會來，群英薈萃，這一次要爭個高低出來。」

沈傲饒有興致地打探道：「這鑑寶會有什麼名堂？又怎麼比試法，有彩頭嗎？」

沈傲哈哈一笑，道：「表哥無私地幫你，難道還會半途而廢嗎？你看，我表妹其實還是對你有那麼一點好感的，所以你更要努力。」

周若瞪了沈傲一眼，把俏臉別到一邊去，心裏說：「在我面前，他這是說什麼鬼話！」不過看著他逗弄陸之章的樣子，確實很好玩；便微微一笑，繼續作壁上觀。

陸之章心裏狂喜，望向周若，見她俏臉微紅，心裏想：「表哥說話太直接了，怎麼能當著周小姐的面說這樣的話，周小姐會害羞的呢！啊呀，若像表哥所說，周小姐真的對我有那麼一點點情意，我確實該更努力的。」便道：「表哥，你說，不管什麼辦法，我都照你的話去做，只要能讓伯母開心，小生就是拼了性命也值了。」

沈傲笑道：「好辦，你應該去叫人收購諸如真言宗、金剛頂宗之類的佛經來，這是密宗大乘佛法。此宗以密法奧秘，不經灌頂，不經傳授，不得任意傳習及顯示別人而著稱的，最是玄妙不過。然後你好好研讀，就是懂了其中的隻言片語，在姨母面前豈不可以炫耀炫耀？尋常的金剛經讀了有什麼意思，那是拾人牙慧，這天下人，誰都可以說出一兩個至理來，可是密宗大乘佛法卻不同，若是你在夫人面前說出一些密宗的佛理，姨母一聽，感覺那都是沒有聽說過的，便會有了興致去聽，是不是？再一聽，又很契合佛理，發人深省，是不是？這樣一來，她還不看重你嗎？」

陸之章連連點頭，表哥太聰明了，見多識廣啊！

不過，密宗是什麼？沒有聽說過啊！但是一聽這名字，就知道一定很了不得；表哥說得沒有錯，尋常的佛經看了也沒有用，誰都可以說出一兩句來，要學就要學高深的，要與人不同的，好，就密宗大乘佛法了。

只是，這密宗大乘佛法到哪裡去買呢？

沈傲看透了陸之章的心思，道：「這種經文是很難買到的，不過汴京城番人多，只要你多去問問，說不定到番人那裏能求購一兩本。」

陸之章點頭：「表哥，你放心，就是花再多的錢，我也要買來好好研讀。」

沈傲很欣慰，拍著他的肩膀道：「表哥馬上又要去國子監讀書了，往後還是靠小章章你自己，要努力，加油！」

陸之章信誓旦旦地道：「表哥，我會努力的；還有……」他鼓起勇氣望向周若：「周小姐，我一定會讓伯母高興，一定要將你娶進我們陸家去。」

周若慍怒道：「誰要去陸家？不要胡說。」

陸之章很尷尬，心裏安慰自己：「沒事的，周小姐只是害羞，當著表哥的面，當然會這樣說。」

送走了陸之章，沈傲微笑著與周小姐道別，便回去歇息了，誰知路上遇到幾個婢

女，從前幾個婢女見了他還笑話，大多都是和春兒的話題；如今卻不敢放肆了，笑吟吟地叫著表少爺行禮，那媚眼兒拋得很勤快。

世態炎涼啊，沈傲總算是明白了，從前那個時候雖是書僮，可畢竟是下人，所以自己和春兒有染，大家都在看笑話；可是如今不同了，身分一變，多半這些婢女們巴不得自己成了春兒，和這表少爺有點私情呢！

沈傲兩世爲人，這種事見得多了，不以爲然，笑呵呵地和他們招了招手，便繼續往前走。

抬眼往前看，迎面一個公子哥搖著扇過來，沈傲心想，莫不是周恆這小子？可是仔細一看，卻又不像，周恆比較肥胖，這人身材修長；再近一些，原來是曾歲安，不知這小子今天爲何突然闖進這內府來了。

曾歲安見到沈傲，頓時笑嘻嘻地道：「沈公子，哈哈，好久不見，我在邃雅山房等了你這麼久，也不見你來。」

沈傲連忙過去，苦笑道：「曾公子，我剛剛入了國子監讀書呢，學業太忙，所以一直沒有時間再去邃雅山房。」

曾歲安道：「我早就聽說了你的事了，哈哈，沈公子如今已是汴京城最知名的人物了，許多人都談及你呢。」

沈傲很謙虛很低調地道：「一時僥倖，一時僥倖而已，曾公子怎麼來了？」

曾歲安道：「家父與國公有舊，也是剛剛回來，正在商議鑑寶會的事。」

「鑑寶會？」沈傲想起來了，曾歲安的老爹也是熱愛鑑寶的，那一次國公被那王相公騙了，當時曾歲安的父親也在。看來兩家的交情不淺，否則曾歲安不可能隨意能進內府；這個時代的內府，就相當於寢室，那可不是隨便讓人進來的。

曾歲安繼續微笑著道：「這一次鑑寶會有不少名家在場呢，據說大皇子殿下也會來，群英薈萃，這一次要爭個高低出來。」

沈傲饒有興致地看著曾歲安，打探道：「這鑑寶會有什麼名堂？又怎麼比試法，有彩頭嗎？」

曾歲安心裏便想：「沈公子果然與眾不同，別人說起鑑寶會，誰會去問彩頭，他倒好，說到彩頭時兩眼都放光了。」隨即看著沈傲道：「比試的方法很簡單，各人拿出一個古玩來，各自猜出它的真僞和來歷，猜不出的則淘汰，如此往復，剩下最後一人，便算是贏了。至於彩頭……」他搖了搖扇子，笑道：「鑑寶會是大皇子主持的，大皇子已經放出了風聲，誰若是能奪得鑑寶第一，就有一份神秘的大禮。」

汗，這不是說了等於沒說嗎？

沈傲一臉的失望，心裏在想：「到時候，這神秘大禮莫不要是隻兔子，把大家都耍

了。」

曾歲安似乎看出了沈傲的心思，繼續道：「這些願意去參加鑑寶會的，大多都是癡迷其中的鑑寶高手，都不是爲了奔著彩頭而去的。」

沈傲笑了笑，眼睛一看，曾歲安的腳邊還跟著一條很可愛的捲毛狗，也不知是哪裡來的品種，伴隨在曾歲安的腳下，很親暱地舔著他的鞋跟，便笑著道：「想不到曾公子也是愛狗之人，這狗很可愛。」

沈傲說起狗，曾歲安便來勁了，道：「我喚牠驢兒，牠的秉性很好的，不咬人；沈公子也愛狗嗎？」

「愛的，愛的，不過我和曾公子不一樣，我愛狗的方式和你不同。」沈傲腦子裏邪惡的想起了後世的某個廣告詞，愛牠，就吃了牠；哈哈，這樣一想，肚子裏的饞蟲就引出來了，好餓，這狗不錯，肥嘟嘟的，放到鍋裏悶，一定很鮮。

曾歲安哪裡想到沈傲愛狗的方式如此特殊，頓時大喜，連忙拉著沈傲的手說心得。

過了好一會兒，劉文匆匆過來，驚喜地道：「表少爺和曾公子都在，這好極了，老爺讓小的來請兩位過去。」

曾歲安便笑：「定是國公教沈公子去商討鑑寶會的事了，我方才聽國公和家父說，沈公子非但詩詞作得好，就是鑑寶也很有心得，是不是？」

沈傲微微一笑：「讓曾公子見笑了。」

兩個人到了書房，跨檻進去，果然看到周正與一個中年的官員坐著，正說著話；這中年官員很清瘦，倒是長了半臉的落腮鬍子，摻雜了些粗獷。

沈傲心裏很邪惡地想：「曾歲安真的是此人的兒子嗎？不像啊，莫非……」

這個想法很快又打斷了，沈傲的三觀很正的，這樣無恥的事情連想都覺得罪惡，看來自己穿越之後是學壞了。

周正見到沈傲進來，對沈傲招手道：「沈傲，你來，哈哈，來拜見曾世伯。」

沈傲乖巧地過去朝那個中年官員行了個禮，道：「曾世伯好。」

曾歲安的父親名叫曾文，身居御史中丞的高位，見到沈傲，卻滿是欣賞，心裏想：「此人就是名動京城的沈傲，此人在國子監如此出眾，又得到國公的青睞，將來必是不可小覷的人物。」想到這裏，對沈傲多了幾分看重，連忙道：

「世侄免禮，不需要客氣的，你和歲安是好友，往後多親近親近，有閒暇到敝府來，我那裏可有不少好東西。」

說到好東西，曾文頓時眉飛色舞起來，口裏繼續道：「據聞世侄也懂得鑑定之術，這好極了，我這裏恰好有一樣東西，請你來看看。」

沈傲心知他是要考校了，便笑呵呵地道：「世伯的東西，自然是無價之寶了，就讓小侄開開眼界。」

曾文從腰間卸下一個錦囊，小心翼翼地打開，拿出一個小印章來，道：「你來看。」

沈傲接過印章，手指之間便感覺到一股滑膩之感，那觸感很舒服，仔細地看，這印章並不是玉石鑄造，倒像是牙雕，所謂牙雕，就是象牙雕刻出來的印章。牙雕的工藝痕跡很精細，沈傲已經可以斷定，這應當是秦漢時期的產物了。

秦、漢時，由於長時間的大量捕殺以及氣候變冷，黃河、長江流域的犀牛、大象，已經不可能在野外生存，其分佈範圍也迅速減到西南地區。由於原料逐趨短缺，作品驟減，以至於變成當時達官貴人炫耀財富的一種手段。這樣，秦漢時期牙骨雕刻行業的維繫與發展，它的方式也從「就地取材」，轉換到「外出覓材，精工雕作」上，與春秋、戰國時代自給自足的豐華氣勢，形成鮮明的對照。

再看印章的底部，上面用的文字看起來很奇特，沈傲默默沉思，看著文字的筆劃，與秦時的漢字有很大的區別，便也來了興致，認真端詳起來。

秦時的文字主要分爲兩部分，一部分是傳統的黃河流域地區，秦、趙、魏、齊等國的文字雖有差異，卻大致相同；不過在更南方的楚國，倒是因爲距離中原文明較遠，因此在漢字的基礎上有自己的文字，沈傲曾在某個文獻中看過，這個印章的文字許多特徵倒是與楚國文字很像。

再看牙雕的紋理，那紋理之中彷彿猛虎隱約可見，猛虎、楚國、牙雕，這三樣線索聯繫起來，沈傲頓時便想起一個寶物來。

猛虎不是尋常人能雕刻上去的，只有將軍、司馬之類的武官才允許享受這樣的規格，牙雕很珍貴，尋常人家也不可能佩戴。不過這牙雕很大，不像是私章，因爲私章經常攜帶很不方便，那麼唯一的可能，就是公章了。

沈傲笑了笑，道：「先秦楚國的虎符確實很精緻，非同凡響，只是不知世伯是哪裡淘來的，這樣的寶物，只怕世上已經不多了。」

行家一句話，就知有沒有。聽完沈傲的話，曾文便揉捏著落腮鬍子大笑，道：「果然後生可畏，老夫服了，世侄的眼力實在太毒了。」

沈傲謙虛地微笑道：「曾世伯過譽，雕蟲小技，不足掛齒。」

說著，和曾歲安各在下側欠身坐下，沈傲看了國公周正一眼，見他喜滋滋地捋著鬍鬚，便道：「姨父莫非是遇到喜事了，姨父看起來心情很好。」

周正便笑，道：「沈傲有所不知，這幾日確是有喜事臨門，一來嘛，是我遠在洪州的世交之子前來拜望，二來自是因爲鑑寶會，我呢，只有這麼一個喜好，鑑寶會那一日所展示的奇珍一定不少，能人更是不計其數，屆時必能一飽眼福，哈哈。」

沈傲便笑道：「姨父說的可是陸公子嗎？哈，陸公子人不錯，我和他相談甚歡呢。」

周正很欣慰地道：「想當年我和他父親在汴京相交甚篤，你們做晚輩的，能結爲知己那是再好不過的了；鑑寶會在下月十五舉行，沈傲，到時你隨我去，就做我的鑑寶人吧，去會會汴京城的高人。」

沈傲答應了，心裏想，我和小章章早就是知己了，我知道他，不過他不太清楚我的底細，哈哈，知己知彼，百戰百勝，不是？

眾人隨口說了些話，那曾文對沈傲很欣賞，方才沈傲小小露了一手，就表現出了鑑寶高人的風範；他的牙雕曾給不少人看過，也有如沈傲一樣猜測出來歷的，可是沈傲的鑑定速度實在太快，只摸摸材質，看看色澤紋理便果斷的將它的底細說出來，這份眼力，絕不是一個乳臭未乾的少年所擁有。

偏偏沈傲不過十六七歲的模樣，由此可見，這個少年當真如坊間所流傳的那樣，是個天才了。

況且尋常的鑑寶之人，大多性格較爲孤僻，再看這個沈傲，舉止從容，談吐風趣，這樣的少年，他是從未遇到過的；他一直爲自己的兒子曾歲安而驕傲，這個兒子在汴京城中也算是極瀟灑的人物，可是和沈傲一比，便不由得黯淡了些了。

有了這番比較，曾文便有了親近沈傲的心思，力邀沈傲去曾府遊玩，又敦促曾歲安與他多加親近，一直到了傍晚，才樂呵呵地帶著曾歲安告辭。

周正邀沈傲一起用了飯，又談了片刻，便回到寢室，此時夫人也回來，周正先是說起沈傲，道：「沈傲這個孩子確實非比尋常，將來必有大作爲的，夫人，你認了這個外甥也算是福氣了。」

夫人欣慰地笑著道：「我哪裡想到這個，沈傲將來不管是做官還是爲民，都是我的外甥，我認了他做外甥可沒有那麼多想法的，只是望他能平平安安即是。」

周正連連點頭：「夫人說得不錯，我也是這個念頭，大皇子要舉辦鑑寶會，我打算帶他去出出風頭，不過，鑑寶會上強者如雲，就算這樣，也好讓他開開眼界，不是？」

夫人對古玩、鑑定是不感興趣的，只是微笑著道：「老爺你也該收收心了，這古玩有什麼好看的，倒不如學我吃吃齋，念念佛，給一家老小修個來世。」

周正知道夫人是說不通的，便只笑了笑，不以爲然地去淨手，突然想起一件事，道：

「陸世侄到府上也住了不少時候，我幾次與他交談，他的言外之意都有提親的意思；依我看，陸世侄與我們門當戶對，也算是個老實的孩子，這門親事就應下來，如何？」

夫人臉色一冷，不動聲色地道：「老爺就這麼急著將若兒嫁出去？這是女兒的終身大事，哪有這樣草率的。這件事還是從長再議吧。」

周正頓時覺得奇怪，前幾日他也曾提及過此事，當時夫人還是應承得很好的，對陸之章也很滿意；怎麼到了今日卻又突然改口了，莫非陸之章有什麼令她不滿意的嗎？

想了想，便哂然一笑，陸之章既還沒有提親，自己又操什麼心？夫人說得對，先放一放，等陸世侄開了口再商議不遲；淨了手，等伺候的丫頭出去了，周正臉上突然一笑，一把攬過夫人的腰，笑呵呵地道：

「夫人，兒女的事，我們暫不操心，夫君的事也該你操操心了。」

夫人頓時臉色緋紅起來，她雖已到了中年，可是容顏不減，肌膚細膩如綢，柳眉大眼，竟是個活脫脫的中年版周若，只是這嬌軀上下卻是多了幾分豐腴端莊的美感，一下子軟在周正的懷裏。周正平時也是以端莊示人，此刻的呼吸也愈加急促起來。

夫人笑著道：「你這老不正經的東西，都這把年紀了，還這樣不正經。」

周正便道：「夫人說我不正經，那麼我便不正經給你看。」一隻手已探出來，朝那飽滿的酥軟處摸去。

夫人渾身一顫，低吟一聲，渾身更是酥軟了。

第二日清早，沈傲和周恆去進學，這次的排場小了許多，只劉文在門口叮囑了幾句，又帶了些夫人送來的糕點、瓜果，兩個人背著隨身換洗的衣衫，便坐上馬車去了。

初考第一，沈傲現在在國子監的身分自然大不相同了，非但祭酒、博士們看重，同窗之間也少了許多不諧，偶爾有不少上進的來找沈傲說些閒話，沈傲待他們也很客氣，絕沒有表現出任何傲色。

這都是人脈啊，將來這些人都是朝堂裏的棟樑，現在打好關係，將來還是很有用的。沈傲爲人處世圓滑，深得厚黑學的精妙，再加上比之這些監生見識廣博，倒是讓不少監生對他趨之若鶩。

蔡行近來也經常去尋沈傲，只不過，他心中對沈傲仍然有些不屑，不服氣，想先摸摸沈傲的底，好以後再對付沈傲。沈傲又怎麼會不知道他的心思，故意地擺出一副神神秘秘的樣子，偶爾一鳴驚人，讓蔡行摸不透。

最好笑的便是陸之章了，陸之章對沈傲言聽計從，立即教人買了一本金剛頂宗的佛經來；這佛經是編譯過來的手抄本，據說是從吐蕃諸部傳來的，稀罕啊！

陸之章挑燈夜讀，也不瞭解經書中的意思，只記那些經文下來，他是真用了心，居

然記住了不少經文。

肚子裏有了貨，膽氣就壯了起來，興沖沖地往佛堂裏跑，見了夫人，滿口什麼「無一眾生而不具足真如智慧，但以妄想、顛倒、執著而不證得，若離妄想，一切智、自然智、無礙智現前……」之類。

夫人開始時一聽，咦，這是什麼經文，怎麼沒聽說過？不過，這些生澀的經文，夫人還是略略懂得，畢竟佛經看的多了，也能瞭解個大概意思。只是，再一聽，頓時臉就冷了。

密宗儀式複雜，所以需設壇、供養、誦咒、灌頂等，規定嚴格，與禪宗的普度眾生有著天壤之別；這倒也罷了，禪宗講究的是禁欲，而密宗卻不然，甚至隱隱鼓勵高僧雙修，對吃肉也沒有苛刻的規定。

說到這份上，就已不是佛經的問題了，而是事關正邪之分了，雖說都是佛教的分支，可是教義卻是天攘之別，其差別比之東正教和基督教還要大；雖說夫人有包羅萬象的容人之量，可是陸之章說的內容讓她感覺太不堪了，而陸之章卻還渾然不覺地背出一些雙修的經文來，樣子看起來甚爲洋洋得意。

邪魔歪道，邪魔歪道啊，夫人看在世誼的份上，總算沒有發作，一開始時，還只是朝他笑笑，對他說，你能禮佛，這是極好的。到了後來，便愛理不理了。

陸之章感覺到夫人的態度日益變冷，最後甚至到了冰點，可總是尋不到原因。

陸之章不禁心裏想，終究不是這佛經出的錯，伯母這樣禮佛，我背誦的也是佛宗經義，想來一定是其他地方出了問題；問題到底出在哪兒呢？表哥不在啊，如果表哥在就好了，他一定能猜測出伯母的心思。

這樣一想，心裏就膽怯了，再不敢去尋夫人，每日忐忑不安，在府裏畏手畏腳，一心一意等著沈傲下次旬休回來指點迷津；就是有時候國公叫他去說話，他也是膽戰心驚，總怕說錯話，惹得國公也沒了興致，每次只隨口問了幾句在府裏過得如何，便讓他回去。

第卅七章

翻身的寶貝

「沈傲？」唐嚴頓時便警惕起來，

沈傲可是他翻身的寶貝，成養性來這裏提及他又是為什麼？

「是有這麼個人，怎麼，養性兄也有耳聞麼？」

沈傲的大名早就流傳開了，多此一問，其實兩個人都在裝糊塗。

集賢門下，聖諭亭已鑄造起來，鎏金的頂蓋，漢白玉的碑石，碑石上是拓上去的朱筆大字，夠出眾，夠醒目。

國子監的燙金匾額之下，是「太學是個好學校」的御筆石碑，每個監生入校時往這裏經過，都忍不住會心一笑。監生被太學生壓制了幾年，這幾年來，汴京城只知有太學生而不知有監生，如今，這石碑，不，沈傲總算爲他們出了口氣。

在不遠處，一乘軟轎停了片刻，轎簾之後是一雙眼睛，眼睛落在聖諭亭的石碑上，眸光一閃，怒氣沖沖。

「回去，立即回去，將學正、學錄、博士們都召集起來，我要訓話。」這人放下轎簾，氣呼呼的囑咐轎夫。

轎中之人正是太學祭酒成養性，成養性很生氣，這塊碑石立在國子監門口，對於太學來說是奇恥大辱，將來必然會成爲士林的笑話的。要想辦法出了這口惡氣，否則太學再也抬不起頭了。

回到太學，先去稟告的胥吏已經將太學的學正、學錄、博士召集在錫慶院，祭酒大人急匆匆的召集眾人議事，但凡有點心眼的，其實都能猜測出緣由來。

此時成養性負手進來，大家一起站起，紛紛朝成養性道：「大人……」

成養性擺擺手，臉色好看了一些，坐在首位上沉吟了片刻，道：

「諸位，今次初考，國子監一個新監生脫穎而出，此人暫不去管他。只是陛下題字涉及到太學，如今又將這題字立於國子監集賢門下。我左思右想，一個監生，就是再壞，也斷不會想出這樣的餿主意來，只怕這背後一定有人教唆，背後之人是要我們太學顏面喪盡啊。」

成養性痛心疾首的將矛頭直指國子監祭酒唐嚴，雖說沒有指名道姓，可是這番話已經很露骨了。說起來，成養性和唐嚴是同窗也是同年，從前一起讀書，後來也一同中試，關係是極好的。只不過自從二人分任兩大中央大學祭酒，這關係也就逐漸淡了。國子監和太學，歷來是水火不容，別說是同年、同窗，就是親兄弟也要反目。

眾人一想，是啊，一個監生，哪有這麼壞。更何況官家題字，監生敢叫官家題這樣的字，背後一定有人指點，這個人不用說，多半就是國子監祭酒唐嚴。倒吸了口涼氣，唐大人太壞了，大家都是讀書人，何必要做得這麼絕？

只是那太學學正卻不說話，腦子裏胡思亂想起來，神情恍惚，臉色忽明忽暗，突然想起了什麼，道：「大人，那個叫沈傲的監生我倒是有些印象。」

成養性愕然，道：「哦？這話怎麼說？」

學正道：「大人可曾記得一個月前，我曾向你提及祈國公嗎？」

成養性捏著鬍鬚陷入深思，沉默片刻道：「有些印象，是祈國公要舉薦一個人入學

嗎?那一日我拒絕了。」

「對！」學正道：「祈國公舉薦的人也叫沈傲，只是不知這個沈傲，是不是就是那個叫沈傲的監生。莫不是那沈傲入不了太學，國公便只好將他帶去了國子監。」

成養性頓時後悔不已，這樣一個人才，竟白白失之交臂了。隨即又想，國子監與太學曲徑分明，一個招收官家子弟，一個是平民的讀書場所。祈國公爲什麼舉薦沈傲到太學來，莫不是這個沈傲並非是國公的親眷？

這樣一想，便又嘀咕起來，既然不是國公的親眷，按理是不能入國子監的，這又是怎麼回事？

不合常理啊。成養性頓時來了精神，這其中必有隱情，不行，要查出來，於是便道：「沈傲與國公是什麼關係？」

學正道：「多半是平民子弟，當時國公提及他的時候，只說他原是府中的書僮，學問卻是極好的，所以想抬舉他入太學來。」

「書僮！」成養性眼睛一亮，忍不住道：「好極了，既是書僮，就是平民，是平民，又怎麼能入國子監？國家自有法度，這沈傲就算入學，也該是進太學才是。」

眾博士紛紛道：「大人說得沒有錯，此事不能善罷甘休，非要理論個清楚不可。」

太學是個好學校，這句話太刺耳了，現在太學是同仇敵愾，都認爲唐嚴是有意羞辱太學。那麼若是將沈傲從國子監搶到太學來，這個風波也就解決了。沈傲說太學是個好學校，若他是監生，聽起來自然刺耳，可若他是太學生呢？太學生說太學是個好學校，又有什麼不妥？

成養性精神抖擻道：「既是如此，真相已經大白，我這就去國子監一趟，和唐大人分辯個清楚。這沈傲無論如何，也要爭取到太學來。諸位安心教大家讀書吧，窗外的事不必管，至於那些閒言碎語早晚要不攻自破，不必理會。」

眾人紛紛應諾。

成養性洗浴一番，穿上簇新的官衣，頭頂著進德冠，心裏便想：「唐嚴兄啊唐嚴兄，今日老夫非得和你分個高下不可。」

於是便帶著幾個胥吏、轎夫前去國子監，有人先送去了拜帖，隨即唐嚴便從崇文閣中出來相迎。唐嚴近來精神好極了，面色紅潤，笑吟吟走出來，一看到成養性，笑容更是燦爛了幾分，口裏道：「養性兄怎麼來了？哈哈，未能遠迎，還請恕罪。」

他面上雖然帶著笑，心裏卻在想：「無事不登三寶殿，成養性今日來國子監做什麼？這個同年可不是善類，要小心應對。」

成養性也笑，把住他的手臂，口裏說：「唐大人近來氣色不錯，想必是人逢喜事精

神爽了，哎，你我同窗多年，如今各忙公務，連聚首的時間也沒有了。」

他口裏雖是敘起舊誼，可是稱呼卻不是唐兄而是唐大人，由此可見，他是來者不善。

唐嚴更加警惕，將他迎入崇文閣，叫人上了茶水，成養性才慢吞吞的道：「唐大人，今日我來，是爲了一樁誤會，是這樣的，國子監有個監生叫沈傲是嗎？」

「沈傲？」成養性說起這兩個字，唐嚴頓時便警惕起來，沈傲可是他翻身的寶貝，成養性來這裏提及他又是爲什麼？呵呵笑道：「是有這麼個人，怎麼，養性兄也有耳聞麼？」

沈傲的大名早就流傳開了，多此一問，其實兩個人都在裝糊塗。

成養性笑道：「是這樣的，我只想問一問，這沈傲是否與祈國公府有些干係？」

沈傲的文牒，唐嚴已經看了不下三次，這個倒是很瞭若指掌的，便頷首點頭：「沈傲是祈國公的外甥，怎麼？有什麼問題嗎？」

成養性心想：「沒有錯，就是這個沈傲了。」心裏狂喜，便道：「可是據我所知，這個沈傲卻是祈國公府的書僮。按道理，沈傲是平民子弟，僞造勳貴子弟的身分入國子監讀書，這件事嘛，只怕也算是一件公案了。我也不追究，畢竟毀人前程的事，是斷不能做的，只是，他既是平民子弟，就算讀書也該去太學，這一次我來，便是要將他帶走。」

平民？沈傲去太學？唐嚴的臉色大變，霍然而起，也顧不得再裝腔作勢了，高聲道：

「成大人請回，沈傲是監生，這是人盡皆知的事，他的文牒上也分明寫著是祈國公的親屬，成大人這樣做，太過分了些。」

若是別人，唐嚴也就罷了，要沈傲？想都別想，就是撕破了臉，他也絕不把沈傲放走。

成養性也站起來，見唐嚴滿是怒容，頓時也怒了，他一心認定沈傲聽從唐嚴教唆，故意羞辱太學，這個賬還沒有和唐嚴算清楚，現在他居然還發脾氣。嚇，就你姓唐的有脾氣嗎？高聲道：

「唐大人這是什麼話，他是僞造勳貴子弟的身分，實則是祈國公府的書僮，既是書僮，就是平民，理當入太學。今日我一定要將他帶走。」

唐嚴冷笑：「帶走？就憑你成大人，休想！你可莫要忘了，當年你讀書時家貧，若不是我時常接濟你，你成養性也有今日?!」

好啊，原來要翻舊賬了，成養性眼睛都紅了，大聲道：「當年你唐嚴莫非沒有受過我的恩惠？那時候若不是我爲你手抄時文、經義、注解，你能高中？」

唐嚴道：「好啊，話既說到這份上，你我的交情也就此做個了斷，從此之後，咱們大路朝天，各走一邊。」

「好極了，莫非唐大人以爲我還想沾你的光不成，把沈傲叫來，讓我帶走。」

「休想！」

崇文閣裏鬧得厲害，幾個胥吏在外頭探頭探腦，不知兩個大人好好的卻怎麼吵起來了，這樣大的官員吵架他們可是第一次見，真新鮮。

崇文閣裏爭吵得厲害，胥吏們都不敢進去，過了不多時，便看到成養性拂袖出來，口裏大罵：「唐嚴，你做的事真以爲別人不知道？我絕不會干休的，咱們到禮部公堂上見吧。」

說著，差點與胥吏們撞了個滿懷，又是勃然大怒道：「看什麼？來，給我備轎，去禮部。」

唐嚴也追出來，大聲冷笑道：「我做了什麼事？你成養性讀了這麼多年的書，就只會血口噴人嗎？到了禮部，我也不怕。」

成養性要去禮部告狀，唐嚴又豈是嚇大的，現在的事已不再是沈傲的問題了，非但涉及到國子監的未來，更觸及唐嚴的威嚴。

告狀？你會告，莫非我不會？

唐嚴也對國子監的胥吏道：「備車，我們也去禮部。」

天色漸黑，一輛馬車，一乘軟轎分別停在禮部衙口，兩個祭酒鑽出來，都是冷哼一聲，便徑直步入衙堂；坐堂的是個員外郎，一看這兩位大人怒氣沖沖地進來，頓時便有些發懵了。

陪笑著過去，請兩位祭酒坐下，剛要說話，便聽到成養性道：「兄台，這件事你斡旋不了，去請尚書大人來，就說我要告狀。」

員外郎更是不知所措了，兩個從三品的大員跑來撒氣，這種事他還沒遇到過啊，看來還真得尚書大人來解決不可；還不等他反應，便聽到另外一邊的唐嚴高聲道：「告狀？我倒也要告告狀，告你成養性身爲朝廷命官，到國子監來搗亂撒野。」

員外郎一聽，頓時最後一點底氣也沒了，便道：「二位大人先息怒，我去叫尚書大人來。」說著，一溜煙地走了。

過了一會兒，楊真便虎著臉進來，兩個祭酒居然鬧起來了，還鬧到了部堂裏來，成何體統？偏偏這祭酒雖然官銜不高，可是權力卻是不小的，執掌著全天下的青年才俊，勢力很大。

國子監和太學的矛盾由來已久，可是大多都還在暗中生出些齷齪，像今天這樣鬧上

台面的，卻是第一次。

見楊真步入部堂，唐嚴和成養性均站起來，紛紛道：「大人……」

楊真冷哼一聲，道：「你們是朝廷命官，統管士林要害之地，在這裏大呼小叫什麼？成何體統了？」

他徐徐坐下，臉色才緩和了一下：「坐下吧，到底是爲了什麼，何至於讓你們這樣有辱斯文。」

成養性率先告狀，將沈傲的身分謎底一股腦地說出來，口裏道：

「大人，沈傲是平民，這斷無差錯的，既是平民，自該入太學讀書，這是國家的法度，可是偏偏唐大人心懷私念，橫生阻撓之心，下官氣不過，便來部堂請大人做主。」

楊真頓時一愣，想不到這事又涉及到了那個沈傲；沈傲風頭不小啊，初試第一不說，還大著膽子向官家要題字，如今竟又惹得兩個祭酒失和。

只是，沈傲的身分與祈國公聯繫緊密，倒是很難作出裁決。

楊真恍神的功夫，唐嚴便爭辯起來：

「文牒中白紙黑字，是國公親自簽押的保書，這沈傲乃是國公夫人的外甥，也算是勳貴子侄，莫非成大人以爲國公作假嗎？」

這一句話切中了要害，成養性頓時明白，唐嚴這是挖了一個陷阱讓自己鑽呢；若是承認國公造假，那麼等於是得罪了祈國公，祈國公雖說平時只分管一些閒雜的政務，卻也不是輕易好惹的。

他咬了咬牙，事情到了這個地步，還有退路嗎?拼了。

成養性慨然道：「是非曲直，一查便知，國法不容情，若是今日有人托了官身進學，異日朝廷的法度誰還遵守？」

楊真便苦笑道：「不過是名監生，二位都是朝廷重臣，何至於鬧到這種地步，傳出去豈不是讓人笑話？」

成養性一聽，尚書大人在和稀泥呢，這樣下去，太學就是有理也講不清了，不行，既然鬧了，就要鬧出個明白。

於是成養性便道：「大人若是不查，我只能上疏請官家決斷了。」

唐嚴冷笑：「上達天庭也逃不過一個理字，你胡攪蠻纏有什麼用？」

楊真便道：「都不要爭，這件事先擱置一邊，有什麼好爭的，國子監和太學都是朝廷的左膀右臂，非要爭個你死我活做什麼？」

成養性道：「事關國法，如何能不爭，不弄個水落石出，又如何讓人心服口服？」

這部堂裏一攪，頓時也扯不清了；楊真想息事寧人，成養性不依不饒，唐嚴時不時

地冒出一兩句譏諷；其實國子監和太學雖然掛名在禮部之下，可是權勢卻是不小，各自在朝中都是不容小覷的。

楊真一時也彈壓不住，念及涉及到國公，滿腦子就想著和稀泥，只是態度一軟，成養性便更是火了。

他這個人，平時別看乖張得很，惹出了性子，那也是天不怕地不怕的主；這裏尋不到公道，自有公道的地方，顧不得上官了，拋下一句「此事休想作罷」的話，拂袖而去。

楊真又羞又怒，卻又毫無辦法，太學祭酒要是來個玉石俱焚，他哪裡攔得住？於是便對唐嚴道：「唐兄，這件事你讓一步又有何妨？成大人的秉性你是清楚的，真要鬧到滿城風雨的地步嗎？」

唐嚴便苦笑：「楊大人真以爲如今只是因爲一個沈傲？」

楊真便住嘴不言了，他早就看出來了，沈傲只是導火線，說到底，還是太學和國子監十幾年的恩怨紛爭；現在趁著這個機會一下子爆發，誰後退一步，別說整個學堂跟著蒙羞，朝中的不少人只怕也不高興呢。

這件事，還是裝糊塗的好了，要鬧，讓他們去鬧吧，反正他楊真是管不了了。

楊真搖搖頭，便捋鬚道：「好話都說盡了，你們都不聽，本大人也只能如此了，你們好自爲之吧。」

唐嚴心裏想：「成養性莫不是真要上疏？這可不妙，要先下手爲強，他上疏，我就不會上疏嗎？好，這就回去寫奏疏去。」

想著想著，便不敢耽誤了，連忙告辭出去。

到了第二日，趙佶起了個早，不徐不急地到了朝會上，心思還放在昨日未完成的花鳥畫上；爲了和祈國公府的那個神秘畫師分出個高下，他連續幾夜沒有睡好，就是打算作出一幅上佳的畫作出來。

不動聲色地在鑾椅上一坐，那內侍楊戩扯著嗓子吼了一句：「有事早奏，無事退朝。」尖細的聲音剛剛落下，趙佶原以爲最多只有一兩件瑣事，隨意打發了也便可以走了，誰知今日的氣氛很緊張，頓時有許多官員紛紛道：「臣有事要奏……」

趙佶目光一掃，頓時暗暗吃驚，今日是怎麼了？竟有這麼多人要議事，莫非是出了大事？

不對，若是大事，禁宮應當昨夜就知曉了，怎麼朕一點風聲也沒有聽到，太奇怪了。

趙佶沉默了片刻，一副悠然的樣子徐徐道：「所奏何事？」

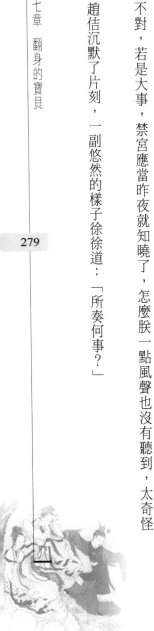

這一問，趙佶明白了，這些官員臣子要奏的竟都是同一件事，監生沈傲。

一個小小的沈傲，竟惹出這樣大的風波，趙佶是斷然想不到的；其實這件事已經遠遠不是沈傲身分的問題了，事關到國子監和太學的爭鬥，更關係到朝廷中不少官員的利益。

朝廷的官員哪一個不是從這兩大中央學堂裏出來的，母校被人踩了，哪裡還能坐視不理，這是面子，是身分的問題；所以，兩個祭酒一發起，頓時回應者如雲，竟是一呼百應，國子監代表的是勳貴，而太學代表的是清流，這兩大朝中流黨，今日卻都卯足了勁，非要分出個高下不可。

於是，趙佶虎著臉抿嘴不語，可是朝堂之上，卻是一個個朝臣走出來，這個道：「事情已經水落石出，沈傲已被國公收爲外甥，做監生又有何不可？」那個說：「若是如此，則將來多少外甥、外侄借著這樣的名目入學？」

趙佶已經不耐煩了，在喧鬧過後，冷聲道：「此事從長計議，退朝。」說著，還未等楊戩唱喏，已拂袖而去。

只留下一群大臣面面相覷，無數個奏本遞不出，卻還有許多話沒有說出口呢。

趙佶虎著臉到了御花園，在花石之間遊走了片刻，楊戩就追上來，恭謹地道：

「官家息怒，今日不知朝臣們中了什麼魘怔，竟爲了一丁點的小事惹得官家心裏頭不高興，這些人真是該死。」

趙佶冷笑道：「這只是小事？你這個奴才不懂，他們這是借題發揮，要爭個高下出來；朕偏不讓他們如願。」

楊戩是趙佶最親近的內侍，權勢極大，素有內相之稱，就是蔡京當年最得勢的時候，見了他也需阿諛奉承幾句。只不過在趙佶身邊，楊戩卻又成了一個搖頭擺尾的哈巴狗，絕不敢有任何忤逆。

楊戩諂媚地笑道：「官家想得深，奴才原以爲只是件小事，這樣看來，這些人真是該死，虧他們讀的還是聖賢書，不圖讓官家寬心，卻整日給官家添堵。」

趙佶微微一笑，道：「去搬桌案來，拿畫筆來。」

楊戩知道，官家是要借畫消愁了，便立即給幾個小內侍使了個眼色，那小內侍應命而去；楊戩呵呵笑著站到一旁去了。

趙佶作畫，講的是隨心所欲，所以要作畫時，一個吩咐，筆墨紙硯便擺來了，不管是水榭閣樓，還是山川林莽之間，有了靈感，便揮毫潑墨。

畫具片刻就搬來了，楊戩捋起袖子爲趙佶磨墨，趙佶提起筆，眉頭卻又是皺起來，那染著重墨的筆尖遲遲不落。

「哎……」趙佶拋下筆，嘆息一聲，煩躁地道：「心亂如麻，如何作畫？撤下去吧。」

他負著手，頗有些惱怒地道：「沈傲……沈傲……，你可知道，你已經惹出了大麻煩……」他目光一閃，突然想起了一個地方，邃雅山房。

「楊戩，去換一身衣衫來，隨朕到邃雅山房去看看。朕倒要看看，這邃雅山房到底是什麼地方，爲何這個沈傲要朕爲山房題字。」

若是換了旁人，官家微服出巡自然是要阻攔的；可是楊戩卻不同，官家說什麼，他就怎麼做，絕不問爲什麼，更不發表自己的見解，微微諂笑著頷首：「是。」

第卅八章
女兒家的名節

周若冷不防被沈傲抓住玉手，小臉更是窘得通紅，
可是偏偏一點反擊之力都沒有，只覺得心兒突然跳得更快了，
心裏又想，在這大庭廣眾之下被這壞傢伙牽著手，實在無地自容，
這事關女兒家的名節啊！

朝堂裏吵吵嚷嚷，國子監裏也不清靜，博士、助教們都無影無蹤，據說是去聯絡同年、同窗、同僚了。

文人打仗，講的就是一個氣勢，和後世的傳銷很有一比，拉人入夥，人越多，氣勢就越足，再統一號令，或聯名奏疏，或在朝堂之上一齊發難，總而言之，拉幫結派很重要。

這些博士樹大根深，桃李滿天下，人脈都是很足的，所以一大清早就不見影了；而助教、胥吏去各府傳遞訊息，也都是馬不停蹄。

許多人去沈傲那裏打探消息，沈傲好委屈，找我打探消息？我還不知道自己爲什麼會突然被人推到刀口上去呢，太冤枉了。

沈傲從來沒有這樣地被動過，卻暫時也無可奈何，既然如此，那麼就索性作壁上觀。

用過了早飯，便聽到樓下的相邀聲，原來是蔡行呼朋喝友，叫人一起去邃雅山房喝茶；今日的課是授不成了，國子監也無人看管，監生們就當放假，不少人遊玩去了；蔡行也是個耐不住寂寞的人，前些日子剛剛成爲了邃雅山房的會員，是以今日想去山房裏顯擺顯擺。

邃雅山房在國子監已經很流行了，一開始會員還不多，自從沈傲求了一幅「邃雅山房是個好地方」之後，國子監便以加入邃雅山房爲榮。

這些公子哥並不缺錢，那山房恰恰可以滿足他們的虛榮。

沈傲打開窗去看，蔡行並沒有來叫自己。

「這個蔡行，心機很重呢。」沈傲心中想著，蔡行不叫自己，無非是希望在邃雅山房能夠鶴立雞群罷了，少了他沈傲，蔡行就是才子，可是他若是也去了，那蔡行的才氣也就黯淡無光了。

沈傲微微一笑，並不理會他們，他是巴不得蔡行去的，這個大少爺去了邃雅山房，當然是吃最貴的糕點，喝最好的茶，也算是爲自己增加業績了，做不成朋友可以做買賣嘛。

過了片刻，周恆便過來，口裏道：「表哥，樓下有人找。」

沈傲放下書，哦了一聲，問：「是誰？」

周恆似是剛從外面回來，額頭上還留有汗漬，搖了一下頭說：「不知道，說是來送拜帖的。」

「拜帖？」沈傲很奇怪，匆匆下樓去，來人是個五短身材的胥吏，看著沈傲說道：「沈公子，方才在國子監門口，有人叫我送一份拜帖來。」

沈傲接過來，撕開一看，卻是很娟秀的文筆，繼續看下去，上面是要自己去邃雅山房一敘，只是落款上並沒有署名，很奇怪。

這個筆跡，沈傲似曾相識，他沉吟片刻，終於想起一個人來——周若。

「周大小姐叫我去邃雅山房做什麼？」沈傲唯一摸不透的，就是這個性格有些怪癖的周大小姐，太難琢磨了。

沈傲笑了笑，周大小姐相召，當然要去，於是立即換了一身衣衫，清清爽爽地出門。

如今的邃雅山房已經變了一番模樣，門外的精美車馬遍地都是，遠處開張的書鋪也是不少，這些小販們瞅準了商機，第一時間去搶購印刷出來的詩冊，隨後再高價賣出，或者請人手抄詩冊，再發售出去，也著實賺了一筆錢。

邃雅詩集如今已風靡整個汴京，入會的才子越來越多，詩詞的品質也隨之提高，許多附庸風雅的文人、商人便忍不住重金訂購了。

山房門口，是四個孔武有力的守門人，一個個抱手而立，目光警惕的逡巡著來人。沈傲到了門口，亮出會員錦囊，那門人便立即笑吟吟地道：「相公請進。」

沈傲頷首點頭，踏步進去，山房仍是老樣子，不過茶室裏倒是多了不少清客，沈傲一看，蔡行和幾個國子監的同窗正在一個位置上喝茶閒談，不過同窗什麼的，他才不在意，他是來找可愛的周大小姐滴。

「表妹啊表妹，你在哪兒啊，表哥找你找得好苦啊。」

沈傲目光掃過全場，都沒發現周大小姐的倩影，恰好吳三兒下樓來，一見到沈傲，眼睛就放光了，那目光好曖昧，好有深意。

「沈大……，沈公子……」吳三兒悄悄地走過來，他顯得比從前成熟多了，臉上掛著職業性的笑容，只是那眼神很炙熱，若是不知道的人看了，還以爲這小子對沈傲有姦情呢！

「啊……是吳老闆啊。」沈傲將搜索周若的視線收回，心不在焉地問道：「吳老闆可見到一位姓周的公子嗎？」

這是隱語，總不能問人家周大小姐在哪，太容易引人矚目了，想必吳三兒會懂他的暗示的。

吳三兒道：「沈公子隨我到樓上來。」

沈傲會意，表妹被吳三兒安排在樓上，樓上好像很冷清啊，好，表哥上來了，孤男寡女的和表妹談談理想。

上了樓，除了幾個歇息的妙齡女子之外，這裏果然沒有人，那幾個妙齡女子見到沈傲，眼睛頓時亮了，紛紛道：「東……家……」

太不懂事了，沈傲連忙道：「我不是你們東家，吳三兒才是，你們各忙各的去，不要想勾引我，本公子很純潔的。」

沈傲一心想著表妹，對這些妙齡女子當然瞧不上，他的嘴是很挑的。

眾人便紛紛媚笑，口裏道：「東家這是什麼話，好似我們是狐狸精似的；我們可都是大家閨秀呢！」說著，一個個真擺出一副神聖不可侵犯的樣子，那一顰一笑，都隱含著端莊的氣質。

沈傲想不到她們的學習能力竟這樣強，太厲害了，看來吳三兒管教有方，很好。

吳三兒拉著沈傲到了一處廂房門口，朝裏面努努嘴，低聲道：「周小姐就在裏頭。」

沈傲點點頭，抽出扇子搖了搖，擺出一副翩翩公子的風度，朝吳三兒道：「三兒啊，好久不見，不過敘舊的話暫時就不說了，你去忙吧。」

吳三兒知趣地點了點頭，走了。

掀開珠簾子，沈傲跨步進去，周小姐果然欠著身坐在裏面，見到沈傲，便站起來，道：「沈……表哥，你怎麼現在才來。」

沈傲興沖沖地搶步過去，笑容滿面地道：「我說怎麼大清早打噴嚏呢，原來表妹竟是在想我了。」

周若故意冷著臉道：「不要胡說八道，坐下，我有話要說。」

沈傲偏偏不坐，口裏道：「哪裡胡說八道了？表妹想表哥是天經地義的事；所謂人非草木，孰能無情，我們是表兄妹，難道表妹就一點都沒有想過表哥嗎？哇，這也太冷血了。」

沈傲臉皮厚，和周若又有一層親戚關係做掩護，口沒遮攔的同時，還偏偏一副偉岸占理的樣子。

周若抿著薄唇，柳眉豎起。沈傲有時候說話太露骨了，周若對付他的辦法就是顧左右而言他，或者直接沉默以對。

沈傲見周若那樣子，便收起開玩笑的心思，笑咪咪地坐下來道：「表妹找我，一定是有事了，你說，我聽著。」

沈傲作出一副洗耳恭聽狀，一雙眼睛卻肆無忌憚地在表妹身上搜索。

周若戴著綸巾，身上穿著公子的行頭，只是這男扮女裝的裝扮技巧太低，掩飾不住天生的麗質，讓人一眼就能看出是個美人兒。

不過，周若穿上男裝，在沈傲眼中卻增添了幾分英武之氣，尤其是那酥胸，鼓鼓的，彷彿不堪壓制，那樣子就像一下子要脹開來。

「不行，我的思想很純潔的，怎麼能用這樣的眼光去看表妹，色即是空，空即是

色，要克制啊！」沈傲收攏扇子，看得喉嚨有些發乾，周若的這一身打扮，頗有些制服誘惑的味道。

周若迎著沈傲的目光，頓時明白了什麼，俏臉紅彤彤的，臉上卻還是故作鎮定，連忙道：

「表哥，我聽到了消息，陸公子打算在鑑寶大會結束之後就向我父親提親，那天父親一定會邀請許多同僚、好友在家中舉行宴會；若是陸公子在那個時候提親，眾目睽睽之下，若是父親腦子一熱答應下來，只怕誰也無法改變這個事實了。」

沈傲微微一笑，原來還是小章章的事，小章章好可憐，這麼心急著找老婆，未來的老婆還跟著自己表哥一起陷害他，實在是……太……刺激了。

「表妹不必擔心，鑑寶大會是在下月中旬，時間多的是，只要讓姨父對他生出惡感，他就是在皇帝老子面前向姨父提親，也保準不管用。」

沈傲安慰她一句，心裏又想，現在離鑑寶大會還早，以她的性子，應當不會這樣失措才是；那她現在急匆匆地叫本公子到這裏來做什麼？莫非……

沈傲已經不敢想了，表妹明明有心理潔癖的啊，怎麼最近好像和自己走得很近的樣子；從前就是靠近自己時都是一臉的厭惡，現在就算是偶爾碰擦在一起，似乎也沒有過激的反應了。

「本公子太偉大了，居然在不知不覺中，將她的心理潔癖治好了。」沈傲忍不住感慨萬千，繼續想：「表妹這一次來，莫不是尋了陸公子的因頭見我？」

他不懷好意地看了周若一眼，只見周若臉上的紅暈還未退散，那從前的冰美人兒此刻害羞的樣子好看極了。是了，小妮子思春了，又害羞，所以故意拿陸之章那冤大頭來做擋箭牌，幸福來得太快啊。

不過現在不能急，心急吃不到熱豆腐，少女的心思雖然難以琢磨，沈傲卻不是菜鳥，這一點還是很明白的。

搖搖扇子，見周若皺眉冷起了臉，沈傲便轉移話題問道：「姨父、姨母可好？」這句話是先放鬆周若的警惕，將她的羞怯之心降到最低。

周若抬眸，口裏道：「都很好。」答了一句，又覺得這樣下去很不妥，便笑了笑道：「這就是你的邃雅山房?這裏倒是很清靜，不是有茶和糕點吃嗎?」

沈傲苦笑道：「表哥的茶水和糕點很貴的，不過既然表妹提出來，自然好說，我叫人上茶和糕點來。」

周若道：「到這裏吃多沒意思，到樓下茶室去吃才好。」

沈傲心知周若現在是害羞跟他待在一起而不自在了，他也不爲難周若，便點頭，引著周若下樓。

茶室裏的人已走散了不少，正午時分，許多人回家用飯去了；倒是蔡行幾個還在，方才沈傲上樓他們沒注意，此時下樓來，蔡行看到了周若，便是眼前一亮。

蔡行是認識周若的，連忙故作瀟灑地過來，笑呵呵地對沈傲道：「沈兄，想不到你也到山房來喝茶了；咦，周小姐也在？太好了，啊哈，許久不見，周小姐倒是愈發清新脫俗了。」

蔡行的眸子肆無忌憚地在周若身上打量，毫不客氣。

周若冷笑一聲，俏臉別過去，嬌軟的身軀忍不住往沈傲靠了靠。

沈傲頓時怒了，表妹也是蔡行這廝能隨便看的嗎？表哥還沒看夠呢，沈傲越想越不爽，心裏在冷笑，面上卻是大笑起來：

「蔡兄竟也來了，哈哈，來了這裏可作了詩詞嗎？」

蔡行一雙眼睛直勾勾地望著周若，對沈傲只支吾幾句，他自命風流倜儻，又出身豪門世家，勾搭一個女人還不是手到擒來，倒是這個沈傲不知和周小姐是什麼關係，很礙事，臉上雖然還掛著笑，心裏卻恨不得沈傲滾得越遠越好。

他朝周若微微一笑：「周小姐到我們那裏去坐吧，久聞周小姐聰慧得很，能入這邃雅山房，只怕也懂些詩詞了，小生還要向周小姐討教一二。」

他這一句話是完全不把沈傲放在眼裏，赤裸裸地追求周若了。

那幾個監生見到這邊的動靜，紛紛起鬨，他們倒是沒有惡意，只是湊這個樂趣罷了。沈傲和蔡行，都是國子監裏的知名人物，如今這樣一個美人兒站在他們身邊，肯定有熱鬧瞧。

周若冷若寒霜的靠得沈傲更緊了，對沈傲道：「表哥，我們坐到那邊去。」說著，那纖纖芊玉手便拉了拉沈傲衣袖，又厭惡地看了蔡行一眼。

好機會，沈傲最注意的就是細節，反手抓住周若的手，微笑著道：「好，我們到那邊去坐。」

周若冷不防被沈傲抓住玉手，在蔡行面前卻不好掙開，小臉更是窘得通紅，她哪裡遭遇過這樣的事，可是偏偏一點反擊之力都沒有，只覺得心兒突然跳得更快了，身子也有些酥麻的感覺；可是心裏又想，在這大庭廣眾之下被這壞傢伙牽著手，實在無地自容，這事關女兒家的名節啊！

這複雜的心緒之下，平時那睿智的模樣，能一眼洞悉人心的眼眸頓時茫然起來，不知所措。

沈傲旁若無人牽著周若，到臨桌坐下，只留下那自恃甚高的蔡行楞楞地站在原地，等回過神，蔡行的眼眸中閃過一絲冷色；轉身回過頭去，便看到幾個隨來的同窗正望著他笑。

這個笑在蔡行眼中不啻於火上澆油，蔡行臉色顯得更冷了，那矯揉造作的姿態再也裝不出，心裏冷笑著想道：「好一個沈傲，好，好極了……總有教你吃苦頭的時候。」回到同伴那裏去，他又儘量作出一副無所謂的樣子，手上的紙扇隨意搖著，卻抿嘴不語。

幾個監生見他臉色不好，再不敢笑了，氣氛一下子降到了冰點。

沈傲和周若坐在遠處，周若的手心傳來的餘溫很舒服，暖和和的，讓沈傲捨不得放開，可是周若卻再也忍不住了，低聲道：「表哥，放開我的手好嗎？」聲音很小，只有沈傲能聽見；語氣中隱含著羞急，又帶著祈求，完全不像是既驕傲又睿智的周若。

沈傲心軟，悄悄地放開周若的手，周若半趴在桌上，臉上染著一層紅暈，抿著嘴不說話，一雙眼睛水汪汪的，彷彿下一刻，那團在眼眶中打著轉的淚珠兒就要順著臉頰滑落下來。

沈傲故意地虎著臉道：「表妹，我要好好的教訓你幾句了，人家蔡公子好心好意向你討教，你怎麼能對他愛理不理，女孩兒家，要懂禮貌知道嗎？若是換了我……」沈傲頓了一句，繼續道：「對蔡行這種混賬，至少也要踹他兩腳再走不遲。」

這一句話頓時將周若逗笑了，只是這笑容一瞬即逝，周若想起剛才的事又變得氣惱起來。沈傲太壞了，每一次惹到人家，事後總是這樣；他才是真正的混賬呢，欺負了春兒，又來欺負我。早知……早知今日就不該來尋他。

想到這個，周若臉上更加紅潤了，也不知是怎麼了，這幾日總是魂不守舍的，看到母親，便想起沈傲在母親面前乖巧的樣子；見到陸公子，又想起他在陸公子面前裝神弄鬼的模樣；他彷彿有千變萬化的能力一樣，總是能把所有人都哄得團團轉。

這時有小廝送來了茶點，沈傲爲周若斟了一杯茶，送至周若跟前，直直地看著她，道：

「表妹，有什麼女孩兒的心事，能不能先陪我喝了這杯茶再說？」

周若回過神，看到沈傲笑吟吟地望著自己，他的笑容也變得不是那麼令人討厭了，眉頭因爲窗外刺眼的光線而微微皺起，卻無礙那張輪廓深邃的臉散發出逼人的英氣；只是那一笑，讓英氣頓時散了，化出了許多的溫柔。

「嗯。」周若頷首點頭，連忙接過茶盅，輕輕地喝了一口，腦子裏卻還是亂極了，只是拼命地喝茶來掩飾心中的慌亂。

周若的心事很複雜，有一搭沒一搭的與沈傲閒聊，沈傲說一句，她答一句，很尷尬。

另一邊的蔡行雖然又開始談笑風生，那一雙眼睛卻時不時往這邊看來。

蔡行瞧見周若那又羞又窘的樣子，如畫微蹙的柳眉，水汪汪的美眸，輕輕抿起的薄唇，頓時又是心猿意馬。

蔡公子越是得不到的東西，就越是心癢難耐。再看沈傲搖著扇子與周若笑呵呵的樣子，那眼眸中流露出一絲怨毒。這個沈傲，在國子監風頭壓過了蔡行，在周小姐面前，也讓蔡行大失顏面。對於蔡行這樣的世家公子，這幾乎已是奇恥大辱了。

突然，山房外傳出一陣吵鬧聲，幾個夥計立即出去看，等到回來時，吳三兒也從後頭的茶房過來，張口問：「怎麼了？」他朝沈傲瞥了一眼，見沈傲無動於衷的模樣，心知沈大哥是要避嫌，所以這件事得他去處理。

邃雅山房開業以來，是沒有人鬧事的，畢竟這裏的顧客大多是讀書人，有辱斯文的事怎麼做得出?吳三兒定了定神，終究現在見的世面多了，倒不至於驚慌失措，呵斥一聲道：「有什麼大不了的，隨我出去看看。」

帶著幾個小廝出去，過了一會兒，卻又帶著兩個人進來，當先這人穿著尋常的儒衫，搖著一柄紙扇，年紀三旬上下，面色白皙，保養的極好。後面那個面白無鬚，臉上表情頗有些古怪，小心翼翼地跟在儒衫中年的腳後跟，那背不自覺的彎著。

這兩個人正是趙佶和楊戩，趙佶心中煩悶，便帶著楊戩微服出來走動，又想起沈傲的那個邃雅山房題字，心中便想：「國子監的沈傲鬧出這樣的大事，此人到底是什麼模樣，這邃雅山房又和他有什麼干係？」有了這些疑問，便忍不住想來看看。

誰知到了邃雅山房，門人卻將他攔住了。方才吳三兒出去，便是息事寧人。叫他對出一副對子來，趙佶心中暗暗奇怪，這世上哪裡有刁難茶客的茶肆。對出了對子，吳三兒便領他進來。

趙佶也是個高雅的人，一進這裏，便覺得此地非同一般，彷彿連空氣中都隱含著書香的氣息。

他慢慢踱步，便看到茶室的左右牆壁上掛滿了琳琅滿目的行書掛畫，顧不得喝茶，先駐足欣賞起書法來。

「咦，這是什麼行書？」在一帖行書之下，趙佶忍不住發出一聲驚嘆。眼前的行書筆走龍蛇，行似草書，卻又不像。筆法和字形都精妙極了，可是趙佶見過的歷代名家行書不計其數，卻如何也想不到這個書法是哪個先賢的創造。

趙佶愛好書畫是人盡皆知的事，此時看到一種從未有過的書法，頓時來了興致，渾渾噩噩的觀摩了許久，口裏忍不住道：

「此帖書風遒媚、秀逸，結體嚴整、筆法圓熟，融合歷代書法精粹，只是不知這作書之人是誰？竟是沒有題跋，真是奇了。」

楊戩通曉趙佶的心意，低聲道：「陛下，是不是叫人將這書帖帶回宮裏去？」

趙佶搖頭：「君子不奪人所好，這茶肆能掛上如此的行書，可見這裏的茶客也是不俗，罷了。」

他突然來了興致，整個人如癡如醉，忍不住朗聲道：「來，給我上筆墨紙硯來。」

這一句話惹得許多茶客都望過來，忍不住想，此人真是放肆，這裏是你家嗎？說拿筆墨就拿筆墨？

楊戩應命，立即去尋吳三兒，吳三兒倒是不以爲意，叫小廝搬來茶桌，放置在趙佶身下，筆墨紙硯也俱都來齊。

趙佶正要下筆，心中卻一凜，想：「朕今日是微服出巡，若是用朕的字體，只怕會露出行藏。不過技癢難耐的很，總忍不住要和這書帖的作書人比一比，好，那就學他的書法，看一看朕能模仿幾成。」

說著手腕一轉，簡單佈局之後便開始潑墨起來。

第卅九章

你狂我更狂

蔡行狂，沈傲更狂，書畫鑑賞，誰還能比沈傲更精通？

沈傲做人的原則就是這樣，既然已經將人得罪了，那麼不妨將他得罪死；

既然踩了別人一腳，沈傲不介意多踏上幾腳以示對敵人的尊重。

趙佶模仿的正是沈傲的筆跡，而沈傲用的，卻是元代書法家趙孟頫的趙體行書。趙孟頫博學多才，能詩善文，懂經濟，工書法，精繪藝，擅金石，通律呂，解鑑賞。特別是書法和繪畫成就最高，開創元代新畫風，被稱爲「元人冠冕」。他也善篆、隸、真、行、草書，尤以楷、行書著稱於世。

趙佶亦算是書法大家，很快就融會貫通，一眼看出趙孟頫行書的精粹之處，等他落筆時，許多好事者也探過頭來看，其中一人忍不住讚嘆道：

「相公好厲害，只粗看幾眼，竟能得到此書帖的精髓，此書摹得好極了。」

趙佶捋鬚，望著自己寫的行書也忍不住滿意的點頭，呵呵直笑，這幅行書比起真跡雖然仍有遺憾，可是倉促之間能仿出七八分的神韻，只怕世上也沒有幾個人能夠做到。他在宮裏待得久了，品鑑他書畫的大多還是臣子、內侍，這些人雖然一個個將趙佶捧得高高的，可是趙佶心裏也清楚，他們是奉承居多，算不得真。

如今在這裏遇到素未蒙面的人讚賞，趙佶的自尊心得到了極大的滿足，口裏謙虛道：「愚作不值一提，比起這真跡還是差得遠了，東施效顰罷了。」

眾人見他面色溫和，又沒有驕傲之色，笑吟吟的很可親，再加上這手行書亦可看出是個高手，有不少人也是喜愛行書的，紛紛道：

「相公言輕了，這樣的好字，已是極好的了。」

趙佶便笑，連楊戩都覺得面上有光。

恰在這時，蔡行與幾個監生也過來，他的心情很壞，此刻看到許多人恭維趙佶，打量了趙佶一眼，覺得此人似曾相識，似乎是在哪裡見過，卻又想不起是誰來。

冷笑一聲，又去看趙佶的字，接著面色一冷，道：「仿作比起真跡來，也不過是形似而已，算不得厲害。」

他搖著扇子，倨傲的繼續評說道：「尤其是開筆，真跡的開筆行雲流水，似有淙淙小溪湍湍而過的痕跡。再看相公的仿作卻生硬的很，依我看，這仿作也不過如此。」

趙佶臉色驟變，隨即又是呵呵一笑：「聽兄台所說，定也是個行書高手了。」

蔡行的行書確實得到了蔡京的真傳，在青年俊秀之中也算是鶴立雞群的了。趙佶雖然厲害，可是仿作畢竟是倉促寫就，又是臨摹，在蔡行看來並不見得有多高明。

蔡行有意找回面子，更看到不遠處的沈傲和周若也被吸引過來，有心要在周若面前賣弄他的行書，便冷笑道：「不敢，不敢，不過比起相公的仿作來，只怕還是要高明一些的。」

趙佶強壓住火氣，哂然一笑：「那麼就請公子指教。」這話的口氣，是要向蔡行挑釁了。趙佶九五之尊，平日誰敢忤逆他？今日遇到一個狂生，將他的行書貶得一錢不值，頓時怒不可遏，有心要和蔡行比一比。

蔡行只是笑，看到沈傲和周若過來，便朝周若道：

「周小姐，你說我該和這相公比嗎？」他是要效仿風流才子，等美人兒開了口，再將眼前這陌生人擊敗，到時候既可換來一個美名，說不定還能得到美人兒的青睞，一舉兩得。

周若又恢復了冰山美人的模樣，冷聲道：「這位相公要向你指教，和我有什麼干係？」

沈傲一直不作聲，可是脾氣卻上來了。蔡行這混賬真是不識好歹，明明表妹不理他，他還死命糾纏。表妹已經名花有主了，你還賣弄什麼。太可恨了，非得找個機會打擊他的囂張氣焰不可。

他目光一閃，又落在趙佶身上，趙佶的衣飾很普通，可是隱隱之間，竟流露出一絲不可侵犯的氣息。沈傲看人很準的，頓時感覺出此人很不一般，這人的舉止神色，彷彿生來就是別人不許忤逆的。

還有他手上的扇子，乍一看，像是尋常之物，可是若是細心一些，便發覺這扇骨很不一般，竟是用紫檀木打造，單這扇骨，只怕就已價值不菲了。

沈傲可以斷定，這人的家世不一般，至少不會比蔡行要差。

再去看他的書法，眼眸中也忍不住閃過一絲欣賞之色，這幅仿作在真正的行家眼裏也許漏洞甚多。可是沈傲這種專靠仿製名作的大盜卻能看出門道，此人第一次模仿，就能達到這個境界，說明他的基礎非常紮實，行書的水準絕對可以躋身名家之列。

蔡行冷笑連連，將手中的紙扇一收，既然在周若面前討了個沒趣，那就在趙佶面前找回面子來。走到茶案前，吸了口氣，道：

「既然相公要指教，那蔡某就卻之不恭了。」

說著捏起筆，也不去看牆壁上的書帖，沉吟片刻之後，便捋起一邊的袖子，露出小臂開始行書。

他當然不會去仿作書帖中的字體，在他看來，世上也唯有他祖父的書法才是當世最好的。

其實他的祖父蔡京，確實是當代最厲害的書法家，時人談到蔡京的書法時，使用的辭彙經常是「冠絕一時」、「無人出其右者」，就連狂傲如書法家米芾都曾經表示，自己的書法不如蔡京。

據說，有一次蔡京與米芾聊天，蔡京問米芾：「當今書法什麼人最好？」米芾回答說：「從唐朝晚期的柳公權之後，就得算你和你的弟弟蔡卞了。」蔡京問：「其次呢？」米芾說：「當然是我。」

蔡行耳濡目染，再加上自幼父祖的督促苦練，這一手行書竟也達到了名家之列；初一下筆，便有不少人發出驚嘆，這少年果然有狂傲的資本，單看布局，就可以看出此人確實有幾分火候，非同凡響。

蔡行用的是蔡京體，下筆之後姿媚豪健、痛快沉著，寫出第一個字時，便有人忍不住放聲讚嘆起來；一旁的趙佶也忍不住嘖嘖稱奇，望了蔡行一眼，心裏想：「想不到這狂生真有幾分厲害，倒是和蔡太師的行書風格如出一轍，莫非……」

他頓時想起了那個致仕的蔡符長了，心中吁了口氣，符長致仕之後，已經沒有人再和他切磋行書，實在惋惜得很。

沈傲卻還是笑吟吟的，當然，這笑自然不是爲蔡行發起，蔡行的字說到底也是仿作，只不過那陌生的相公仿的是自己的字體，而蔡行仿的是蔡京而已，那相公是第一次模仿趙體，自然有些生疏，漏洞較多；而蔡行自蹣跚學步起，就以父祖爲榜樣，仿蔡京的字體沒有上萬也有數千了，所以才如此熟稔，不管是布局開始開筆、落筆都深得蔡京的風采，因此漏洞較少罷了。

沈傲的笑，是因爲身邊可愛的小表妹，這裏已圍了一圈人，小表妹站在自己身邊，身邊幾個男人距離她也不過數寸，她是有潔癖的，眉頭一蹙，便忍不住往沈傲這邊靠，沈傲很識趣，哈哈，和表妹惺惺相惜，兩個人幾乎貼在了一起。

感受著她的呼吸，聞著她身上淡淡的體香，這種機會實在不多，太爽了。

「天可憐見，求求你再多來幾個臭男人吧！」沈傲望望房梁，默默祈求。

周若蹙著眉，她是第一次遭遇這樣的情況，四周都是人，又髒又臭，還有幾個相公、書生，不知是有意還是無意，竟是往她這邊擠，嚇得她花容失色，身子頓時差點軟了，只好尋求表哥的保護。

她偷偷看了表哥一眼，有些害羞，不過沈傲的表情很莊重，那一雙眼睛全神貫注地望在蔡行的下筆處，很正經的樣子，身體便忍不住又往沈傲身上挪了挪。

她哪裡知道，沈傲是心裏樂開了花，之所以表露出一副被蔡行的行書吸引的樣子，不過是爲了驅除表妹的尷尬而已；周若要是知道沈傲的心思，只怕此刻已經無地自容了。

蔡行落下最後一筆，終於擱筆直腰；許多人注目一看，行書所用的筆意很有新意，體態健麗；用筆揮灑自然，而不放縱的高雅格調；結字方面，字字筆劃輕重不同，出自天然；起筆落筆呼應，創造出多樣統一的字體；分行布白方面，每字每行，無不經過精心安排，做到左顧右盼之中求得前後呼應，達到了氣韻生動的境地。

「好字！」有人忍不住高呼。

就連趙佶也忍不住欣賞起來，心裏想：「此人倒是頗得符長七分神韻，假以時日，

只怕也是個行書大家。」

蔡行冷冽一笑，先看了周若一眼，隨即再去看趙佶，口裏道：「相公以爲我的字如何？」

「尚可，頗有蔡太師的風韻！」趙佶的回答倒是中肯，以他的眼力，當然也看出了蔡行的錯漏處。

蔡行冷笑道：「雖是尚可，可是比起相公來，只怕要高明一些，相公回去再練一練，或許可以向我討教一二。」

這話已是赤裸裸的譏諷了，趙佶的臉色不好看了，原本對蔡行生出些許的好感，在一瞬間裏蕩然無存，冷聲道：「你太放肆了！」

蔡行呵呵一笑：「放肆又如何?莫非相公不服嗎?」

這句話對於趙佶已十分嚴重了，趙佶臉色青白，身後的楊戩也頓時勃然大怒，只是這二人畢竟是微服，竟一時不能拿蔡行怎麼樣，尤其是趙佶，哪裡遇到過這樣的情況，直愣愣地說不出話來。

蔡行不再去理趙佶，轉而瀟灑地旋身去看周若，周若幾乎與沈傲貼著，這兩個人一個英俊，一個靚麗，看起來不禁讓人想起了天生一對。

蔡行心中冷哼了一聲，朝周若吟吟笑著道：「周小姐以爲小生的行書如何？」

周若冷著臉不去答他。蔡行心裏更怒，身爲蔡少爺，有誰敢拂他的面子，祈國公的嫡女又如何？當年蔡家盛極一時的時候，莫說是國公，就是當朝親王，也不敢這樣對他。

他沉默了片刻，頗覺得尷尬，再看沈傲一眼，心裏更加惱怒了；呵呵一笑，便對沈傲道：「沈兄呢，依沈兄看，蔡某的行書可入得你的法眼嗎？」

這一句話很客氣，可是話語中挑釁意味很濃，蔡行這是吃了沈傲的醋，再加上從前的梁子，今日想一次找回來。

「這可是你送上門來的。」沈傲心裏說道，臉上泛出和藹的微笑，道：「蔡公子果然高明，這手行書不錯，只不過嘛……」他拉長了聲音，不徐不慢地道：「卻是登不得大雅之堂。」

既然這姓蔡的伸出臉來，沈傲不介意一巴掌搧下去，撞到了槍口上，沒有不踩死他的道理。

沈傲負著手，倨傲地瞥了他一眼：

「蔡兄這手字看上去倒是很有蔡京老賊的風格，可是牽強附會，差得卻是遠了。」

這一聲蔡京老賊，不啻於是摑住蔡行的臉左右開弓，使命的搧打。蔡行臉色一變，殺機騰騰，卻是強忍住火氣，抿嘴不語。

沈傲倒是並不怕姓蔡的打擊報復，其實從一開始，他就注定與姓蔡的反目成仇了；不要忘了，他可是拜了陳濟相公爲師的，陳濟是誰？與蔡京可是不共戴天，就算沈傲去討好姓蔡的，早晚有一日也要和姓蔡的反目。

既然如此，沈傲並不介意叫他一聲老賊，反正都已經得罪了，那就索性劃清界限，狠狠地打蔡行的臉，這一刻，沈傲不是一個人在戰鬥，此刻，陳濟的靈魂已經附在了沈傲身上，沈傲的嘴臉，像足了陳濟。

蔡行狂，沈傲更狂，書畫鑑賞，誰還能比沈傲更精通？

沈傲做人的原則就是這樣，既然已經將人得罪了，那麼不妨將他得罪死；既然踩了別人一腳，沈傲不介意多踏上幾腳，以示對敵人的尊重。

沈傲收起紙扇，將紙扇收在腰間，輕狂地一笑後，用輕蔑的眼色望了蔡行一眼，才朝周若道：「表妹，來，爲我研墨，今日要讓蔡公子見見什麼才是真正的書法；吳三兒，爲我再拿一枝筆來。」

說著，沈傲便捋起袖子，鋪平一張畫紙，左右張望了一眼，目光停在趙佶身上，微微一笑，對趙佶道：

「相公的行書，沈某人十分佩服，能將這書帖模仿到這樣的地步，已算是非常難得了，還未請教高姓大名？」

這叫統一戰線，敵人的敵人就是自己的朋友，先拉這人入夥，壯大聲勢。

趙佶也是微微一笑，道：「鄙人姓王，單名一個吉字。」

沈傲頷首點頭，笑道：「我倒也認識一個和相公同名的，他叫王老吉。」

汗，王老吉好久沒有喝過，沈傲倒是頗有些想念了。

趙佶呵呵一笑，心裏在想：「此人倒是頗爲有趣，只是姓蔡的行書功力不淺，此人與他鬥書法，只怕非敗不可啊！」心裏嘆了口氣，不知不覺間，爲沈傲擔心了起來。

周若在旁研著墨，饒有興致地望著沈傲，心想：「他又不知在說什麼鬼話了，世上哪有人叫王老吉，要寫行書就快寫，真是囉嗦。」雖是有些埋怨，可是看到沈傲對蔡行那種不屑又狂妄的姿態，倒有些解恨。

吳三兒送了一枝筆來，沈傲左右手各執一枝筆，眾人一看，噢！明白了，這位沈公子只怕是要左右手同時行書；左手行書本就已是很難得的了，除非左撇子，一般人用左手總是不習慣。可是左右手同時行書，已是在挑戰人類極限了。須知一心不能兩用，就是再聰慧的人，只怕也難以做到這一點。

沈傲微微一笑，左右手紛紛執筆探向宣白紙上，眾人的心也都吊了起來，此人太狂了，不過大家顯然很喜歡；當然，蔡行是例外，他一對眼睛直勾勾地盯著沈傲，手中的

紙扇也忘了搖動，心裏卻是對沈傲故弄玄虛鄙夷不已，想道：

「左右同時行書？哈哈，不知這姓沈是不是瘋了，據聞這個沈傲的行書不錯，還曾得到閱卷的尚書大人賞識，可惜沒有看到他的初試試卷；不過現在看來，此人也不過是嘩眾取寵罷了。」

沈傲落筆，左手筆下濃墨先在宣白紙上渲染開，隨即右手的毛筆在另一行開局，左手的筆下開始遊走，隨即，一個「舞」字漸漸顯形。

這舞字用的很常見，眾人一看，是王羲之的行草寫法，可是字裏行間，竟是盡得王羲之的筆法精妙，有一股天質自然、豐神蓋代的風采，猶如王右軍復生，非但字體分毫不差，就是那筆意，那字風亦無差別。

許多人倒吸了口涼氣，要知道，沈傲可是用左手寫出來的，這個「舞」字，雖有邯鄲學步之嫌，卻足以秒殺場中所有行書大家了；那蔡行的行書與沈傲一比，頓時珠玉變爲了糞土，黯然失色。

沈傲的右手也動了，手腕一轉，便有一個「吟」字寫出來，這一看，卻又與方才那舞字截然不同，這個吟字不知使用的是什麼字體，豐腴圓潤，字裏行間，有一種飄逸之感，其風韻竟不在王羲之行草之下。

「好字！」趙佶忍不住讚嘆一聲，他也是極推崇王羲之的，只看沈傲臨摹王羲之的行草，心中暗暗吃驚，他自信自己若是發揮最好的狀態，亦可以做到沈傲這樣的地步，畢竟王羲之的字體，他已不知練過多少次；可是沈傲用的卻是左手，一心兩用，單這份功力，其書法就已遠超自己了。

再看右邊的「吟」字，忍不住咦了一聲，這種字體前所未見，但行書之中，卻彷彿吸收了歷代書法名家的風格。

「這字體莫非是他創造的？」趙佶心中嘖嘖稱奇。

沈傲左右手繼續舞動，在一片讚嘆聲中，顯得很專注，左手的第二字，用的寫法與之前又有不同，眾人都認得出王羲之的字體，只不過行草變成了隸體，風格迥異；欣賞的人中，誰都曾模仿過王羲之的書法，這一看，便都覺得汗顏，同樣是臨摹，可是比之眼前這個少年，實在自愧不如。

更令人新奇的是右手筆下的字體，第二個字與第一個字也是不同，非但不同，而且風格迥異，可是這種字體，卻也是從所未見，如果先前右手那字是飄逸的風格，那麼現在這種字體完全用的是縝密細膩的書風，觀其書，有一種極強的厚重感。

世上哪裡有人的書法竟是風格迥異，而且是前所未見，難道這兩種字體竟全都是這個少年所創造出來的？這樣的衝擊力，幾乎讓所有人都屏住了呼吸。

蔡行此刻的臉色已是一片煞白，只從第一個字開始，沈傲的行書就已遠勝自己，再看沈傲繼續寫下去，他先前的行書幾乎已是不值一提了；他的腦中頓時嗡嗡亂想，失魂落魄地想著：

「他不過是祈國公的一個遠親，又算得了什麼，本公子名門世家，竟是輸給了他，這……這……」

他不敢再想下去，幾乎是定住了，想立即轉身即走，可是看到那行書，卻又忍不住想繼續觀摩下去，這樣的好字，這樣的字體，當真是前無古人，蔡行的腳竟是挪不開了。

周若研著磨，她對行書也只是略懂，看了沈傲的字，只覺得很舒服；有的字豪放，有的字嚴密細膩，有的字飄逸輕盈，但覺得要比方才蔡行要好看得多。心中就想：「這個傢伙真是怪極了，明明放蕩不羈的樣子，偏偏卻能寫出這麼多風格的字。」隨即又想：「他和蔡行反目，莫不是因爲……」

想到這裏，周若的俏臉便紅了，好在四周的人都將注意力轉向沈傲的書法，誰也沒有發覺。

看到這些人沉浸在沈傲的書法之中，一個個渾渾噩噩的樣子，周若似乎生出了些許的自豪感，這種感覺很奇怪，就如她也被人注目一樣；心裏呸了一聲，惱怒著想：「我自豪個什麼，他寫他的字，和我有什麼干係，哼，誰稀罕嗎？」

左右手行雲流水的書寫下去，轉瞬之間，身邊的人已經轉了無數個心思。

等到沈傲收筆，眾人才如癡如醉地回過神來，這才發現，這兩行字分別寫著：「舞文弄墨蔡公子自恃清高，吟詩行書裝聖賢一錢不值。」

這是打臉啊，赤裸裸的打臉，許多人同情地去看蔡行，蔡行的臉已經從白轉黑了，一時間竟是不知如何應對？若現在就走，只怕被人嘲笑；可是不走，那一個個帶同情、帶嘲弄的眼色，讓他無地自容。

沈傲在心裏冷嘲一聲，這是他自找的，辱人必自辱。

沈傲笑呵呵地揭起行書的紙張，吹著墨蹟來到蔡行的身前，笑得很真摯：「蔡兄，這幅行書，就送給你吧。」

「沈傲！你記住今日。」蔡行惡狠狠地瞪了他一眼，什麼風采，什麼矯揉造作都已忘了，面目顯得有些猙獰地冷笑一聲，道：「早晚有一日，我教你死無葬身之地。」說著，不去看那帖沾染了墨蹟的行書，旋身即走，連幾個隨他同來的監生也顧不得了。

沈傲哂然一笑，記住？蔡公子還真是大少爺啊，欺負別人時趾高氣昂，被人欺了就這副嘴臉。

沈傲最不怕的就是別人撂下這句話，他就是賊的祖宗，不怕賊惦記。

人群中有人認出沈傲，口裏道：「這不是沈公子嗎？沈公子名如其人，果然厲害，據說他是陳濟陳相公的高徒，那蔡公子是蔡京蔡老賊的孫子，陳濟罵蔡京，沈公子辱蔡行，哈哈，有意思……」

眾人一聽，原來這裏面竟還有八卦，也是議論紛紛起來；一些敬重陳濟的人，紛紛過來對沈傲行禮親近，沈傲抱拳回禮。

沈傲太會裝了，周若頗有些看不慣，將俏臉別過去，心裏想：「行書寫得好就好嗎？陳濟的高徒就一定是好人嗎？這些人真是瞎了眼，竟看不穿這個虛僞之徒。」她雖是這樣想，可是內心的深處，卻又覺得有些欣喜，可是這樣的欣喜讓她覺得莫名其妙。

一開始，趙佶聽到陳濟兩個字，那笑容頓時有些凝滯，當看到蔡行又羞又惱地撒手而去，他覺得很痛快，方才被蔡行侮辱的不愉快頓時煙消雲散。

只是有人提及陳濟，讓趙佶想起一些往事，嘆了口氣，抿嘴看了沈傲一眼，心裏想：「他就是沈傲，此人真是天縱之才，如此年紀輕輕，其行書足以與王右軍相媲美了。」

之前沈傲出頭侮辱蔡行時，趙佶便對他生出好感，再加上沈傲那一手行書，趙佶對他的好感更濃，等眾人紛紛散去，趙佶笑著對沈傲道：「沈公子大才，若是不棄，不妨我們到那邊坐一坐。」

沈傲心情大好，嘿嘿笑道：「莫非是王相公請客嗎？」沈傲最大的心願，莫過於招攬自己的生意，喝別人的茶，爽。

周若有些忍俊不禁了，果然狐狸尾巴露出來啦，她就知道沈傲裝不了多久。

趙佶哂然一笑：「沈公子說笑了，自然是王某會賬的。」

沈傲要去拉周若過去，周若手一縮，笑吟吟地道：「表哥，天色不早了，我該回去了。」心裏卻在想：「哼，他還想故伎重演，偏不能讓這個討厭的傢伙如願。」

沈傲很尷尬，只好道：「表妹走好，要不要叫人送你？」

周若搖頭。

沈傲就道：「要不讓表哥送你吧，說不定還能增加我們表兄妹之間的感情，不是有首歌唱得好嗎……」

沈傲四顧了一眼，汗，很想唱一首情歌，偏偏這個地方似乎有那麼一點點不合時宜，還是算了，將來有機會，天天在被窩裏給表妹唱。

周若撇了撇嘴：「你就是這樣不正經，記住答應我的事，可要留心。」

沈傲連忙道：「表妹的事就是我的事，我敢不留心嗎？」

周若不再搭理沈傲，旋身便走了，她是坐馬車來的，安全問題不必擔心。

見周若的身影漸行漸遠，沈傲吁了口氣，表妹的態度改變得有點快，不知是什麼緣

由，莫非是因爲自己的王八之氣？

趙佶在一旁笑道：「沈公子倒是風流得很啊！」

「見笑，見笑……」沈傲笑著應和了一聲，心裏卻在說：「風流？我風流嗎？我很純潔啊。」

第四十章
蒔花館

蒔花館？

沈傲一聽，便明白了，這是妓院啊，

名妓如雲，這個王相公太不純潔了，居然慫恿自己去妓院，

蓁蓁姑娘是誰？

莫不是他的老相好吧？

這倒是奇了，你會老相好還教我去跑腿，太無恥了。

隨趙佶在靠窗的位置坐下，叫了茶點，沈傲自然是找最貴的要，照顧生意嘛！自己的生意不照顧，要天打雷劈的。

他看向趙佶，開始認真打量起這個中年儒生，這人看起來就是過著養尊處優的生活的，雖然只穿著一件尋常的儒衫，卻難掩富貴之氣，再看那紫檀木打造的紙扇上畫的畫，看來應當是古物，只這一分析，便可以得出王老……不，王吉兄的身分不一般。

看他望向自己的目光很灼熱，沈傲又分析出有兩種可能，一種是這傢伙是個死玻璃，當然，這種可能微乎其微。另外一種可能就是他另有所求。

有所好就有所求，沈傲頓時明白了，這王相公是惦記上了方才自己的那幅行書。

沈傲微微一笑，叫吳三兒將那行書取來，很是惋惜地道：

「這幅行書本想贈給蔡公子的，誰知道蔡公子這個人……咳咳……他是我同窗，我本來是不願意說他壞話的，他太客氣了，竟是不收；那麼今日就贈給王相公吧，王相公不會也不收吧？若是你也不收，沈某人會很不高興的。」

他看得出來，王吉出身豪門，自尊心一定極強，是絕不會開口向自己討要行書的，那麼自己就先開口，給他一個臺階。

趙佶大喜，連忙道：「沈公子如此說，我自是收下了。」

趙佶喜滋滋地接過行書，左看右看，忍不住讚嘆道：「這樣的行書，只怕天下少有了。」他心中突然想起一個倩影來，便是在心裏念道：「只是不知蓁蓁姑娘見了這行書，會不會喜歡？」想到這裏，情不自禁地起身道：「沈公子，我們一見如故，今日得了你的行書，來日當湧泉相報。」說著，有要走的意思。

好現實啊，沈傲感覺自己上當了，這還是平生第一次上了別人的當啊！這個王相公看上去這麼老實的人，竟收了自己的行書就走？喂，茶點還沒上呢，他是不是打算不付賬了。

趙佶剛剛是有著要走的意思，還不等沈傲挽留，卻又突然坐下，帶著些失魂落魄地喃喃道：「不行，我已得罪蓁蓁姑娘了，現在去，只怕要招她奚落。」

他堂堂九五之尊，被人奚落，自然是受不了的；很遲疑地沉吟了片刻，望了身後的楊戩一眼，隨即又是搖頭，心想：「楊戩也不行，他是內侍，蓁蓁姑娘最討厭內侍了，哎，真是爲難。」

沈傲人畜無害地看著他，抿嘴不語，這人是怎麼了，怎麼突然這副模樣了，莫非真遇到了什麼難處？

哎，沈傲的心地很善良的，最看不得別人有難處的，通常別人有難處的時候，如果對方是男性的話，沈傲都會捶胸頓足的……在一邊搬凳子看戲。

趙佶突然抬眸，目光很灼熱地望著沈傲，隨即笑了，笑得好詭異。沈傲心裏一涼，

不是吧，太陰險了，可千萬別來求我，我已經送了一幅行書給他了，他還想要我做什麼？

趙佶道：「沈公子，在下有一事相求。」

吳三兒親自遞了茶點過來，沈傲接了茶，慢吞吞地吹著茶沫，希望當作沒有聽見趙佶的話。

趙佶繼續道：「能不能請沈公子替在下送一幅畫給蒔花館的蓁蓁姑娘如何？」

蒔花館？沈傲一聽，便明白了，這是妓院啊，這個王相公太不純潔了，居然慫恿自己去妓院，蓁蓁姑娘是誰？莫不是他的老相好吧？

這倒是奇了，你會老相好還教我去跑腿，太無恥了。將自己的行書去送給王相公的相好，還是個妓女，蒔花館，這個名字似乎早有耳聞，據說那裏是汴京第一煙花之地，名妓如雲，俱都是最高檔的貨色。

一直想去看看呢，可惜又要讀書，又有表妹、春兒什麼的要呵護，所以找不到機會成行。

王相公既然要沈傲去送行書，沈傲沒有不去的道理，雖然他有些過分，可是這個艱巨的任務，沈傲卻之不恭。立即頷首點頭：「王相公放心，這幅行書一定送到，是蓁蓁姑娘嗎？好，保準不會教王相公失望。」心裏想：「蓁蓁姑娘長得是什麼模樣呢？既是這人的老相好，想必姿色不差，嘖嘖，爲什麼會有一種期待感，難道因爲助人爲樂，精神也得到了昇華？」

趙佶微微一笑，便又將行書交還沈傲，臉色頗有些不捨，隨即便道：「沈公子是在國子監讀書嗎？」

沈傲點頭，喝了口茶，道：「方才我看你的行書，雖是臨摹之作，漏洞甚多，可是真跡的意境卻已初具火候了，想必王相公的行書根底很牢固，筆力也達到了很高的境界。」

沈傲這一句倒不是故意誇他，蔡行看不出趙佶的實力，沈傲卻看得出。畢竟他是依靠臨摹起家的，方才那書帖上的趙字體極難臨摹，趙佶能到那種境界，已經是很不容易了。想當年沈傲臨摹趙字體，可是費了一番功夫的。

趙佶呵呵一笑，彷彿找到了知音，先是謙虛一句，隨即便將自己臨摹趙字體的感悟說出來。沈傲微微點頭，心想：這人果然很有貨色，剛剛臨摹了一幅帖子，就能看出趙字體的精妙和下筆之處，這人實力應當不在名家大師之下。

二人隨口談了幾句，都是事關行書的見解，趙佶說得高興，便又談及王羲之，趙佶對王羲之甚是推崇，沈傲卻只是笑吟吟的點頭，王羲之有「書聖」之稱，可是在沈傲心裏，對董其昌的推崇卻是更多了一些，董其昌的人品太差，以至於後世對他的藝術評價偏低了一些，可是單論行書，董其昌的書法確實融匯了各代精粹。當然，王羲之的書法也是極好的，沈傲還沒有狂妄到鄙夷王羲之的地步。

天色漸晚，身後的楊戩不斷地朝趙佶使著眼色，趙佶這才依依不捨的站起身，道：「今日有幸能與沈公子暢談，倒是很有趣味，往後我還會來邃雅山房喝茶，只是不知那時候能否與沈公子再見？」

沈傲道：「我平時都在國子監上學，只怕在旬休時才能偶爾來坐坐。」

趙佶便笑起來：「那麼旬休日的時候我也來，若是能撞見沈公子，再與沈公子促膝長談。」

他對沈傲已很有好感，一方面是沈傲教訓了蔡行，另一方面是沈傲的行書，今日出宮一趟，竟是不虛此行。

「邃雅山房確實是個好地方，朕這個字沒有白題。」趙佶笑了笑，心中想著，與沈傲告別，隨即又囑咐沈傲，一定要將行書送到蒔花館的蓁蓁姑娘處。沈傲答應下來，才帶著楊戩回宮去了。

沈傲看天色不早，也急著回國子監，剛走到門檻，卻又回去，找吳三兒拿點錢來用。去蒔花館，錢還是要帶足的，雖然一時找不到時間，可是身上放些閒錢，總有用處。

吳三兒大方得很，拿出一疊錢引來，足足有三百貫，對沈傲道：

「沈大哥，這點錢不必省著花，不夠還有，現在邃雅山房生意興隆，斷不會讓你缺錢用的。」

沈傲大笑，匆匆的回國子監了。

剛剛在國子監落腳，蔡行與沈傲在邃雅山房的事就已傳開了，有人見了沈傲，便笑呵呵的去打聽細節，沈傲胡亂說幾句，正要回宿舍去，卻又被唐嚴叫去了。

唐嚴對待沈傲的態度又好了幾分，問了他的起居和學習，便笑呵呵的道：

「你若是有什麼難處，盡可來找我便是，不過有一樣你須謹記，往後太學若有人來尋你，你切莫去理會。」

沈傲連聲說好，唐嚴滿意了，笑呵呵的撫慰一番，才放沈傲走。

有什麼難處直接找祭酒？沈傲當然明白其中的曲折，看來自己在唐嚴心目中還真是一塊寶啊。

日子一天天過去，又到了旬休日，沈傲與周恆回周府去，剛剛去給姨母問了安，卻沒見到春兒和表妹，心裏就有點兒空落落的。還是周恆這樣沒心沒肺的好，一溜煙跑去

玩了。

滿腹心事的往自己的起居處走，穿過一個月洞，邊上有聲音低聲招呼：「表哥……表哥……」

沈傲側目，看到陸之章追了過來。原來是小章章啊，怎麼十天不見，他突然像是換了一個人，消沉了很多，人也有點鬼鬼祟祟的。沈傲朝他打招呼：

「小章章，怎麼了？你的臉色不是很好啊，跟表哥說，是誰欺負了你？」

陸之章足足等了許多天，總算聽說沈傲回來了，這才過來堵他，此時見沈傲這副樣子，忍不住要哭了，口裏道：「表哥，你可算回來了。」

沈傲去安慰他：「小章章這是怎麼了，到底發生了什麼事？」

陸之章臉色蒼白的道：「表哥，也不知是發生了什麼事，姨母這幾日對我態度很壞，昨天我去拜謁她，她竟是拒而不見。表哥，這到底是什麼緣由，我可是聽了你的吩咐，研讀了密宗佛經的啊。」

沈傲決定好好給他上一課，爲人排憂解難是沈傲不可推卸的責任，他怎麼能放棄？便找了一處假石下坐著，讓陸之章過來，道：「這倒是怪了，密宗佛經是一定沒有問題的，是不是其他地方出了問題，你再想想看。」

陸之章想了想，道：「我也記不起了，剛開始我給伯母念佛經時，她還笑來著。後來臉色就越來越差了，是不是我念得不對？」

沈傲搖頭：「應當不是這個問題，小章章啊，不是表哥說你，你還年輕，許多事不懂，肯定是其他地方得罪了夫人，現在再深究這個也沒有意義，最重要的是，你既得罪了姨母，下一步該怎麼辦。」

陸之章連連點頭：「對，對，還是表哥想得遠，再追究也沒有意義了，要先知道下一步該怎麼辦？」他心裏想：「表哥的心思太細膩了，我爲什麼就沒有想到呢，這幾日老是爲伯母的事惴惴不安，反倒亂了方寸。」

他望著沈傲，等著沈傲給他出主意。

沈傲沉吟著，顯得很爲難，只好道：「看來姨母這邊是沒有指望了，既然如此，只能在姨父這邊做功夫。」

陸之章道：「伯父？伯父待我還是很好的，應當不必下功夫吧。」

沈傲嘆了口氣，看著陸之章搖頭道：「哎，小章章啊，人心隔肚皮，你怎麼連這點事理都不懂？姨父爲什麼待你好？是因爲你令他滿意？不，你想錯了，是因爲看在你們兩家的世交上，你是他的世侄，他能不和你客氣？」

「可是嘛，說到嫁女兒給你，那就不同了，姨父只有這麼一個女兒，他要挑女婿，當然要慎之又慎，總不成因爲你是他的世侄，就把表妹嫁給你吧。」

陸之章一聽，表哥說得太有道理了，可不是嗎？伯父待自己好，和嫁女兒沒有干係啊。

表哥想得深，否則自己只怕又要錯失良機。很苦澀的想：「我真是太笨了，如果沒有表哥一直指點我，只怕在伯父那邊也一點希望都沒有。」於是急匆匆的道：「表哥，那我該怎麼辦？我真的很想娶周小姐的，你一定要幫我。」

沈傲笑得很真摯，拉住他的手，很動情的道：「傻孩子，表哥怎麼會不幫你呢，表哥和你一見如故，恨不得立即和你燒黃紙做兄弟，就是上刀山下火海，也一定要成你的美事。」

陸之章感動的哭了，嗚咽道：「表……哥……，你待我太好了，自來了這汴京，我才知道世道艱難、人心險惡，許多人和事都不是從前想的那樣，只有表哥對我最好。」

沈傲突然發現，自己確實太偉大了，微微一笑，道：「所以，就算是姨母再嫌棄你，小章章就去尋姨父，姨父對你的印象不錯，如果你能夠表現出那麼一點點能力，讓他刮目相看，我看你和表妹的事就成了。」

陸之章連連點頭，表哥說得對，隨即又踟躕起來：「我該在姨父面前表現些什麼？我聽說姨父喜歡古玩，可是我對古玩，是一點也不精通啊。」

沈傲心裏樂樂地笑了，卻是板著臉道：「你若是和姨父談古玩，就不對了；古玩只是愛好，不是本業，你想，姨父若是看你如癡如醉地埋頭於古玩上頭去，會怎樣想你？一定會說你這人不務正業；所以，你得從詩詞入手。」

陸之章恍然大悟：「表哥說得沒有錯，會作詩詞，才是正業，有了文采，才能讓伯父看重。」

「對。」沈傲鼓勵他：「所以你要從詩詞上做文章，要讓姨父知道，你陸公子不止是一個名門出身的少爺，更是一個才子，哈哈，叫洪州才子小章章如何？」

陸之章臉都紅了，低聲道：「才子？表哥，我不是才子啊，我自小就不喜歡讀書，別說作詩詞了，看到文章詩詞就頭疼。」

沈傲嘆了口氣，道：「小章章難道一點優點都沒有嗎？」

陸之章道：「表哥，這可怎麼辦？聽你這樣一說，我心裏更沒有底氣了。」

沈傲道：「還有一個辦法，實在不行，我們就作假吧。」

「作假？」陸之章一聽，就有些心虛了。

沈傲道：「不作假不行啊，不如這樣，你去抄幾首詩來，再去見姨父，到時候脫口而出，姨父平時都在忙公務，要不就是在玩古玩，哪裡會猜到這不是你的詩詞？」

陸之章道：「這樣似乎不太好吧，若是被伯父看清了，只怕……只怕……」

沈傲道：「不鋌而走險行嗎？小章章，實話和你說了吧，方才我從姨母那邊過來，

聽姨母的口氣，是不願意將表妹嫁給你的；你要是再不背水一戰，只怕唯有黯然回洪州了。」

陸之章一聽，勇氣就來了，道：「我不能單獨回去，要回去，也要帶周小姐回去成親。」

「這就對了，所以只能作假，讓姨父看重你，到時候你再向姨父提親，只要姨父答應，這件事就不容更改啦。」沈傲繼續帶著很和善的笑容道。

陸之章覺得很有道理，便道：「可是到哪裡去尋詩詞啊？」

太出名的詩詞不好，一眼就被人看穿，可是不出名的，大多品質又差，這倒是很讓陸之章爲難了。

沈傲微微一笑：「這個好說，你去買一本《邃雅詩集》，從裏頭挑出幾個詩詞來就是了；邃雅詩集裏收錄的詩都不錯，而且大多都是新品，保準姨父看不出來，小章章，你自己把握吧，表哥能教的都已經教給你了，其餘的，要看你自己了。」

說著，沈傲便與陸之章道別。

當天夜裏，沈傲把劉文叫了來。

表少爺有請，劉文哪有不來的道理，笑容可掬地過來見沈傲，沈傲和他敘了舊情，從衣袖裏抽出一本詩集來，笑吟吟地道：「劉主事，有件事需要你幫忙去辦一下。」

劉主事一副受寵若驚的樣子：「表少爺不要這樣說，有什麼話，吩咐一聲即是。」

沈傲道：「平時姨父在書房都是隨手撿書看嗎？」

劉主事道：「平時都是下人們採買了書冊，便放到案頭上，國公隨手翻看的；有時候他想起某本書來，也會叫人去取。」

沈傲點頭：「那麼就有勞劉主事幫我把這本書冊放在姨父的案頭上吧。」

劉文不明就裏，卻清楚不該問的便不問的道理，接過詩集，道：「表少爺，這件事一定辦好。」

陸之章當真是求訂了一本《邃雅詩集》來，認真苦讀，總算背下了幾首詩。

過了幾日，國公遣人叫他去書房說話，陸之章有些忐忑不安，硬著頭皮過去。

「陸公子，來，坐下吧。」周正微笑著道，鑑寶大會的日子越來越近，他的心情近來都很好。

陸之章連忙客氣一句，欠身坐下。

周正望了陸之章一眼，心情很複雜，這個世侄，他還是喜歡的；可不知是怎麼的，夫人近來對他的印象卻是越來越差，他看出了陸公子的心思，世侄是想向自己提若兒的親事，兩家結成秦晉之好，可是現在這事兒卻出了紕漏。

周正是滿心歡喜的，陸家是望族，陸公子也挑不出什麼毛病來；可是他向夫人提及此事，夫人起先還只是說緩緩再看，再到後來，連緩緩的餘地都沒有了，斷然拒絕。周正夾在兩頭頗有些爲難。

按例地先問了陸之章的食宿，陸之章道：「有伯父照料，小侄在這裏住得好極了，也沒什麼不習慣的。」

周正便笑著捋鬚頷首，道：「那就再多住一些時日，反正洪州那邊也無恙，你好生住著。」

陸之章頗有些遲疑，他太心急了，這樣住下去也不是辦法，周小姐那邊的事不解決，他這顆心總是懸停著放不下。

周正又問：「據說世侄平時在府裏閉門不出，可是在讀書嗎？」

他這樣問，陸之章便連忙道：「是，平時讀些書，打發些光陰。」

周正就來了興致，晚生後輩，能靜下心去讀書那是極好的，千萬莫要像自己那不成器的兒子一樣，便帶著興致地繼續問道：「都讀的是什麼書？想必陸公子的學問也不差吧！」

陸之章額頭已滲出冷汗了，看伯父的意思，一定會追根問底的深究下去，這一問，早晚要露出馬腳的，要是讓伯父知道自己不學無術，那可就不妙；便道：「只是讀些唐詩罷了，讓伯父見笑了。」

周正便道：「陸公子也酷愛詩詞嗎？好極了，這麼說，陸公子一定作過詩了，不妨念出來給我聽聽。」

來了，伯父要考他了！陸之章手心裏捏了一把汗，不知是該喜還是該愁，一方面是因爲終於有了施展的機會，另一方面又害怕被周正看破。

陸之章沉吟了片刻，鼓起勇氣站起來，道：「那麼就請伯父指正了。」說著徐徐念道：「我現在念的這首詩，是在中秋佳節時妙手偶得的，伯父莫要見笑。」

周正微笑著頷首，心裏想，想不到這個世侄竟還有作詩的本領，如此看來，從前是小瞧他了；他若是真的作出詩來，那就好極了，拿他的詩去和夫人說，夫人就算對他的印象再差，見他有學問，家世又好，提親的事或許還有迴旋的餘地。

陸之章喃喃念道：「十輪霜影轉庭梧，此夕羈人獨向隅。未必素娥無悵恨，玉蟾清冷桂花孤……」

念完之後，忐忑不安地看著周正道：「伯父，這首詩說的是某個漂泊外鄉的旅客，已經過去了十年，卻沒有還鄉，在中秋佳節那日，旅客獨自面向著牆角，心裏想著嫦娥未必就沒有惆悵怨恨……」

周正撫掌道：「好，好詩……」

陸之章鬆了口氣，看來這一關算是過了，這首詩是他抄襲《邃雅詩集》中曾歲安的作品的。

周正繼續道：「陸公子是大才，好好讀書吧，將來會很有作爲的。」

陸之章心裏喜滋滋的，伯父難得誇他一句，太好了，表哥說得對極了，看來娶表妹還是有希望的。

周正喝了口茶，那淡淡的眼眸中閃過一絲不可捉摸的光芒，與陸之章隨口說了幾句話，陸之章便告辭出去。

等陸之章走了，周正臉色逐漸變了，他一臉玩味地拾起桌上的一本詩冊，隨手翻了翻，在一面書頁上停住，喃喃念叨：「十輪霜影轉庭梧，此夕羈人獨向隅……陸公子啊陸公子，你能欺人，卻能欺天嗎？」

他放下詩冊，滿面愁容地嘆了口氣，又喃喃道：「看來這個陸公子，只怕並不簡單，陸家這樣好的家教，莫非教出來的子弟就是這樣的？」

這一日清晨，曙光初露，國子監的朗朗讀書聲便傳出來，沈傲穿著簇新的儒衫，百寶袋裏夾帶著三百貫的錢引，好不容易熬到下了晚課，便一門心思的想去蒔花館了。

答應了王吉相公去給他的相好送字畫，沈傲一諾千金，自然要把事情辦妥。當然，他也是有私心的，如今腰纏百貫，趁著這個機會，去一覽汴京城最優雅的風月場所也不錯。

搖了扇子，謝絕了周恆叫他一起去用晚飯便直奔崇文閣。國子監的規矩很嚴的，平時監生不許外出，所以雖然放了學，走出國子監也需得到許可。

沈傲是什麼人，找理由還不簡單，轉瞬之間，就已經有了七八個藉口，什麼手脖子發疼需要看醫；又或者鄉下的姑母犯病；最複雜的是有朋友相邀，原本不想去，可是對方卻是太學生，欲與自己鬥詩。爲國子監榮譽，爲唐祭酒的威儀，自己慨然應戰云云。

門口的胥吏看到沈傲，並沒有攔他，沈傲進了崇文閣，唐嚴正在埋首寫字。沈傲慢吞吞的過去，靜靜的看了一會，唐祭酒的行書還是不錯的，很老道，布局合理，字形細膩，美中不足的是缺少一些靈氣。

自然，沈傲不會愚蠢到對唐校長的行書指手畫腳，笑吟吟的道：「大人的字不錯，很有大師風範。」

唐嚴抬眸，握著的筆還懸在半空，隨即便呵呵一笑：「是沈傲啊，下學了嗎？我叫你抽空多來坐坐，左等右等，還是等不來，就差叫人去請你。今日總算來了，可是瞧你的樣子，只怕是無事不登三寶殿吧？」

老狐狸還是挺聰明的，沈傲連忙誠惶誠恐的道：「大人這樣說，學生真是罪該萬死，學生平時不是不願來，只是不敢罷了。這是大人的辦公場所，大人爲了國子監日理萬機，學生哪裡敢來叨擾。」

唐嚴擱下筆，大笑道：「你不必奉承老夫，過來，看看老夫的字可有什麼瑕疵。」他看過沈傲的試卷，知道沈傲的行書是極好的，在沈傲面前，他也不端架子，竟有請教的意思。

沈傲連忙道：「大人的字哪裡有瑕疵，下筆老道沉著，有大家的風範，字體細膩，行間間隔細密，是極品佳作，沈傲不敢妄評。」

唐嚴虎著臉道：「我待你如子侄，你連真話都不願意對老夫說嗎？」

沈傲頗有些不好意思，只好道：「大人的字，唯一的遺憾便是缺了一股氣，就好像畫了龍，卻沒有點上眼睛，雖然行書優美，可是缺了它，總是少了一些什麼。」

唐嚴嘆息道：「我苦練了幾十年，還是差了一些，聽你這樣一說，倒是有些眉目了。」

沈傲生怕他說個沒完，眼看天就要黑了，他急著去蒔花館嫖……不，代人送禮呢，連忙道：「學生此來，是要告假一晚的。」沈傲看了看唐嚴的臉色，見他並沒有什麼不快，正要繼續說出理由，卻看到唐嚴頷首點頭道：「既是一晚，倒沒有什麼，明日記得來上早課便是。」

汗，不是吧，就這樣輕而易舉的同意了？不是聽別人說監生告假很難的嗎？不是還有人說，有一次想告假出去採買些用具都被博士訓了足足一個時辰，結果碰了一鼻子灰回去嗎？怎麼自己剛剛說明來意，唐祭酒就點頭了。

沈傲心裏空落落的，很鬱悶，下午上課時，他爲了找理由，可是分析了很久的，以至於連博士授課都沒有聽進去多少。可是想了這麼多完美的藉口，結果話到嘴邊，唐祭酒卻是不給自己說出來。

唐嚴笑道：「你既是外出，沿途要小心一些，汴京城三教九流，什麼人都有的。」

沈傲只好很無趣的點頭，心裏總是覺得不是滋味，有時候目的太容易達到，原來也不是件愉快的事。

哎，白白糟蹋了半個下午。

與唐祭酒說了幾句話，沈傲起身告辭，唐祭酒親自給他寫了一張開放門禁的條子。

帶著條子順利出了國子監，路上雇了一輛驢車，沈傲向車夫道：「往蒔花館去。」

請續看《大畫情聖》三　美人如玉

大畫情聖 二 鑑寶大會

作者：上山打老虎
出版者：風雲時代出版股份有限公司
出版所：風雲時代出版股份有限公司
地址：105台北市民生東路五段178號7樓之3
風雲書網：http://www.eastbooks.com.tw
官方部落格：http://eastbooks.pixnet.net/blog
Facebook：http://www.facebook.com/h7560949
信箱：h7560949@ms15.hinet.net
郵撥帳號：12043291
服務專線：(02)27560949
傳真專線：(02)27653799
執行主編：朱墨菲
美術編輯：許芷姍

法律顧問：永然法律事務所 李永然律師
北辰著作權事務所 蕭雄淋律師

版權授權：蔡雷平
初版日期：2013年11月
初版二刷：2013年11月20日
ISBN ：978-986-5803-27-8

總 經 銷：成信文化事業股份有限公司
地　　址：新北市新店區中正路四維巷二弄2號4樓
電　　話：(02)2219-2080

行政院新聞局局版台業字第3595號 營利事業統一編號22759935

定價 ：280元　特惠價 ：199 元

國家圖書館出版品預行編目資料

大畫情聖 ／ 上山打老虎 著. -- 初版. -- 臺北市：
風雲時代，2013.08 -- 冊；公分

ISBN 978-986-5803-27-8（第2冊；平裝）

857.7　102015353